Illustration de couverture :
La jetée du Moulleau

SALE TEMPS
SUR ARCACHON

Patrice Vergès

SALE TEMPS SUR ARCACHON

Lucien Souny

Editions Lucien Souny, 2007
Le Puy Fraud • 87260 Saint-Paul

I

Je ne t'ai jamais aimé. Depuis mon réveil, cette phrase me perforait l'esprit. Elle générait une terrible sensation de vide nauséeux au creux de mon estomac. J'avais beau chasser ces six mots qui vampirisaient ma pensée, ils revenaient inexorablement me chuchoter à l'oreille : je ne t'ai jamais aimé ! A croire qu'un calendrier interne avait programmé ma mémoire sur cette phrase. Une douleur me vrilla l'épaule. C'est vrai, c'était il y a juste un an. Un an déjà ! Le 9 septembre 1963.

Tout avait commencé ce 9 septembre. C'était un lundi comme tous les autres lundis. Le soleil était peut-être plus chaud qu'aujourd'hui. La veille, il avait fait un temps resplendissant digne des plus beaux mois de juillet. L'air vibrait de bonheur dans un Arcachon qui débordait. Le long de la jetée promenade, les cafés étaient assiégés par les Bordelais venus reprendre une ultime gorgée de vacances. La plage dorée avait du mal à accueillir toutes les serviettes bariolées, les parasols et les petites tentes multicolores collées les unes aux autres. Des bateaux aux voiles gonflées, canots grondant, pinasses au ronron tranquille et pédalos muets quadrillaient un Bassin couleur or face à la jetée Thiers.

Panpan et moi étions allés nous baigner, entre midi et deux heures, dans une eau blonde à 22 degrés zébrée d'herbes vertes qui s'enroulaient autour des chevilles. Les rires des enfants qui flottaient sur de vieilles chambres à air de camion résonnaient à nos oreilles.

Panpan, c'était mon meilleur copain. Depuis le service militaire en 1952, nous étions toujours restés en contact. Il devait son surnom de Panpan aux Panhard car il était fou de ces voitures. Pour lui, les Panhard étaient les meilleures voitures au monde car génératrices d'aventures.

Je l'ai toujours soupçonné de rouler en Panhard rien que pour le plaisir de tomber en panne. Je ne me souviens pas être parti en balade avec lui en Panhard sans tomber en rade. Calmement, il ouvrait la malle, sortait une boîte à outils rouge que j'avais peine à soulever. Sans un mot, il se jetait sous elle et réparait toujours. Nous n'étions jamais restés arrêtés sur le bord d'une route.

Hier, après la baignade, comme de coutume, dans le frais de ma librairie désertée par les habitués qui se faisaient encore bronzer sur la plage ou avalaient des Gelati Motta en arpentant les 145 mètres de la jetée Thiers, nous avions refait le monde. Nous avions plutôt refait la chanson française. Panpan, disquaire à Bordeaux vers le cours de l'Yser, la connaissait sur le bout des doigts.

— Christophe, t'es pas dans le coup. Dans la chanson française, il n'y a pas que Brassens, Bécaud, Gréco ou Aznavour. A trente-trois ans, tu n'es pas encore un croulant ! Il y a beaucoup de nouveaux jeunes chanteurs qui défendent la chanson française de qualité.

— Panpan, me dis pas que Johnny Hallyday avec son *Dadouronron* qu'on entend toute la journée sur les transistors ou Claude François avec sa *Pauvre petite fille riche* sont les défenseurs de la nouvelle chanson française.

— Je dis pas ça, Christophe. Il faudra que tu écoutes Claude Nougaro ou Lény Escudéro qu'on a beaucoup entendus l'été dernier. C'est formidable. Tu connais *Deux enfants au soleil* par Jean Ferrat ? Un nouveau petit jeune qui monte. C'est beau à pleurer.

Dans la légère pénombre de la librairie, cette discussion

nous avait occupés une partie d'un tranquille dimanche après-midi. D'ailleurs, ma librairie était toujours tranquille. Bien que située sur le passant boulevard de la Plage, elle était trop excentrée. 500 mètres trop loin de la jetée Thiers. Les mètres équivalent parfois à des kilomètres quand ils sont mal placés. Le dimanche, à la pleine saison, la foule épaisse tournait rue François Legallais à 200 mètres. Ce n'était rien à l'échelle de la terre, mais à l'échelle du boulevard de la Plage c'était un autre univers. Seule une clientèle d'habitués savait qu'elle trouverait chez moi tous les styles de livres, du dernier Simenon en passant par Paul Claudel, plus quelques beaux livres de collection, sans oublier tous les albums photos sur Arcachon. Je n'ignorais rien de la vie et de l'œuvre des frères Péreire.

J'avais acheté cette librairie quand ma mère était décédée. Trois millions de 1959. 30 000 francs d'aujourd'hui. Ma part d'héritage. Ecrasé par le chagrin, mon père avait décidé de prendre sa retraite et avait vendu son tabac-presse à Pessac. C'est là qu'était née ma passion de la lecture. Enfant, je passais mon jeudi après-midi dans la petite boutique à lire toutes les revues couleur sépia et romans films plutôt que d'aller jouer au ballon prisonnier avec mes copains d'école.

A son ouverture, ma première impression fut de penser qu'en lisant gratuitement j'allais faire beaucoup d'économies. J'avais fait surtout beaucoup de dépenses car mes affaires n'étaient pas florissantes. Elles ressemblaient à la peinture verte de la porte qui s'écaillait, doucement brûlée par l'air marin et le soleil d'Arcachon.

C'était ouvert tous les jours. Du lundi au dimanche pour me dégager un salaire qui me permettait juste de vivre. Une vie faite de longs après-midi calmes où le temps prenait son temps. Parfois un client m'interrompait dans ma lecture à la recherche d'un livre; à lire ou pour offrir. C'est comme ça que j'avais connu Anne. C'est mon amie. Je n'ose pas dire amante, car ce mot me fait peur. Trop sensuel. Il ne devrait s'adresser qu'aux femmes fatales comme celles aux seins lourds et aux lèvres pulpeuses des films policiers d'Eddie Constantine. Et Anne n'était pas une femme fatale.

Comme tous les matins, ce lundi 9 septembre 1963, j'étais allé boire mon petit noir au café chez Yvonne. La salle encore enfumée s'était vidée de ses habitués appelés par leur quotidien. Seuls restaient encore attablés des ouvriers en bleu. Ils discutaient entre eux, avant d'aller sur la plage près de la jetée Thiers démonter la structure du Club Mickey. Elle allait prendre ses quartiers d'hiver loin des rires d'enfants dans un vaste hangar.

René, caché derrière son *Equipe* près du comptoir, m'interpella.

— Monsieur Christophe, hier à Monza, Jim Clark a été déjà sacré champion du monde de Formule 1. Il faut dire qu'il a une bonne bagnole. Ce n'est pas comme la Panhard de votre copain que j'ai entendue hier. Il va bientôt passer le moulin à travers. Je les connais les Panhard, c'est des bêtes à chagrin !

Dans le miroir situé derrière le zinc, je croisai le sourire d'Yvonne penchée sur sa machine à café. Elle connaissait par cœur toutes les habitudes de ses clients. Tous les jours, en lisant *l'Equipe,* René, retraité de l'EDF, me demandait mon avis sur tous les événements sportifs. Tous les jours, je lui répondais par un sourire muet. Le sport m'était totalement étranger.

Le miroir me renvoya la bouche trop rouge et les yeux trop fardés d'Yvonne. Il réfléchit aussi ma silhouette. Un long visage creusé aux pommettes hautes et aux cheveux indisciplinés, planté sur un grand corps mince légèrement voûté masqué par un pull-over trop large et trop long.

Yvonne planta ses yeux dans mon regard aimanté par ce miroir où je ne me reconnaissais pas. Face à Yvonne, j'étais transparent. Elle voyait en moi. Elle avait certainement été une très belle femme et compensait sa grosse cinquantaine par un excès de maquillage. Trop de fard, trop de rouge à lèvres, trop de jupes serrées, mais surtout trop de cœur. Impossible à compresser un cœur ! Elle avait été d'échec en échec. Nombre des hommes qui avaient sillonné sa vie s'étaient vite pris pour le patron du café avant qu'elle ne les vire après qu'ils lui aient tout volé, sauf une folle envie d'aimer encore. Pour moi, c'était comme une mère. Une mère idéale qui aurait tout compris sans un mot. D'un seul regard. Mais une mère qu'on n'appelle pas maman n'est pas une mère.

9 heures, c'était l'heure d'ouvrir ma librairie. Après avoir sorti sur le trottoir les deux étals de livres d'occasion, j'avais rangé en piles tous les livres scolaires. Vers 10 heures, le gros camion bleu des Transports Aquitains se gara devant mon magasin. Sans arrêter son moteur, qui fit vibrer ma vitrine comme un gros hanneton des matins d'été, le livreur descendit un gros carton carré de couleur marron qu'il fit glisser sur son diable avant de pousser la porte.

— Bonjour monsieur Richard, un colis de livres pour vous aujourd'hui. Z'avez qu'à signer ici.

Un colis de livres. Que voulait-il que ce soit ? Par ma profession et son envoyeur, il y avait de fortes chances pour que le carton ne contienne pas des pistolets-mitrailleurs. Après avoir signé son reçu avec sa pointe Bic qui bavait sur les doigts, un coup d'œil sur l'adresse de l'expéditeur me renseigna : Librairie Centrale de Bordeaux. L'un des mes fournisseurs qui m'avait trouvé l'*Histoire de notre civilisation* en 12 volumes.

— Dix-sept kilos ! Ça pèse comme un âne mort vos livres, m'sieur Richard. A vot'service.

Jamais je n'aurais imaginé que ce carton de livres allait bouleverser mon existence !

II

Armé d'un couteau, j'ouvris le carton qu'il avait laissé par terre. A l'intérieur, en deux piles, s'entassaient les 12 volumes de l'*Histoire de notre civilisation* publiée en 1956 par Arts et Presse. Trop coûteuse à fabriquer avec 72 000 pages et 6 000 photos, trop coûteuse à la vente puisqu'elle était facturée 80 000 anciens francs de l'époque, cette encyclopédie avait entraîné la faillite de l'éditeur. Un couple de fidèles clients m'avait demandé de leur dénicher cette édition rare.

Quelques semaines de recherches m'avaient permis de dégotter une collection neuve oubliée chez l'un de mes fournisseurs bordelais. Son prix honnête me permettait de gagner honorablement ma vie. Cette livraison tombait fort bien car les clients étaient passés au magasin fin août avant de partir dans les Pyrénées. Avec un chèque d'arrhes, ils m'avaient laissé un petit bristol où étaient griffonnées leurs dates de vacances. Départ le 3 avec retour le 9 ou 10 septembre. Monsieur et madame Ventadoux partaient plusieurs fois en vacances en caravane une bonne semaine dans l'année. Professeurs en retraite, ils en profitaient pour visiter la France après l'avoir apprise patiemment à leurs élèves sans la connaître.

La matinée passa assez vite, émaillée par quelques ventes et le rangement des livres soigneusement dérangés par les habitués du dimanche. Entre midi et deux heures, la plage chaude m'accueillit de nouveau. Aujourd'hui, l'eau du Bassin se mirait dans le soleil qui lui donnait des harmonies hésitant entre le vert et le jaune cuivré. Des restaurants aux alentours résonnaient les rires et les éclats de voix des vacanciers de septembre. Moins nombreux, ils semblaient mieux apprécier la beauté d'Arcachon, et surtout ce temps extraordinaire, meilleur que celui d'août. Ils paraissaient en jouir davantage, comme un bonheur supplémentaire qu'ils n'espéraient plus. Au contraire, ceux d'août considéraient comme légitime le beau temps et hors la loi un ciel lourd gonflé par la pluie, comme c'était souvent le cas à Arcachon.

La pluie, je l'aimais bien en somme. Quand il pleuvait, je faisais mes meilleures ventes. Les touristes restaient dans leur chambre à lire des polars après m'avoir sorti des théories fumeuses portant sur le climat qui n'était plus ce qu'il était depuis qu'il y avait des expériences atomiques.

Couché sur le sable sous un soleil léger comme une caresse, mon premier été 1959 arcachonnais me revenait en mémoire. Je connaissais assez mal cette petite ville où j'étais venu quelquefois pendant mon enfance avec mes parents. Mes études puis mon premier boulot de pion m'avaient éloigné de Bordeaux et du Bassin, redécouvert adulte avec un œil plus bienveillant que celui d'un adolescent qui trouvait cette station balnéaire quelque peu datée, encombrée par trop de personnes mûres.

Son charme m'avait pénétré insidieusement comme tous les gens qui y habitent. Presque contre moi. Arcachon avait deux visages. L'hiver habité par des gens charmants souvent âgés, vivant doucement comme s'ils voulaient allonger le plus possible le reste du temps qu'ils avaient encore à vivre. Son visage estival était très différent, avec ses touristes moins prévenants, ses commerçants bordelais venus étaler leur fric et des gamins insupportables. Sur la plage où ils se prenaient pour Raymond Kopa, ils ne s'excusaient même pas quand ils m'envoyaient leur ballon de foot dans la tête.

L'après-midi fut engourdi. Moi qui avais fait ce métier pour vendre Camus ou Mauriac, j'étais devenu le spécialiste de OSS 117 et de San Antonio. Contre le mur, le colis reçu ce matin me bouchait le passage. Il me rappela ma livraison et mon rendez-vous avec Anne que j'appelai au téléphone. Secrétaire de direction, elle travaillait chez le concessionnaire Renault situé également boulevard de la Plage, à quelques centaines de mètres seulement de ma boutique.

— Christophe, je t'ai répété plusieurs fois de ne pas m'appeler au travail !

— Anne, je voulais simplement te dire que ce soir je serai un peu en retard car j'ai une livraison à faire à partir de 7 heures avenue Gambetta. Le temps qu'on discute, qu'on prenne peut-être l'apéritif, je ne pense pas être chez toi avant 20 heures. Plus tard peut-être !

— Si tu veux, on se voit demain soir car Joël ne rentre qu'au dernier train. Excuse-moi, j'ai un client. Au revoir.

Joël, c'était son fils étudiant. Un grand gaillard de vingt ans qui m'aidait parfois à tenir le magasin quand je m'absentais pour aller commander des livres à Bordeaux. Veuve, elle avait désiré tenir son fils éloigné de notre liaison qui devait rester très discrète à ses yeux. Je ne savais pas si Joël savait. Chaque fois que j'avais ouvert une brèche sur ma vie privée en général et sur sa mère en particulier, il l'avait brusquement refermée.

Notre liaison ressemblait à Anne. Sans tendresse, sans promesses, sans soupirs lorsque nous faisions l'amour. Sans les inévitables questions sur le futur que toutes les femmes posent à un homme pour se rassurer. Anne se vêtait, parlait, se maquillait, aimait au minimum syndical.

Pourtant, nous nous fréquentions depuis deux ans au rythme d'une ou parfois deux fois par semaine. Anne avait onze ans de plus que moi. M'aimait-elle ? Elle ne semblait ni heureuse de me voir, ni malheureuse de ne pas me voir. En repoussant notre rencontre, sans une plainte du moins pour la forme, elle se ressemblait. C'était toujours moi qui l'appelais ou passais chez elle quand sa petite 4CV orange était garée devant sa maison de la Ville d'Hiver.

Le soleil déjà bas qui étirait les silhouettes prouvait que nous n'étions plus en juillet, malgré cette chaude fin de journée ambrée. Après avoir ouvert la porte d'entrée et celle arrière de ma vieille Dauphine garée devant la porte, je soulevai difficilement, du bout des bras, le carton de livres. Courbé, dans une position fœtale, les bras repliés contre le corps, je titubai jusqu'à la porte de ma voiture qui m'arrêta net. Trop volumineux, le carton ne passait pas par la porte arrière. Il manquait dix bons centimètres !

En l'appuyant contre la porte, je cherchai une solution. Impossible de le glisser dans la malle à l'avant, bien trop encombrée par des objets divers. Il fallait donc faire deux paquets plus réduits. Ce n'était pas plus compliqué que cela, mais très contrariant. Retour dans le magasin dans la même position recourbée aussi ridicule quand j'étais sorti.

Dans l'arrière-boutique, au milieu d'un joyeux bordel, deux sacs de sport en skaï noir me sautèrent à l'œil. Celui de Joël et le mien. Nous y rangions nos maillots de bain et nos serviettes lorsque nous allions nous baigner entre midi et deux heures. J'avais trouvé ! Après avoir sorti les affaires encore humides, je réussis à glisser dans chacun six livres, en faisant attention de ne pas les corner. Avec un sac de chaque côté tirant beaucoup sur les anses et encore plus sur les bras, d'une démarche de robot, je tentai une nouvelle sortie vers ma voiture. Je parvins à placer les deux sacs gonflés par leur chargement sur le siège arrière recouvert d'un plaid brûlé par le soleil.

La porte de la librairie verrouillée, je me glissai à son volant. Après un bref mais interminable instant d'hésitation, le moteur se mit enfin à ronronner. Il fallait penser à changer la batterie avant les premiers matins frais d'octobre. Un jour prochain, elle me laisserait sûrement en rade.

Le boulevard de la Plage abandonné par le soleil semblait avoir pris ses quartiers d'hiver, vidé par les Arcachonnais et les rares touristes qui avaient rejoint leur hôtel. Déjà 19 h 30, j'étais en retard. Après quelques hoquets, ma Dauphine remonta vers le centre de la ville par le cours Tartas, où déjà quelques lumières accueillantes se déversaient des rares fenêtres aux volets encore ouverts. Après avoir tourné à droite, je grimpai l'avenue Gambetta jusqu'à la villa de monsieur et madame Ventadoux.

Je la garai dans le sens de la descente devant le haut portail vert foncé qui masquait tout le rez-de-chaussée surmonté d'une véranda vitrée. Un sac dans chaque main, d'un coup de genoux, je fermai la porte arrière. Les Ventadoux n'étaient pas de vrais Arcachonnais, mais des Périgourdins qui avaient décidé, il y a déjà quelque temps, de prendre leur retraite, comme beaucoup, à Arcachon. Des gens charmants qui n'avaient qu'un drame dans leur vie. Leur fils. Un bon à rien de bientôt quarante ans qui n'arrêtait pas de leur demander de l'argent.

Etaient-ils rentrés car aucune lumière ne filtrait des pièces du haut ? Etait-ce l'ombre du soir ou les murs aux couleurs passées, je ne sais pas, mais pour la première fois, je me rendis compte que leur villa avait un aspect vraiment sinistre.

Après avoir posé par terre mes sacs, je sonnai au portail. Rien. Je resonnai. Deux, trois minutes d'attente. Une éternité quand on est devant une porte fermée. Rien, sauf le silence, puis un bruit furtif de feuillage venu du jardin, comme si un gros oiseau s'envolait. Entre les deux portes, le pêne invisible de la serrure signifiait que le portail était ouvert, et surtout qu'ils étaient là. Ils ne se seraient pas absentés une semaine sans le fermer à clé. Tant mieux, ça m'évitera de revenir demain ou après-demain !

D'une poussée de main, le portail s'ouvrit en pleurant. Leur 403 était là. Ils étaient arrivés certainement depuis peu. Derrière elle, la petite caravane blanche toute ronde aux rideaux bleus était encore accrochée. Sa porte était ouverte, tout comme la malle de la 403, avec, posées sur le côté, des valises en skaï marron. J'allais certainement les déranger en train de décharger, mais je ne voulais pas passer ma vie à transporter ces dix-sept kilos de livres. Mes deux sacs aux mains, j'avançai vers la porte d'entrée vitrée ciselée de métal forgé entrouverte.

— Monsieur Ventadoux ?

Pas de réponse. Après avoir sonné à la porte, tourné la tête à droite vers le parc silencieux vert sombre et esquissé quelques pas vers les gros arbres, je revins vers l'entrée en criant leur nom.

J'appuyai de nouveau sur la sonnette de l'entrée. La sonnerie, qui résonna à l'intérieur de la maison silencieuse, rejaillit à mes oreilles.

Ils étaient là en train de décharger la voiture. C'était trop bête de repartir pour revenir demain soir où je devais dîner chez Anne. Je poussai la porte qui s'ouvrit sur le hall d'entrée vide.

Je posai mes sacs dans le hall, les paumes des mains sciées par les poignées. A gauche, s'ouvrait le salon avec, derrière le lourd mobilier d'un autre âge, une immense bibliothèque vitrée où brillaient dans la pénombre les dorures des centaines de livres méticuleusement rangés. Nul doute que cette encyclopédie longue de plus d'un bon mètre allait occuper une place d'honneur sur les étagères.

— Madame Ventadoux, c'est monsieur Richard, le libraire !

Rien que du silence. A droite, la cuisine vide et bien rangée, en face une sorte de buanderie dont je poussai la porte. Personne. En haut, un escalier de bois ciré grimpait au premier étage aussi muet que le bas. Toujours personne.

— Monsieur Ventadoux !

Où étaient-ils ? La porte grise aux nombreuses taches de doigts noirs qui descendait à la cave était entrouverte. Je la poussai prudemment, prêt à m'excuser de troubler leur intimité. Mon regard fut attiré par une traînée luisante sombre sur les premières marches. Je n'y accordai pas d'importance. Dans la pénombre, je ne me sentais pas bien à l'aise, un peu comme quand j'étais enfant. Pour le dîner du soir, mon père m'obligeait à aller chercher un litre de vin à la cave en me demandant de ne pas courir.

— Monsieur et madame Ventadoux, êtes-vous là ?

Je descendis doucement les premières marches de l'escalier en baissant la tête pour éviter la bordure bétonnée. En la relevant, ce que je vis me terrorisa.

III

— Vous désirez un café, monsieur Richard ?

Je levai les yeux en signe d'acquiescement. Le brigadier chef que je connaissais de vue pour l'avoir parfois aperçu à la librairie alla me chercher un café chaud. Il revint avec un verre dans lequel pour rien au monde je n'aurais bu en temps normal vu son manque de transparence. Il me le tendit. Le regard rassurant qu'il me jeta avant de sortir signifiait que ça allait s'arranger pour moi. Hélas, ça n'en prenait pas le chemin.

Seul face à l'inspecteur Tridoux, assis derrière le bureau du commissariat de police d'Arcachon, j'attendais.

— Monsieur Richard, nous attendons l'officier de police Prolongeaud et son équipe qui viennent de Bordeaux. Vous allez lui raconter de nouveau votre histoire sans rien oublier par rapport à votre PV de déposition. Il y a plein de petits trucs pas très clairs dans votre histoire !

— Ce n'est pas une histoire, c'est exactement ce qui m'est arrivé, répétai-je pour la dixième fois.

Après avoir frotté de l'index le verre rayé de ma montre Kelton, je ne sais comment, je tentai de déchiffrer les aiguilles dorées. 23 h 10. Déjà plus de deux heures que j'étais assis dans ce commissariat à répéter et répéter encore ce qui m'était arrivé à l'officier de police adjoint d'Arcachon : Jean Tridoux.

Environ trente ans, petit, la mèche rebelle blonde masquant un front bref, les yeux rapprochés, la lèvre inférieure épaisse, le cou puissant, la voix traînante, il ne me plaisait guère. Je sentais confusément que je ne lui plaisais pas non plus. Ça ne s'explique pas, c'était comme ça.

— Quand l'Identité judiciaire aura effectué quelques prélèvements et pris vos empreintes, nous effectuerons une perquisition dans votre appartement et dans la librairie, confirma Tridoux le visage fermé.

Je ne comprenais plus rien. J'étais une victime et on me traitait en coupable. Il devait y avoir une erreur. Je m'étais mal exprimé ou Tridoux n'avait pas bien compris. On me parlait de perquisition, empreintes, mais je n'avais ni volé, ni tué ! Mon regard chercha dans ses yeux une aide qui ne vint pas.

Il est vrai que je devais avoir une tête de coupable. J'examinai mes mains noires, tachées de sang et de charbon, que j'avais frottées sur mon pull-over. Le velours gris de mon pantalon hésitait entre le marron sur les cuisses et le noir aux genoux. Je n'osais imaginer mon visage. Il n'y avait aucun miroir dans le petit local aux murs gris constellés d'affiches sur la police, meublé d'un bureau mangé par une imposante machine à écrire d'un autre temps, trois chaises et un gros classeur gris sur roues submergé d'épais dossiers verts.

Dire que tout cette histoire datait d'hier soir seulement ! Il me semblait que ce cauchemar n'avait pas eu de début tant il était irréel. M'était-il réellement arrivé ou était-ce un effet de mon imagination ? Tu as trop d'imagination ! me répétait ma mère lorsqu'elle me surprenait, enfant, en train de lire le soir en m'obligeant à éteindre la lumière. Moi qui trouvais ma vie ennuyeuse, tous les soirs ressemblant aux autres soirs, j'étais servi !

Avec Tridoux, le commissaire Valenton, deux gardiens plus un médecin de garde venu constater les décès, le retour à la villa des Ventadoux m'avait été insupportable. Revivre cette vision cauchemardesque était largement au-dessus de mes forces. Comme un chat guette sa proie, Tridoux épiait toutes mes réactions. Il s'attendait certainement à ce que je craque brutalement et avoue tout en éclatant en sanglots. Mais avouer quoi ?

Des bruits de moteur puis de portes devant le parking du commissariat interrompirent mes pensées qui se télescopaient dans ma tête.

— C'est l'inspecteur Prolongeaud et son équipe. Bougez pas ! lança Tridoux avant de fermer la porte, me laissant seul face au brigadier chef qui s'assis à sa place face à moi. Comment voulait-il que je bouge ?

Le brigadier me tendit une cigarette tirée d'un paquet de Celtique que je refusai. Je ne fumais pas. Il le remit dans sa poche sans se servir.

— Ne paniquez pas comme ça, Richard, vous n'êtes encore que témoin, pas suspect. Il ne faut pas vous laisser impressionner par l'officier adjoint Tridoux qui croit tenir l'affaire de sa vie. C'est un jeune qui s'emballe vite, il lit certainement trop de Simenon.

Des éclats de voix parvinrent à mes oreilles de la pièce d'à-côté. Certainement Tridoux qui expliquait l'affaire aux nouveaux venus. Le brigadier continua :

— Depuis qu'il est arrivé en juillet de Clermont-Ferrand, il ne s'est rien passé de bien sérieux, excepté un vol à l'étalage et une histoire de mari trompé. En juillet dernier, une absurde affaire de pierres tombées du ciel dans la clinique orthopédique face à la plage nous a un peu occupés. Le dernier meurtre signalé à Arcachon date d'il y a près de vingt ans. C'était pendant la guerre, suite à une dénonciation aux Allemands.

— A écouter votre Tridoux, j'aurais pris ma voiture après le travail pour aller tranquillement assassiner chez eux de braves gens, comme d'autres vont acheter leur baguette de pain !

— Non, mais c'est notre métier qui nous apprend à être méfiants. Vous n'allez certainement pas être placé en garde à vue et vous serez libre après une nouvelle audition et les vérifications d'usage sur votre emploi du temps.

— Quand ? Je suis crevé !

— Après avoir été interrogé par les gens qui viennent d'arriver de Bordeaux. Votre affaire est trop importante pour une petite ville de 15 000 habitants. Ça agace ce jeune OPA de Tridoux qui sait qu'il va passer à côté d'une occasion qui aurait été bonne pour son avancement. Voilà pourquoi il en rajoute un peu. Ne vous laissez pas impressionner par ses yeux méchants. Il soupçonnerait même son chat !

Moi qui pensais qu'un type qui avait un chat ne pouvait pas être foncièrement mauvais, j'avais tort.

Cinq minutes plus tard, la porte s'ouvrit sur un immense type vêtu d'une gabardine, suivi de quatre autres dont Tridoux au menton relevé. On aurait dit un coq dans une basse-cour. Leur entrée provoqua la sortie du brigadier chef. Le grand type m'observa, le regard en coin, comme on examine un bœuf à l'abattoir avant de lui asséner le coup fatal entre les deux yeux.

— Bonjour, je suis l'officier de police judiciaire Marcel Prolongeaud du SRPJ de Bordeaux, accompagné par l'officier adjoint Costedoit. Vous connaissez l'inspecteur adjoint Tridoux d'Arcachon qui a recueilli votre PV d'audition. Ces trois-là, dit-il en montrant de la main d'autres personnes portant une sorte de grosse valise, sont de l'Identité judiciaire. Avant de vous poser pas mal de questions, car beaucoup de choses ne sont pas claires, d'après ce que nous a répété Tridoux, nous allons nous transporter à la villa pour procéder aux premières constatations d'usage.

— Je suis épuisé, je voudrais rentrer chez moi !

— C'est impossible. Pendant notre absence, vous pourrez vous reposer un peu car, c'est vrai, vous me semblez physiquement à bout de nerfs. Vous n'êtes encore suspecté de rien, du moins à ce stade de l'enquête. A tout de suite, monsieur Richard, Christophe Richard.

En chaussettes, car Tridoux avait saisi mes mocassins comme pièce à conviction, je suivis un policier en uniforme qui me mena au bout du couloir dans une petite cellule dont les murs de couleur beige étaient décorés par quelques inscriptions ne faisant pas l'apologie de la police. Elle sentait la crasse et l'urine. Mon corps brisé tomba lourdement sur une paillasse recouverte d'une couverture grise et rêche aux odeurs indéfinissables mais pas agréables. J'étais physiquement anéanti. Le bras devant les yeux pour me protéger de l'éclairage trop violent, j'essayai de canaliser mes souvenirs dans mon cerveau bouillonnant. Chaque détail précis de cette soirée insensée devait me revenir à la mémoire.

Je me revoyais en train de descendre l'escalier de la cave chez les Ventadoux. Je n'oublierai jamais ce que je vis. Couchée sur le ventre sur les marches de l'escalier, les deux bras posés en avant, les yeux écarquillés, madame Ventadoux me fixait étrangement, la bouche déformée par un hurlement silencieux. Elle me regardait mais ne me voyait pas. Je compris immédiatement qu'elle était morte. Assassinée ! De ses cheveux ruisselait un épais filet de sang rouge foncé qui coulait sur son front.

En m'accroupissant, je la touchai du bout du doigt pour vérifier si elle ne bougeait pas. Sur le dessus de son crâne en bouillie, une sorte de magma rouge empesait ses cheveux blonds cendrés. Une nausée me secoua tout le corps.

Prêt à m'enfuir, mon regard fut attiré par son mari couché sur le sol de terre faiblement éclairé par la lumière jaunâtre. Malgré ma terreur, j'enjambai son épouse pour descendre au bas des marches où le sang avait suinté. C'était plus fort que moi. Vêtu d'un blouson beige relevé sur ses épaules, son mari gisait tel un pantin désarticulé. Sa main droite tenait une manivelle de voiture alors que la gauche était repliée sous lui, formant un angle bizarre, comme sa tête d'ailleurs. Il n'avait plus de visage. Un amas sanguinolent où perçaient des os rougis s'était substitué à lui. On y devinait un œil ouvert alors que l'autre désorbité pendait sur le rictus démoniaque de sa mâchoire défoncée. Il n'y avait plus rien d'humain dans ses traits. Une violente nausée acide venue de l'estomac me submergea. Elle transperça ma bouche et jaillit loin dans un long hurlement venu du profond de mes entrailles.

Mes mains, mes jambes tremblaient. J'allais remonter l'escalier pour prévenir la police quand je réalisai soudain que le tueur était certainement encore dans la maison. Les crimes semblaient très récents. Il allait aussi m'assassiner. Le haut de l'escalier était vide. Impossible de se planquer, ni à côté de la grosse chaudière, ni vers les bouteilles couvertes de toiles d'araignées, ni derrière un vieux buffet, encore moins derrière les deux tas bien séparés de charbon.

Une pelle à charbon était posée sur le sol. Je l'empoignai pour me défendre de l'assassin s'il revenait dans la cave. C'est en la saisissant que je compris que c'était vraisemblablement l'arme du crime car sa base était couverte de sang, de cheveux et de ce qui ressemblait à de la matière cervicale.

La pelle dans la main, les muscles bandés, j'étais prêt à bondir. Mes sens en alerte guettaient le moindre bruit suspect dans la maison tout en essayant de maîtriser le tremblement qui secouait mes jambes. Combien de temps ? Une éternité. A l'avance dans ma tête, je préparai ma fuite à toutes jambes vers la porte de la villa et ma voiture.

Combien de temps patientai-je, prêt à bondir sur l'agresseur ? Dix minutes ? Pas plus. Mon cerveau tentait de reconstruire la scène ; c'était d'abord monsieur Ventadoux qui avait été frappé d'un coup de pelle en pleine tête avant que son épouse, qui s'enfuyait, soit tuée de la même façon mais par derrière. Son corps avait dû glisser de quelques marches puisque celles du haut étaient déjà recouvertes de sang.

Aucun bruit. Je posai la pelle sur le sol recouvert de morceaux de charbon, puis remontai tout doucement l'escalier en m'arrêtant à chaque marche pour tenter d'appréhender un son inhabituel. Rien.

Je n'étais pas audacieux. Ce dont je m'étais rendu compte étant gamin quand je ne voulais pas aller tirer les sonnettes des voisins à Pessac comme mes copains d'école. Mais jamais je n'aurais imaginé ne pas pouvoir surmonter ma panique à ce point-là. En haut de l'escalier, le hall était plongé dans le noir. L'assassin pouvait m'attendre caché vers la cuisine. Je courus comme une fusée. La porte d'entrée entrouverte qui laissait filtrer la lumière diffuse de cette fin du jour était en vue à deux mètres. Un mètre. Plus que quelques dizaines de centimètres !

Face à la porte, mes deux sacs laissés comme ça au milieu gênaient ma folle échappée. En courant, je les soulevai d'un coup sec pour me faciliter le passage. La trouille décupla mes forces. La porte m'aspira à l'extérieur de la villa.

Les sacs à la main, je dévalai le devant du jardin vers le portail, jetant un regard en coin pour voir si j'étais poursuivi. J'arrachai presque la porte du portail, puis celle de ma voiture. Tel un lanceur de marteau, je jetai violemment les deux sacs sur le siège passager. Je démarrai le moteur et m'engouffrai dans l'avenue Gambetta silencieuse. En bas, au virage, en tournant à gauche, ma vitesse excessive fit chasser violemment le train arrière de ma voiture. Je ne sais pas comment, par quel miracle, je la rattrapai avant d'avaler à fond de seconde le boulevard de la Plage pour rejoindre la rue Roger Expert où se situait le commissariat d'Arcachon. Lorsqu'il m'apparut, je sus que j'étais sauvé. J'étais sauvé, mais je savais définitivement que je n'étais pas un héros comme les personnages des romans que je vendais.

IV

Ma mère me regardait mais ne me voyait plus. La mort n'avait pas détendu son visage creusé par la maladie. Derrière moi, j'entendais les sanglots qui secouaient mon père rentré doucement dans la chambre. Penché au-dessus de son corps frêle creusant à peine le lit blanc, je me recueillis quelques instants avant que les infirmières, pour sa toilette funèbre, ne nous chassent de cette petite chambre de l'hôpital Saint-André où, il y a quelques minutes, elle venait de quitter la vie, emportée par un cancer après trois semaines d'hospitalisation.

— Elle t'a parlé ? Elle a souffert ? Je suis arrivé trop tard à cinq minutes près. Je ne croyais pas que ça irait si vite car j'aurais voulu être là, murmura mon père, qui lui passa pour la dernière fois sa main dans les cheveux en étouffant de grosses larmes.

— Non, elle est partie tout doucement, sans rien me dire. En silence, comme si elle s'endormait. Elle n'a pas souffert.

C'était faux. Elle avait souffert. Elle n'était pas partie en silence. Elle n'était pas partie sans rien dire. Mon Dieu, comme j'aurais préféré qu'elle ne me parle pas.

— Réveillez-vous, Richard !

Une voix venue du lointain déchira mon cauchemar dans un long sanglot venu du plus profond de mon corps. Une main secoua brutalement mon épaule. A travers mes yeux hésitant, je vis ceux de Tridoux et d'un policier penché sur moi, puis l'environnement de la cellule. Le regard rempli de terreur de la femme assassinée me dévora de nouveau. Je n'avais pas rêvé !

— On vous a laissé un peu dormir. Il est 4 heures du matin. L'Identité judiciaire va prendre vos empreintes, mettre sous scellés vos chaussures, où nous avons trouvé des traces de sang mêlées au charbon, et vous examiner de plus près. Allez debout !

Une petite heure plus tard, les examens des ongles faits, quelques photos prises, mon visage hâtivement lavé dans le petit lavabo douteux du minuscule cagibi du commissariat, changé, un nouveau café tiédasse avalé, Tridoux me fit passer dans le bureau où Prolongeaud relisait ma déposition. Il ne leva pas les yeux de son papier lorsque j'entrai. Son petit manège dura cinq bonnes minutes. Je m'efforçai de garder mon calme. Je n'avais même plus la force de me mettre en colère.

— Je vois que vous allez beaucoup mieux, monsieur Richard. Christophe Richard, né à Libourne le 30 avril 1930. Quelle chance vous avez eu de pouvoir dormir comme ça, surtout après ce que vous avez enduré. Moi, je suis un petit dormeur. Debout tous les matins à 6 heures, et le soir je ne m'endors pas avant 11 heures, après avoir écouté Radio-Luxembourg. Cela dit, à cause de vous, cette nuit, je n'ai pas encore dormi. Moi, ne pas dormir, ça me rend agressif.

Moi aussi j'étais un très petit dormeur. Deux heures d'interrogatoire non-stop en plus du cauchemar de la villa étaient responsables de ce sommeil profond. Qu'il soit léger ou profond, d'éternels mauvais rêves me hantaient, me laissant au petit matin épuisé et vaincu.

Pendant plus de trois heures, Prolongeaud, Costedoit et Tridoux me questionnèrent sans répit. De nouveau, ils redemandèrent des détails en revenant sur des points à mon avis sans intérêt. Tridoux, dont les yeux touchaient presque la racine de ses cheveux quand il plissait le front, ne semblait attendre qu'une chose. Que je me trompe sur une heure, une minute, une seconde.

Au début de la matinée, mon audition semblait enfin terminée. J'allais pouvoir enfin sortir.

— Ma librairie, il faut que j'ouvre la librairie. Puis-je enfin partir ?

Prolongeaud coupa la parole à Tridoux qui resta la bouche ouverte sur un mot que je n'entendis pas.

— Vous êtes libre. Cela dit, vu l'importance de l'affaire et les éléments que nous avons à notre disposition, je pourrais vous mettre en garde à vue pour la nécessité de l'enquête. A l'aperçu des indices dont nous disposons, vous comprendrez bien que ce n'est vraiment pas le moment de revenir dans votre commerce.

— Ne pas revenir dans mon commerce. Que voulez-vous dire ?

— Arcachon est une petite ville et l'annonce du double assassinat d'un couple de retraités connus et respectés de tous va rapidement circuler. Ce sera bientôt le cas car nous avons sécurisé leur maison située sur un axe passant.

— Mais il faut que j'aille travailler !

— Je sais, mais il n'y a pas d'autre solution. Rassurez-vous, il y en a pour deux, trois jours seulement. Nous voulons être très discrets sur certains indices avec la presse locale. Comme témoin principal, vous allez être cité dans les journaux d'après-demain. Les journalistes vont essayer de vous soutirer des informations. Il ne faut surtout pas parler, monsieur Richard, sinon je vous colle pour de bon en garde à vue.

Prolongeaud devait avoir autour de quarante-cinq ans. Chez lui, tout était trop long. Un visage presque chevalin à force d'être long. Des cheveux raides marronnasses coiffés sur le côté, de minuscules yeux plissés de couleur grise, un nez long sur un menton qui n'en finissait pas, un corps longiligne, des mains sans fin. Il avait posé son interminable gabardine grise sur la chaise. De la poche de poitrine déformée de son veston verdâtre émergeaient quatre stylos à bille aux capuchons multicolores. Ce type devait beaucoup écrire.

Sans réponse de ma part, il poursuivit :

— Je vous déconseille aussi d'aller chez vous car les journalistes vous trouveront rapidement.

Il perçut ma grimace d'agacement.

— Où voulez-vous que j'aille dormir ? J'habite seul dans une villa qui compte deux autres appartements actuellement vides. Mais c'est à la même adresse.

En le disant, je savais qu'Anne ne voudrait jamais m'accueillir chez elle. Restait peut-être Yvonne qui pourrait me garder un ou deux jours car je crois qu'elle n'avait pas de fiancé en ce moment.

— C'est un bon conseil que je vous donne. Ce crime sordide va passionner la presse et faire vendre du papier. Au fait, en parlant de chez vous, nos hommes sont allés faire une petite perquisition de contrôle ainsi que dans votre boutique où nous avons retrouvé le carton de votre fournisseur et le bristol des comment déjà… c'est ça, des Ventadoux, avec les dates de leurs vacances. Cela vous donne un alibi. Pour nous, vous êtes l'unique témoin de cette affaire et nous voulons vous protéger des autres, mais aussi de vous-même. De toute façon, on est appelés à se revoir bientôt !

Ne plus rentrer chez moi, ne plus aller à la librairie, ne plus travailler, ne plus me balader en ville, ne plus parler à personne. Chic, j'avais encore le droit de respirer pour le moment !

Heureusement, il y avait Joël.

— J'ai le fils d'une amie qui m'aide parfois. Il n'est pas encore rentré à la Fac de Bordeaux et peut s'occuper de mon magasin pendant un ou deux jours, suggérai-je, complètement déconfit.

— Pas de problème si vous restez discret. Votre trouille apparente aux dires de Tridoux lorsque vous êtes revenus à la villa me turlupine. Etes-vous sûr, bien sûr, que vous n'avez pas vu l'assassin, murmura-il en vrillant son regard gris dans mes yeux ?

— Non, je ne l'ai pas vu. Mais j'ai eu peur qu'il m'attende en haut des escaliers. Après être resté en bas une dizaine de minutes pour être sûr qu'il n'y était pas, j'ai couru vers l'entrée.

— Tant mieux pour vous. Si vous l'aviez vu, on peut imaginer qu'il ne voudrait pas que vous le répétiez à n'importe qui. S'il vous a vu, ce n'est guère mieux pour vous. Soyez prudent, monsieur Richard, car un assassin court encore dans Arcachon.

— Mais pourquoi me tuerait-il ? Avez-vous idée de la raison de ces meurtres ?

— J'ai ma petite idée. Une autre question, vous avez malheureusement touché la pelle en métal qui, semble-t-il, est l'arme du crime. Elle est déjà partie au labo à Bordeaux avec vos affaires, comme les corps en route pour l'institut médicolégal. Sur son manche, il est certain que nous trouverons vos empreintes. Il est aussi certain que nous ne trouverons pas celles du meurtrier, assez malin également pour ne pas avoir marché dans le charbon. Il n'a laissé vraisemblablement aucune trace alors que ce n'est pas votre cas. A l'Identité judiciaire de confirmer.

— Je n'y ai pas du tout pensé. J'étais assez affolé par tout ce que je venais de voir.

— Il y a un autre truc qui me turlupine, Richard. Alors que vous creviez de trouille, pourquoi avez-vous emporté les sacs de livres qui vous ont ralenti ? C'est curieux comme attitude. Ne trouvez-vous pas ?

— Les sacs, c'est un réflexe, je ne sais pas. Je les avais posés en rentrant dans le hall et ils me barraient la route pour sortir. Peut-être aussi parce que j'aime les livres et que je ne voulais pas les abandonner. Mais je vous répète que je n'ai absolument pas réfléchi à tout ça en courant.

— Nous les avons inspectés ainsi que votre voiture, sans résultat. Nous l'avons mieux garée devant le commissariat car vous l'aviez laissée en vrac…

— C'est la première fois que je découvre des gens assassinés chez eux. Je n'ai pas encore l'habitude. La prochaine fois, je vous assure, lorsque que je verrai des cadavres, je ne toucherai à rien. Je marcherai calmement sur la pointe des pieds et garerai soigneusement ma Dauphine dans la rue Roger Expert. J'espère que vous n'allez pas me coller une contravention…

— Monsieur Richard a de l'humour, t'as entendu Costedoit ! Content de voir que vous allez mieux. Excepté la porte d'entrée fracturée, rien n'a été dérobé, semble-t-il. L'assassin, ou plutôt le voleur, a dû être surpris dans son travail par le couple qui rentrait juste de vacances. Il y a pas mal de vols dans les villas inoccupées. S'il savait que les Ventadoux n'étaient pas là, il n'avait pas prévu qu'ils rentreraient si tôt.

— Le voleur ne s'attendait pas à leur retour ?

— Entendant du bruit dans la cave, le mari a dû aller chercher dans sa voiture la manivelle qu'il avait encore à la main. Ils ont été sauvagement assassinés par le meurtrier dont ils ont certainement vu le visage. Mais le connaissaient-ils ?

Il semblait réfléchir à haute voix.

— S'était-il planqué dans la cave lorsqu'il les a entendus arriver ou y cherchait-il quelque chose avant de s'enfuir ? Vous l'avez peut-être surpris vous-même ou croisé sur le trottoir car leur mort était récente. Autour de 19/20 heures d'après le légiste d'Arcachon. Mais c'est à confirmer lors de l'autopsie des corps.

— En arrivant, je n'ai croisé personne. Il n'y avait aucun

bruit dans la maison. J'ai sonné plusieurs fois tant au portail qu'à la porte d'entrée qui était entrouverte. J'ai appelé aussi pendant cinq bonnes minutes.

— C'étaient des gens sans histoire. Nous avons appris par leurs voisins réveillés par notre manège nocturne qu'ils avaient de mauvaises relations avec leur fils qui venait les taper régulièrement.

— C'est vrai. Les Ventadoux m'ont parlé une fois de leur fils en m'avouant que c'était un bon à rien qui ne travaillait pas.

— Nous le cherchons car il n'était pas à son domicile tôt ce matin d'après nos collègues de Biscarosse où il habite. Nous n'avons pas perdu notre temps.

— Mais de là à tuer ses parents…

— Le meurtre familial suite à un différend pour de l'argent est fréquent. Vous avez eu la mauvaise idée d'être au mauvais endroit au mauvais moment. Evitez aussi de vous balader en ville, et si vous avez un problème, prévenez-moi ou téléphonez-moi au commissariat ou à l'hôtel. On m'a retenu une chambre à l'hôtel Etchéa, pas loin de chez vous d'ailleurs, et où je vais aller faire un bon gros sommeil. Je suis vanné.

— Je peux partir maintenant ?

Il jeta un regard goguenard sur mes chaussettes.

— Désolé pour vos chaussures mais on vous les rendra. Vous pourrez conduire en chaussettes pour rentrer dans votre appartement, pour vous changer, mais surtout n'y restez pas, insista l'inspecteur Prolongeaud en se levant.

Effectivement, il était grand. Ou plus exactement long.

Je retrouvai enfin la liberté. Une liberté très limitée. C'était surtout la fin d'un cauchemar qui avait commencé la veille à 20 heures. En sortant du commissariat, le soleil déjà haut dans le ciel m'éclaboussa le visage. Je me heurtai presque à l'inspecteur Tridoux qui sortait du Bar des Amis situé en face du commissariat.

— Vous partez déjà, Richard ! Je ne sais pas pourquoi, mais je sens que nous allons nous revoir bientôt, souffla-t-il en déliant les mots avec un sourire narquois.

Je grimpai dans la Dauphine qui m'attendait depuis la veille, lançai le moteur, passai la première qui craqua car je n'embrayais pas assez en chaussettes. Devant la porte, Tridoux fit demi-tour, revint vers moi et me fit signe en tournant son index de baisser ma glace.

— J'ai pas une bonne nouvelle pour vous. Nous avons localisé Abel Ventadoux, le fils de nos retraités. Il cuvait son vin chez un copain aussi alcoolo que lui. Hier soir, vers 19 heures, plus de dix témoins l'ont vu se pinter dans un bar de Biscarosse. J'y vois pas beau pour vous, Richard !

Pour être sincère, moi aussi, comme disait Tridoux, j'y voyais pas beau.

Au volant, je n'arrivais pas à poser mes idées qui tapaient contre mon crâne. Ça faisait un mal de chien ! Aller discrètement chez Yvonne pour savoir si elle pouvait me loger, prévenir Anne, trouver Joël, éviter les journalistes. Pourtant, personne ne détournait la tête au passage de mon véhicule en tendant un doigt accusateur. Si ce jour n'était pas pareil aux autres pour moi, il l'était pour le reste du monde. L'annonce des meurtres n'était pas encore parvenue à tous les Arcachonnais. Il fallait éviter de sombrer dans la paranoïa.

D'abord, dans l'ordre, passer chez moi tant que c'était possible. Je me sentais immensément sale. Pas facile de débrayer en chaussettes et pas conseillé pour la santé de la boîte à vitesses qui craquait. J'habitais dans une grande villa située rue Lussan ; un quartier tranquille près de l'Aiguillon. Cette villa de type basque des années 30 avait été séparée en trois appartements par les propriétaires. Le mien était sur le côté gauche, seulement accessible après avoir traversé le jardin de devant. Ils me louaient à l'année deux pièces avec une petite salle de bains qui manquaient un peu de luminosité, surtout l'hiver, contre 150 francs par mois. C'était sympathique et assez calme, à part à la belle saison où beaucoup de vacanciers bruyants s'entassaient dans la villa.

Une interminable douche chaude, une chemise propre non repassée et un pantalon de toile bleue, une vieille paire de mocassins sérieusement avachis redécouverts au fond du placard firent de moi, à défaut d'un homme neuf, un homme propre.

Après m'être étendu une bonne heure sur mon lit pour reposer mon corps brisé, retour en ville par le boulevard de la Plage déjà vide à plus de midi. Je laissai ma voiture à environ 200 mètres du café d'Yvonne, en face d'une affiche passée et déchirée annonçant la venue de Johnny Hallyday à Arcachon le 19 août. Des clients m'avaient raconté qu'il y avait eu un monde fou pour l'applaudir, et même un début de bagarre comme dans tous les concerts de la blonde idole des jeunes.

L'unique client dans la salle releva la tête avant de la rebaisser, les yeux vides face à un verre qui l'était tout autant. Yvonne n'était pas au comptoir, prenant quelque repos comme tous les jours entre midi et deux heures. Pendant sa sieste, une jeune fille nommée Marianne, je crois, venait la remplacer au comptoir.

— Bonjour Marianne, Yvonne n'est pas là ?

Elle ne manifesta aucune surprise à ma vue, ni à l'énoncé du prénom qui devait être le bon. Elle disparut sans un mot dans l'arrière-cuisine pour aller chercher Yvonne, qui apparut une minute plus tard en fermant les boutons de sa robe qu'elle avait dû enlever pour s'allonger un peu. Elle n'avait pas eu le temps ni de se remaquiller, ni de chausser ses talons hauts. De ne plus la voir à la même hauteur que le matin me déstabilisa quelque peu.

— Yvonne, excuse-moi de te déranger pendant ta sieste, je voudrais te parler en privé.

Le regard étonné, elle me fit passer derrière le bar, puis

dans sa cuisine couverte de Formica jaune où elle me proposa une chaise.

— Que t'arrive-t-il, Christophe ? Tu as une sale mine, on dirait que tu as oublié de te coucher. Je ne t'ai pas vu ce matin au bar, et en sortant j'ai aussi remarqué que ta librairie était fermée. Tu ne travailles pas. Tu as des ennuis. Veux-tu un café ?

— Non, mais si tu peux me faire faire un gros sandwich, j'ai vraiment la dalle. Tu as déjà entendu dire que des retraités avaient été assassinés avenue Gambetta et…

— Oui, un client en parlait tout à l'heure. Un crime horrible, paraît-il. Ils ont été tués à coups de pelle dans leur cave. Des cambrioleurs, je crois. Tu as quelque chose à voir avec…

— Non, mais c'est moi qui les ai découverts hier soir en leur portant des livres. C'était horrible. Je viens de sortir du commissariat après une nuit d'interrogatoire.

En dévorant goulûment le gros sandwich jambon-beurre préparé par Marianne, je lui contai mon incroyable nuit, et surtout ce qui m'attendait quand *Sud-Ouest* sortirait l'affaire. Je serais certainement très sollicité par les journalistes.

— La police m'a vivement recommandé de ne rien leur dire et de ne pas aller ni à la librairie, ni chez moi pendant deux ou trois jours. Pas évident ! Est-ce que tu peux me loger le temps que la presse se calme et que la police arrête le coupable ?

— Pas de problème, répondit-elle sans hésiter l'ombre d'une seconde. Je suis seule en ce moment. J'ai viré ce connard de Maurice il y a quinze jours. Evidemment, ça va manquer un peu d'intimité car ce n'est pas grand chez moi. Dans le salon à côté, il y a un canapé pas très confortable, tu pourras au moins dormir dessus. Tu sais que tu n'es pas obligé de rentrer par le bar, mais par la porte sur le côté donnant sur la rue. Je vais te donner la clé. Que vas-tu faire pour la librairie ?

— Je n'ai vraiment pas les moyens en ce moment de la fermer, car il y a la rentrée scolaire la semaine prochaine. Je vais joindre Joël qui devrait revenir de Bordeaux en fin de soirée d'après sa mère, murmurai-je en me demandant si elle savait pour Anne et moi.

C'est vrai, il fallait que j'appelle Anne. Je n'allais pas annuler mon rendez-vous de ce soir avec elle, car après tout la vie continuait.

— Tu peux rester le temps que tu le souhaites, Christophe, mais tu ne vas pas te planquer toute ta vie, surtout que tu n'as rien fait. De quel droit la police t'interdit de travailler ? Je suis sûre, en bonne commerçante, que cet assassinat va attirer pas mal de monde à ta librairie. Parler aux journalistes te fera de la publicité.

Yvonne avait raison, mais Prolongeaud n'avait pas l'air de plaisanter. Pendant que je m'étendais sur le canapé quand même plus confortable que la paillasse de la cellule, je me surpris à la regarder se préparer car Marianne allait bientôt partir. Elle avait dû être une très belle femme. Des formes généreuses, des seins lourds, des fesses épaisses laissaient encore deviner un corps qui avait dû être splendide. Il se cambra davantage lorsqu'elle chaussa ses hauts talons. Elle se maquilla soigneusement les yeux d'un trait trop épais avec un pinceau, puis se fit largement les lèvres avec un tube de rouge de couleur dorée. Je détournai le regard. Troublé. Pour la première fois, je ne la regardais pas comme Yvonne mais comme une femme encore très désirable. En l'observant du coin de l'œil, je me fis penser à un gamin qui savait qu'il faisait quelque chose de pas bien.

— Je te ferme les volets et te passe le téléphone du comptoir en poussant la porte. Sois sage, murmura-elle.

Je lui souris comme un petit enfant et m'enfonçai dans un long trou noir sans fond.

V

Déjà 18 heures ! J'avais dormi plus de quatre heures et le bar allait de nouveau s'animer avec les habitués de l'apéro du soir. Insomniaque né, les ennuis semblaient me faire l'effet d'un somnifère. Malgré un coup de peigne sur mes cheveux fous, mon aspect n'était guère plus présentable devant un miroir. Une barbe de deux jours qui bleuissait mon visage me donnait une tête de déterré. Sur la tablette, dans un verre vide, était posé un rasoir Gilette. Certainement un souvenir du dernier amant de passage d'Yvonne, mais pas de savon à barbe. Dix minutes et cinq coupures plus tard, j'avais repris une physionomie plus humaine quand Yvonne rentra dans la pièce, l'air mystérieux.

— L'affaire du crime, tout le monde en parle déjà. Certains affirment que c'est leur fils qui les a tués pour de l'argent. D'autres disent qu'on t'aurait vu sortir cette nuit du commissariat entouré de policiers avec l'air coupable. Tu pars ?

— Oui, je dois dîner chez Anne, mais je ne crois pas que je rentrerai tard. Je ne ferai pas de bruit. Merci pour tout, Yvonne.

— Fais attention à toi Christophe ! Je ne voudrais pas qu'il t'arrive quelque chose, murmura-t-elle d'un drôle d'air.

Pour rejoindre la maison d'Anne, il était plus prudent d'éviter le centre d'Arcachon. Au volant, j'avais la tête ailleurs. C'était la première fois qu'il y avait un peu de piment dans ma vie, dont chaque journée était la photocopie de l'autre. Je ne garai pas ma voiture allée Corrigan où elle habitait, mais dans la rue parallèle. Anne ne voulait pas que les gens sachent pour nous deux. Avait-elle honte de moi ? Sa 4CV était déjà là, mais elle ne la prenait pour aller travailler que si elle était vraiment en retard. Je sonnai. Elle ouvrit, l'air étonné.

— Déjà toi ! Tu ne viens jamais si tôt ? Je ne suis pas prête car je viens d'arriver, lança-t-elle de sa voix monocorde.

— Anne, il faut que je te parle, dis-je en rentrant et en l'embrassant sur la joue.

Elle ne me tendait jamais les lèvres, sauf quand nous faisions l'amour. Et encore, du bout des lèvres. Ce soir, j'avais une terrible envie de faire l'amour. Une envie qui était à mettre sur le compte de ma surexcitation. Ou était-ce la vision furtive d'Yvonne ? Je ne voulais surtout pas le savoir !

Recouvert du drap, j'étais étendu sur le lit de sa chambre aux murs gris à fleurs roses pendant qu'Anne était partie se laver dans la salle de bains. Nous avions fait l'amour comme nous le faisions pratiquement une fois par semaine. Pas comme au cinéma. Pas de grands soupirs, pas de caresses osées, pas d'explosion, pas de draps sauvagement froissés, pas beaucoup d'imagination non plus au plan sexuel.

Anne avait presque un corps d'enfant. Comment ce frêle corps aux petits seins, au ventre plat, aux hanches étroites et aux fesses de garçonnet avait pu enfanter Joël qui mesurait près d'un mètre quatre-vingt-cinq ? Ce devait être son mari qui était costaud. Représentant chez Renault, il s'était tué sur la route mouillée en faisant essayer une Frégate à un client qui était sorti indemne de l'accident. La concession Renault avait proposé à Anne de l'embaucher car elle devait désormais élever seule son fils. Dans le cadre marron posé sur la commode de la chambre, la photo de son mari, jeune pour l'éternité, nous surveillait du coin de l'œil quand nous faisions l'amour. C'est vrai qu'il se portait bien !

Avant, pendant le court dîner, je lui avais raconté mon aventure. Jamais elle ne m'avait coupé la parole, ni manifesté de la peur ou de l'inquiétude. Rien. Aucune question n'avait ouvert ses lèvres. Comme si je lui racontais mes achats chez mes fournisseurs ou ma journée à la librairie! Etait-elle capable d'extérioriser ses sentiments? C'est tout juste si à un moment je n'ai pas pensé lui dire que je les avais tués à grands coups de pelle, puis que j'avais recouvert leurs corps de soude caustique avant d'incendier la villa, mieux, tout le quartier, pour attirer l'ombre d'une surprise ou une simple remarque, une plainte à mon égard.

— Déjà 11 heures! Joël revient au train de 23h28, il va falloir que tu partes. Je vais lui demander s'il peut te remplacer les prochains jours. Je pense qu'il n'y aura pas de problème et ça lui fera un peu d'argent de poche pour la rentrée. S'il y a un souci, je te demande chez Yvonne, mais ne m'appelle pas au bureau. Je ne savais pas que tu étais aussi intime avec Yvonne? interrogea-t-elle, ses yeux paisibles posés dans les miens.

Je ne les baissai pas. Ce n'était pas de la jalousie mais de la curiosité, c'est tout. Dommage, j'aurais aimé qu'elle soit jalouse. Même pas!

— Yvonne, c'est un peu comme ma mère, tu sais, elle a près de soixante ans, confiai-je en regrettant déjà mes paroles à cause de l'âge.

Mais le regrettai-je pour Anne ou Yvonne?

Elle tendit la joue à mes lèvres, puis referma silencieusement la porte derrière moi, les yeux baissés. Je descendis le petit escalier et rejoignis la rue sombre et vide. La légère brume humide qui flottait dans un air fraîchi me fit relever le col de mon blouson. Mes pas rapides résonnaient sur la chaussée luisante. Après chaque rencontre avec Anne, j'étais bizarrement assez mal à l'aise. Pourquoi nous fréquentions-nous? Ce n'était pas sexuel. Mes rares aventures féminines passées et les exploits racontés par Panpan, très porté sur le cul, m'avaient prouvé qu'en matière de sexe Anne n'était pas très libérée. C'était certainement pour échapper à nos solitudes mutuelles que nous partagions nos vies depuis bientôt deux ans. Mais de toutes petites portions de vie, et ce soir, Anne n'avait rien partagé avec moi. Pas même mes peurs.

Dans l'allée où était garée ma Dauphine, un bruit de voiture troua le silence engourdi. Puis le faisceau de ses phares repeignit en jaune le haut feuillage des maisons. Tout d'un coup, une peur incontrôlable me gagna le corps. Le dos plaqué contre la grille d'une maison, je vis passer une vieille Aronde dont le couple à l'intérieur m'ignora. Elle tourna au bout avant de disparaître, replongeant l'allée dans l'obscurité. J'étais en nage. Les à-coups de mon cœur allaient certainement réveiller le quartier. L'aventure, ce n'était pas fait pour moi ! La bouche sèche, je montai dans ma voiture et rentrai chez Yvonne après l'avoir laissée loin du bar. Yvonne n'était pas encore couchée.

— J'étais inquiète, je t'ai attendu.

— Il ne faut pas te faire de bile, Yvonne. Il ne peut rien m'arriver.

Je scrutai ses yeux gris-vert. Elle n'en était pas si sûre. Moi non plus, d'ailleurs.

VI

« Double meurtre à Arcachon » titrait *Sud-Ouest* en gros caractères sur huit colonnes. Occupant la moitié de la première page, l'article, illustré par une photo de la villa tragique, racontait qu'un libraire avait découvert un couple de retraités bien connus des Arcachonnais sauvagement assassinés à coups de pelle. Je le dévorai rapidement et sa longue suite page deux pour voir si j'étais nommé. Si je ne l'étais pas, le rapprochement était facile car nous étions peu de libraires à Arcachon. Et cependant beaucoup trop pour le maigre potentiel de la ville.

Dans l'article, l'inspecteur Prolongeaud précisait que l'argent était certainement le mobile de cet horrible assassinat qui secouait une petite station tranquille. Un encadré signé par un nom féminin donnait la parole à des gens du quartier qui avouaient avoir peur des blousons-noirs venus de certains quartiers mal famés de Bordeaux et qui, d'après eux, pouvaient être les auteurs de ce double crime.

Tous déclaraient que les Ventadoux étaient des gens sans histoire occupant leurs loisirs à voyager et à jardiner. Ils avaient peu de visites, excepté leur fils qui avait fait un scandale il y a quelques mois sur le trottoir suite à un excès de boisson.

Yvonne poussa la porte de la cuisine.

— Ouf, ça y est, le coup de feu est passé. T'as lu le journal que je t'avais laissé sur la table. T'as pas encore bu ton café ? Au bar, il ne parlait que de ça ce matin. Même René, il n'a pas ouvert *l'Equipe*. Tout le monde sait que c'est toi qui as découvert leurs corps. C'est le secret de polichinelle. Que vas-tu faire maintenant ?

— Franchement, je ne sais pas. Ce soir, je vais aller chez moi me chercher des affaires propres, appeler Prolongeaud et Joël pour voir si tout va bien à la librairie. Excuse-moi de t'embêter encore, mais tu peux me passer le téléphone du comptoir ?

— Tu ne m'embêtes pas, Christophe. Mais il faut que tu te secoues un peu. Tu ne vas pas rester planqué ici à attendre quoi et qui ? Tu n'as tué personne et il ne faut pas te laisser manipuler par Tridoux et l'autre inspecteur de Bordeaux. C'est à eux d'arrêter le vrai coupable et c'est pas à toi de payer les pots cassés. Tu as un commerce à faire vivre. Le jour de la mort de ma mère, j'ai travaillé au café, comme les autres jours. Je n'ai jamais eu un mari qui me donnait sa paye pour m'acheter des jolies robes. Au fait, que penses-tu de celle-là ?

Sacrée Yvonne, toujours coquette ! Elle avait revêtu une robe rouge qui la moulait amplement, surtout au niveau de ses seins et de sa croupe, laissant deviner un peu d'épaisseur autour de sa taille marquée et trop de genoux. Cela dit, elle avait de superbes jambes. Derrière son bar, on ne les voyait jamais.

— Elle est un peu voyante peut-être, suggérai-je timidement de peur de la froisser et en me demandant comment elle faisait pour ne pas se casser la gueule sur de si hauts talons.

— Pauvre Christophe, c'est pour plaire aux clients. On dirait que tu ne connais pas les hommes. Je sais, pour ton âge, je suis une croulante plus bonne à rien, mais je peux t'assurer qu'il y en a deux ou trois que je fais baver. Ils viennent, reviennent, consomment et reconsomment rien que pour moi avant que je les consomme quand j'en aurai envie. Au fait, elle est comment ton Anne ? J'espère qu'elle s'occupe bien de toi au lit ?

Anne avait autant de sensualité que la porte bombée de son gros réfrigérateur Frigéavia situé derrière le comptoir. Je bottai en touche sur notre sexualité fadasse en lui redemandant le téléphone.

En tirant la porte avec son pied, elle dévoila une cuisse grasse mais appétissante. Elle revint avec le téléphone noir qu'elle posa sur la table après avoir désenroulé le fil.

— Je te laisse, je reviens au bar. Tu veux que je te prépare quelque chose pour midi ?

— Tu sais, Yvonne, personne ne m'a jamais témoigné autant d'égards que toi !

— Je sais, je suis la reine des poires, et puis, Christophe, je t'aime bien. Ah, si tu avais vingt ans de plus !

Je composai le numéro de la librairie. Occupé. Je tentai celui du commissariat où je demandai l'inspecteur Prolongeaud. C'est son adjoint, Costedoit, qui répondit sèchement avec un fort accent des Pyrénées.

— Où étiez-vous, Richard, on vous cherchait partout ce matin ?

— J'ai dormi chez Yvonne, qui tient un petit bar à 300 mètres de ma librairie, boulevard de la Plage, puisque Prolongeaud m'a dissuadé de dormir chez moi. Ça va durer longtemps ma planque ?

— Bougez surtout pas, il y a du nouveau, lança-t-il en raccrochant brutalement.

Je restai sans voix au bout du fil avec la tonalité qui me perçait le tympan.

Je rappelai la librairie. Ça sonnait cette fois. Au bout d'une dizaine de sonnerie, on décrocha.

— Je ne suis pas Christophe Rich…

— Joël, c'est Christophe, comment ça se passe ?

— Le téléphone n'arrête pas de sonner, des gens qui veulent te rencontrer. J'avais commencé à noter, mais il y en a trop ! *Sud-Ouest,* qui a envoyé un journaliste de Bordeaux, le correspondant de Radio-Luxembourg, *Détective,* qui m'a carrément proposé de l'argent, la RTF avec un correspondant de Bordeaux, puis Paris-Inter, la radio de Paris.

— La police avait raison en me disant que la presse voudrait me rencontrer.

— Des gens sont également venus pour vérifier si c'est bien toi qui as trouvé le corps des Ventadoux. Certains ont même acheté des livres pour ne pas montrer qu'ils ne se déplaçaient que par simple curiosité. On me demande quand tu vas revenir. Qu'est-ce que je leur réponds ?

— Je ne sais pas, Joël. Je crois que je vais revenir jeudi ou vendredi. Ça ira jusque-là pour toi ?

— Ça ira car je n'ai rien à faire, sauf ce week-end où je pars avec des copains. C'est étonnant comme un crime peut attirer le monde. Ce matin, on m'a dit qu'il y avait des embouteillages devant la villa des Ventadoux protégée par la police. Tu vas devenir une célébrité.

— Je te rappellerai en fin d'après-midi. S'il y a quelque chose d'important, téléphone-moi chez Yvonne. Merci pour tout, Joël.

Je posai juste le téléphone quand Yvonne introduisit l'officier de police Costedoit ; la quarantaine, petite taille, quelques kilos en trop, brun avec les cheveux trop gominés, le visage barré d'une fine moustache. Pas un sourire, pas une poignée de main, pas la classique formule de politesse. Décidément, par son attitude la police me considérait comme un coupable en puissance.

— On est embêtés avec vous, Richard car…

— Vous ne savez certainement pas, Costedoit, mais Richard ce n'est pas mon prénom. C'est Christophe. Ça me rappelle un peu l'école et la pension quand j'étais à Bordeaux où mon instituteur m'appelait toute l'année Richard, sauf quand mon père venait le voir pour le carnet de notes où j'avais droit à Christophe que ce jour-là.

Si la fermeté de mon ton me surprit moi-même, elle ne déstabilisa pas Costedoit qui répliqua :

— Je recommence ma phrase, on est sérieusement embêtés car ça ne s'arrange pas pour vous. Le commissaire Rousillon du SRPJ de Bordeaux parle aussi de vous coller en garde à vue et fait pression auprès de mon supérieur.

— Garde à vue, mais pourquoi ? Je n'ai rien fait, je ne suis que le témoin d'un meurtre. De quoi suis-je coupable ?

— On a retrouvé vos empreintes et celles de monsieur Ventadoux sur le manche en métal de la pelle. Mais pas celles du ou des assassins. Il y a aussi partout vos pas sur le sol et pas ceux du ou des assassins. C'est suffisant.

— Suffisant pour quoi ? Pour me déclarer coupable !

— Je sais, l'assassin qui portait certainement des gants a également fait attention à ne pas laisser de traces de pas sur le sol. Ce qui prouverait que ce n'est pas un petit blouson-noir qui aurait été surpris pendant qu'il cambriolait la villa, mais un vrai pro. La manière dont a été forcée la serrure de la porte d'entrée le prouve aussi.

— J'ai pris la pelle pour me défendre au cas où l'assassin reviendrait. Sur l'instant, je n'ai pas pensé aux empreintes, inspecteur Costedoit.

— Après avoir interrogé votre fournisseur de livres de Bordeaux, trouvé le mot des Ventadoux à la librairie, questionné vos voisins, dont l'un vous a vu partir autour de 19 h 30, on sait bien à quelle heure vous êtes arrivé à leur villa. A moins que vous vous soyez disputé avec eux sur le prix des livres…

— Si chaque fois que je n'étais pas d'accord sur le prix d'un livre je tuais mon client d'un coup de pelle, il n'y aurait plus personne à Arcachon, monsieur Costedoit.

— Votre chance, c'est de ne pas avoir de mobile, excepté une dispute sur le prix des livres. Soyons sérieux, une information d'importance nous est parvenue ce matin après avoir discuté avec quelques voisins. Les Ventadoux avaient déjà été victimes d'une tentative de cambriolage début juin. Nous n'avons retrouvé le procès-verbal que ce matin parce qu'il avait été mal classé par le prédécesseur de Tridoux.

— Enfin une bonne nouvelle !

— C'est en rentrant de vacances de Toulon, le 3 juin dernier, que les Ventadoux auraient découvert que la serrure de leur portail avait été forcée, ainsi que la fenêtre du soupirail de la cave. Pourtant, rien n'avait disparu. Ils ont fait poser des grilles et changé la serrure du portail. Les vols dans les villas inhabitées sont assez fréquents à Arcachon. Ce sera d'ailleurs la principale occupation du pauvre Tridoux, cet hiver. Si on l'écoutait, il vous aurait déjà envoyé à l'échafaud.

— Mais ça veut dire, si je comprends tout, que quelqu'un avait déjà cherché quelque chose dans la villa des Ventadoux ?

— Bravo Richard, pardon Christophe. Tiens, je vais vous appeler par votre prénom, ça emmerdera ce jeune blanc-bec de Tridoux ! Il y avait quelque chose que l'assassin cherchait à récupérer dans la villa depuis longtemps. Mais quoi ?

Qu'est-ce que des gens aussi sympathiques et sans histoire pouvaient bien cacher dans leur maison? C'étaient des espions peut-être. Je préférai m'en tenir à quelque chose de plus banal comme leur fils.

— Et leur fils ?

— C'est le premier suspect sur la liste, d'autant que la mort de ses parents va lui laisser en héritage la villa qui vaut pas mal d'argent, plus quelques économies. Mais vu les conditions de leur mort, il n'est pas encore prêt d'hériter. Il possède un solide alibi le soir du meurtre. Vu qu'il fréquentait pas mal de marginaux à Biscarosse, il n'est pas impossible qu'il ait payé un type pour voler ses parents qui l'auraient surpris.

— Voler ses parents, c'est horrible !

— Horrible mais vraisemblable. La police de Biscarosse a cuisiné ce matin Abel Ventadoux qui n'a pas craqué. En revanche, c'est un alcoolo aux idées fixes. Il raconte partout que c'est vous qui avez tué ses parents. Faites attention, car c'est un gros balaise pas bien finaud. On lui a fait un peu peur et il s'est vite calmé. Mais dès qu'il a bu, il devient violent et ne sait plus ce qu'il dit.

Un de plus sur ma liste. Maintenant je devais aussi me méfier d'une brute qui croyait que j'avais tué ses parents. Décidément, le monde était bien cruel avec moi ces temps-ci.

Costedoit parti, je me couchai sur le lit, entendant quand même Yvonne qui fermait la porte de sa chambre pour faire sa sieste. Quelques minutes plus tard, un ronflement venu de derrière sa porte m'arracha un sourire. Ce n'est pas en ronflant au lit qu'Yvonne devait exciter ses amants. Heureusement, elle devait avoir d'autres arguments. Puis je sombrai à mon tour dans un sommeil lourd.

A 18 heures, réveil brutal. Vraiment, ma vie ne ressemblait plus à ma vie.

Au téléphone, Joël donna les nouvelles de l'après-midi en m'expliquant qu'il avait fait des ventes dignes des meilleurs samedis. Il m'annonça aussi que mon père m'avait téléphoné. Un gros balaise sentant le vin m'avait également cherché. Ventadoux fils, certainement. D'autres journalistes avaient appelé, notamment deux fois une femme de *Sud-Ouest* à Bordeaux.

— Tu diras à ta mère qu'elle a un fils formidable et que je lui donnerai des nouvelles demain. Ce soir, il faut que je passe chez moi pour me changer. En parlant de ça, ce serait bien que tu fasses laver les affaires de bain posées par terre en vrac dans le cagibi. Bonne soirée, Joël, à demain.

— Fait attention à toi, Christophe, salut !

Il me semblait que j'étais le héros d'un roman policier et cela, tout en m'angoissant, ne me déplaisait pas. Mais le reflet du miroir du lavabo me rappela que je n'avais ni la gueule d'Alain Delon, ni celle de Sean Connery. D'ailleurs, dans un polar, le héros ne roulait jamais en Dauphine pourrie aux ailes piquées et ne manquait pas de s'évanouir comme moi à la vue du sang. Il n'avait pas de problèmes d'intendance aussi terre à terre que les miens. Je ne me souvenais pas avoir vu ces acteurs dans un film laver leurs sous-vêtements.

Yvonne ferma le bar à 20 heures et nous prépara un petit souper en tête-à-tête. C'était bon, c'était bien. J'étais troublé car je découvrais cette femme que je croyais connaître. Une femme à l'écoute, dont chaque mot, chaque geste, chaque action étaient destinés à la satisfaction de l'autre. Ce que je n'avais jamais rencontré chez une femme. Ni chez Anne, ni chez ma mère, ni chez d'autres.

— Je sors, mais je reviens dans une heure à peine car je vais chercher des affaires de rechange chez moi. Je ne me sens pas propre.

— J'aurais pu te les laver ou aller te les chercher. Sois prudent.

Décidément, tout le monde voulait que je sois prudent.

Le boulevard de la Plage était habité que de quelques voitures garées le long du trottoir que les réverbères tachaient de jaune. Ici, il y a seulement quinze jours, le soir, des centaines et des centaines de personnes déambulaient avec des enfants qui couraient. Je n'avais pas téléphoné à mon père qui devait s'inquiéter car il avait dû faire le rapprochement avec moi en lisant le journal. Au volant, je tournai à gauche, remontai droit vers l'Aiguillon par le boulevard Degane pour plonger vers la rue Lussant. Volontairement, je la laissai à cent mètres de la villa. Personne dans la rue ni devant. Seul l'aboiement d'un chien dans le lointain perça le silence humide. La voie était libre.

Décidément, je me faisais mon petit cinéma dans ma tête

car les journalistes n'allaient tout de même pas m'attendre devant chez moi en rangs serrés à 22 heures pour m'interviewer. Je traversai le grand jardin silencieux pour rejoindre ma porte.

Ma clé tourna dans le vide. J'insistai encore. Elle tournait curieusement sur elle-même, sans effort. La serrure avait été forcée. D'une main, je poussai doucement la porte, le cœur battant. Hésitant entre m'enfuir à toutes jambes et rester pour vaincre ma frayeur. Je me forçai à ne pas m'enfuir. La lumière allumée révéla une chambre sens dessus-dessous avec les tiroirs renversés, le placard ouvert, le linge humide jeté sur le sol, la cuvette à l'envers, le matelas à moitié par terre. Une affiche de Bécaud déchirée pendait le long du mur. J'avais été cambriolé. Il fallait prévenir la police.

J'allai faire demi-tour pour rejoindre ma voiture quand une épaisse silhouette sombre venue de l'obscurité du jardin me barra le passage. La lumière orangée de la chambre se refléta dans quelque chose qui brillait dans le noir. Une lame de couteau.

Je tentai de fuir par la droite, mais un bras puissant me ceintura le corps pendant que la lame du couteau se piqua contre mon cou.

— Où crois-tu aller, connard ?

Aucun son ne sortit de ma poitrine serrée comme dans un étau.

— Il y a deux jours que je te cherche. Maintenant que je t'ai trouvé, on ne se quitte plus. On va rentrer gentiment tous les deux dans ton gourbi et on va discuter entre hommes.

Il me poussa violemment dans ma chambre.

— Monsieur Ventadoux, je n'ai pas tué vos parents ! Je les ai découverts déjà assassinés, je n'ai rien fait… balbutiai-je, effaré.

— Tu te goures, il y a erreur sur le matricule. Ventadoux, ce n'est pas moi. Par contre, c'est bien moi qui ai buté les deux vieux. Je crois que tu es bien parti pour les rejoindre, rajouta l'homme en noir.

En prononçant ces paroles à mon oreille, il poussa durement sur la lame du couteau. Son geste m'arracha un hurlement alors que des gouttes de sang comme des perles rougies commençaient à broder le col de mon blouson. Je m'étais trompé. Ce n'était pas le fils Ventadoux. C'était l'assassin de ses parents.

— Tu vas t'asseoir bien gentiment dans le fauteuil et on va parler tous les deux. Me fais pas un coup d'entourloupe, car je n'hésiterai pas à te planter. Deux ou trois meurtres, ça ne change plus rien pour moi. Je ne serai pas guillotiné deux fois.

Il fouilla mes poches où il trouva les clés de ma voiture, celles de la librairie, de chez Yvonne, et un porte-monnaie en plastique noir qu'il entrouvrit pour vérifier le contenu.

En tombant dans mon vieux fauteuil à côté de mon lit, je m'accrochai aux accoudoirs pour ne pas glisser sur le sol. Impossible de maîtriser le tremblement qui agitait spasmodiquement mes jambes. Ce type allait me tuer, c'est sûr. Je m'efforçai le mieux possible de masquer la terreur que mon corps exhalait par tous ses pores. Son visage lourd, aux traits épais avec des poches sous les yeux, au nez fort, à la bouche lippue, au menton carré, aux cheveux très noirs coupés courts lui donnaient une tête de boxeur. Il n'était pas gros mais épais. Pas très grand mais trapu, vêtu d'un blouson en cuir noir, d'un pantalon foncé et de mocassins noirs très fins. Ses mains gantées de daim noir tenaient un couteau d'où pendait un anneau de cuivre.

La gifle qu'il me balança à ce moment-là arrêta net mon observation quant à son physique et au couteau. De toute façon, lui aussi m'avait analysé et son compte rendu ressembla à un premier coup de poignard.

— Qui m'a balancé une lavette comme toi ? Ma parole,

mais tu vas te pisser dessus de trouille. Assez discuté, où est le pognon ?

— Le pognon, répétai-je, l'air godiche.

Je ne comprenais rien à sa question. J'allais le lui dire. Une autre gifle me fit éclater la lèvre supérieure et m'empêcha de formuler intégralement ma question à haute et intelligible voix.

— On s'est mal compris tous les deux. Où sont les billets ? Où sont les sacs ?

Quels billets ? J'allais reposer la question, mais un goût amer de sang dans la bouche me rappela à l'ordre au niveau de mes interrogations à voix haute. Il devait y avoir erreur sur la personne. C'est ça, il devait y avoir une erreur ! En épongeant de la paume de la main ma lèvre douloureuse, je tentai de lui expliquer.

— Je suis libraire à Arcachon et je n'ai pas l'argent que vous cherchez !

Je voulais gagner du temps pour faire le clair dans mon cerveau. C'était lui qui avait tué le couple de retraités. Pourquoi ? Et s'il me recherchait, c'est qu'il m'avait vu lundi soir rentrer dans la maison.

— Je sais que tu es libraire à Arcachon. Ton métier, de toute façon, je m'en branle.

— Vous m'avez vu rentrer chez les Ventadoux et…

— Non connard, mais je t'ai vu sortir, et avec les deux sacs. Tu ne vas pas me faire attendre longtemps ou je vais te couper tous les doigts un par un.

Il joignit le geste à la parole et posa le côté tranchant de la lame sur la jointure de mon index. Il appuya jusqu'à ce qu'elle se raye d'un trait rouge qui fit jaillir une douleur fulgurante.

— Je t'ai entendu arriver l'autre soir et je me suis barré avant que tu te pointes dans le jardin. Je suis allé me planquer dans le parc d'à côté, avant de ressortir par la rue où je me suis caché derrière un platane. Je t'ai attendu au moins dix minutes. Qu'est-ce que tu as foutu pendant ces dix minutes ?

Mon air idiot fit monter sa colère. Il explosa. Ça allait devenir difficile pour moi. Je me hasardai à lui poser une question.

— Comment savez-vous que c'est moi qui ai pris le fric ?

— Parce que je t'ai vu sortir avec les deux sacs, ducon ! T'es parti si vite que je n'ai pu te courser avec ma tire. En plus, tu étais tout noir de charbon. Comme ça, tu vas chez des gens le soir pour pelleter du charbon. Tu es boy-scout ?

— C'est en me penchant sur eux que je me suis sali !

— Tu te fous de ma gueule. Moi, je vais te dire ce que tu as fait pendant ces dix minutes. T'as gentiment terminé le boulot que j'avais bien commencé avant que les deux vieux viennent me déranger.

— Quel boulot ?

— J'avais pas prévu qu'ils arrivent pendant que je pelletais le charbon. Ils se sont mis à hurler comme des cochons qu'on égorge quand ils m'ont vu. Pour les faire taire, j'ai dû les tabasser à coups de pelle. C'était pas prévu dans le scénario. J'ai appris qu'ils étaient morts dans le journal où j'ai compris que tu étais le libraire. Je ne sens pas ma force, c'est mon problème. Quand je faisais de la boxe, j'assommais tout de suite.

— Mais j'étais venu chez eux pour leur livrer des livres dans des sacs !

— Arrête tes conneries. Tu étais venu pour chercher les sacs puisque t'es parti avec ! Toi non plus, tu n'avais pas prévu qu'ils rentreraient ce soir-là. Je n'avais pas prévu, non plus, que tu te pointerais. Toi, petit malin, sans efforts, en trois coups de pelle, tu as trouvé sous le tas de charbon les deux sacs avec les 150 patates. Ce blé est à moi, tu comprends. Tu me le rends et on se quitte bon ami.

Son regard fauve me fit comprendre que pour lui j'en savais déjà trop. Si je lui disais où étaient les sacs, il ne me laisserait pas partir vivant. Ce type avait déjà tué deux fois pour de l'argent. Il n'aurait aucun scrupule à tuer une troisième fois, d'autant que j'étais devenu un témoin trop gênant. Si mon corps n'était pas au niveau, ma tête allait très vite. Il fallait que je lui fasse croire que j'avais les fameux sacs. C'était l'unique solution pour rester le plus longtemps en vie. Jouer son jeu sans le brusquer. Pour lui, se quitter bons amis, c'était lui vivant, et moi mort !

— Oui, c'est vrai que je suis parti avec les sacs que j'ai laissés dans la voiture car je n'avais pas prévu de trouver les Ventadoux assassinés. Je suis allé le dire à la police…

— Tu ne vas pas me faire croire que tu as donné l'argent aux flics, tu n'es pas si con que ça quand même, tonna-t-il hors de lui.

— Non, évidemment, avant j'ai planqué l'argent. Mais comment tu m'as trouvé ? articulai-je en tentant d'inverser nos rôles et en le tutoyant pour nouer un semblant de complicité. Sans grande illusion.

Il se pencha davantage vers mon visage. Il n'avait pas bonne haleine.

— Je t'ai perdu lundi soir où t'es parti comme un dingue. Mardi, j'ai cherché ta tire dans les rues. Dans le journal, j'ai compris que tu étais le libraire. Il n'a pas été difficile de savoir où était ta librairie. Mais tu te planquais, petit malin. Ça n'a pas été trop compliqué de trouver ton gourbi en interrogeant quelques personnes.

Il accentua la pression du couteau sur ma gorge.

— Par contre, je ne comprends pas ce que tu viens faire dans cette histoire. On perd du temps à discuter comme des bonnes femmes. Pour la dernière fois, où est mon pognon ?

— Ton pognon ? Mais c'est aussi mon pognon, rétorquai-je dans un éclair de discernement.

Ma réflexion provoqua l'effet que j'escomptais dans la tête de l'homme. Il leva les sourcils.

— Ton pognon ? Tu ne manques pas de culot pour un cave, mais c'est mon pognon. Qui t'a dit qu'il y avait ce blé planqué sous trois tonnes de charbon ? Ce n'était pas prévu dans le scénario. Ça y est, j'ai saisi. Ce ne peut être que ce connard de Bob qui t'a affranchi pour que tu récupères l'argent à sa place sans qu'il se mouille.

Je restai sans voix. Qui était ce Bob ?

— Comme tu habites à Arcachon, c'était plus facile pour toi que pour lui. Il t'a certainement demandé de mater la maison des vieux pour vérifier quand ils partaient en congés. J'imagine que Bob ne voulait pas traverser tous les jours pour vérifier s'ils étaient toujours chez eux.

Il appuya plus fort sur son couteau. J'avais peine à respirer. Il colla son visage à quelques millimètres du mien. Quelle haleine ! Il devait avoir des problèmes de foie.

— Je ne sais pas comment tu l'as connu. Je m'en fous. Mais c'est pas ton blé, t'es pas dans le coup, p'tit gars. Tu n'es rien, ajouta-t-il en me balançant une gifle qui me fit perdre la vue pendant une fraction de seconde.

Rien de ce qu'il me disait me parlait. J'allai prendre peut-être un coup de couteau en plein cœur en fonction de ma réponse. La seule solution était de jouer l'ambiguïté…

— Moi aussi j'ignorais que quelqu'un d'autre que moi était sur le coup. Bob ne me l'avait pas dit que quelqu'un d'autre savait que les Ventadoux avaient du pognon planqué sous leur charbon, répétai-je en reprenant des mots à lui pour ne pas me tromper.

En les prononçant, je tentais de m'expliquer pourquoi autant de personnes savaient que les deux retraités possédaient de l'argent enfoui sous le charbon alors qu'eux l'ignoraient. Cette histoire était folle !

— Bob, il aurait pu prendre un autre associé qu'une fiotte

comme toi. Je vais te dire connard, ton Bob il t'aurait fait disparaître dès que tu lui aurais filé les 150 patates. Combien il te refilait dessus ? Dix patates. Tu ne vaux pas plus ! Paraît-il que c'est pas un naze, mais je suis pas plus con que lui. T'es seul et bien seul et dans la merde.

— Le pognon est à la consigne, lançai-je pour gagner du temps.

Pourquoi la consigne ? J'avais vu cent films policiers où les héros en gabardine mastic planquaient leur sac bourré d'argent à la consigne. Et pourtant je savais pertinemment que la gare fermait après minuit.

— Tu te fous de ma gueule, j'ai fouillé ta chambre et il n'y a pas de clé de consigne, ni dans tes poches d'ailleurs.

Il me balança une nouvelle gifle qui m'éjecta d'abord du fauteuil, puis fit exploser mon cerveau. En réfléchissant à la vitesse du son, je compris qu'il n'avait pas explosé et c'était tant mieux car j'y tenais beaucoup. En m'efforçant de masquer le tremblement de ma voix, je lui répondis :

— La clé de la consigne est à la librairie, planquée dans une reliure vide car j'avais peur que la police la trouve en fouillant.

— Bon, mon petit gars, fit-il d'une voix radoucie, on va aller gentiment à la librairie tous les deux avec ta tire. Pas d'entourloupe, sinon je te saigne comme on saignait les gars dans ton genre en Algérie. On appelait ça le sourire kabyle, surenchérit-il d'un air doucereux en accompagnant ses mots d'un geste rapide de son pouce sous le cou, de son oreille gauche à la droite.

Une sueur froide me coula le long du dos. Malgré la peur qui me mangeait le corps, j'osai la phrase déstabilisante. Que risquai-je de plus que ma mort ?

— C'est Bob qui ne va pas être content après toi quand il saura que t'as pris son argent…

— Bob ne saura jamais que c'est moi, me coupa-t-il en hurlant.

Mais il se rendit immédiatement compte qu'il avait trop parlé.

En clair, je venais d'interpréter que ce type allait me tuer quoi qu'il arrive puisqu'à ses yeux j'étais le seul lien entre lui et le mystérieux Bob. Je n'avais plus rien à perdre.

— On y va, dis-je en me levant doucement dans une énorme grimace qui me tira sur mon arcade sourcilière.

Mes jambes me portaient, c'était une bonne nouvelle. Mon visage, qui apparut dans le miroir piqué, me fit peur. Il ne m'avait pas loupé ! Un œil gonflé et une lèvre ouverte me faisaient ressembler à Christopher Lee dans le rôle de Frankenstein. Si je reste en vie, je demanderai qu'on m'appelle désormais Christopher Richardstein !

— Pas d'entourloupe, gars. Tu te tires et je te plante dans le dos. Pour 150 briques, tu sais, je tuerais père et mère. En plus, tu n'es même pas mon père, ni ma mère !

La vue, grâce à mon œil valide, des disques de Brassens qui s'étaient éparpillés sous le lit, et surtout de mon électrophone Teppaz éclaté au bras du saphir arraché, provoqua la décharge d'adrénaline indispensable pour tenter ce dont je me croyais incapable. Yvonne avait raison, je ne pouvais pas être un lâche toute ma vie.

Lorsqu'il s'effaça pour me laisser passer devant lui, je fis semblant de marcher difficilement vers le portail de l'entrée. Dans un prompt volte-face, j'obliquai à droite vers le jardin qui s'enfonçait dans un noir total. Pour lui, pas pour moi. J'en connaissais de mémoire la topographie.

Je courus vite, tête baissée, en évitant le fil du linge qu'il se prit en pleine poire dans un hurlement. Après avoir esquivé le petit massif au fond près de l'appentis aux outils, je sautai dans le jardin du voisin. Un chemin parfois emprunté quand de nouveaux estivants fermaient le portail de l'entrée dont je n'avais jamais eu la clé. Il faudra que je pense à la demander…

Courir, courir, je n'avais que ces mots en tête. Je sautai le portail de la maison voisine sans souplesse. C'était le moment de montrer à l'homme en noir que j'étais un petit Michel Jazy.

Du portail de la maison voisine, j'oubliai la rue Levasseur en prenant le boulevard Mestrezat faiblement éclairé. Devant l'église Saint-Ferdinand, à gauche toute dans l'avenue de la République. Ma belle foulée déliée ne m'empêchait pas de crever de peur. Que faire ? Taper chez des gens. Toutes les maisons occupées étaient déjà éteintes. De toute façon, ce type n'aurait pas peur de tuer des témoins gênants, il l'avait déjà prouvé. J'étais seul et bien seul. Hurler dans la nuit ? Personne n'ouvrirait. Toute vie semblait avoir fui ce quartier oublié d'Arcachon. Il fallait courir et tenir jusqu'au commissariat très éloigné.

Personne à mes trousses. Il m'avait perdu ou avait abandonné sa poursuite. Enfin une bonne nouvelle ! Mes talons heurtaient sèchement le trottoir. J'avais l'impression que le bruit de mes pas allait réveiller le quartier. Soudain, il fut couvert par un mugissement venu du fond de l'avenue. Le bruit d'une voiture qui roulait à vive allure. Sauvé ! Il fallait l'arrêter.

Tout en courant, je me retournai vers deux points jaunes qui grossirent très vite. Ils me dépassèrent, puis obliquèrent brutalement sur moi pour me tasser contre la grille d'un jardin. C'était lui. Impossible de tourner à gauche ni à droite.

Restait la solution de traverser juste derrière lui pour me protéger derrière les arbres du trottoir d'en face. Au volant de ce qui devait être une DS19 noire, c'était bien lui. Dès qu'il remonta à ma hauteur, je plongeai à droite derrière sa voiture. Dans un violent coup de frein qui fit gémir ses pneus, la DS se planta sur son train avant. Emporté par mon élan, je traversai la rue à longues enjambées. Il redémarra alors que la statue de place de Verdun était dans mon horizon. Je n'eus pas le loisir d'apprécier finement le travail du sculpteur Maspori. Pour ne pas rester à découvert dans cet interminable carrefour, j'appuyai sur le côté droit de la chaussée. Dans le hurlement du moteur martyrisé, la DS pointa cette fois directement dans ma trajectoire quand un porche, dont les cinq marches grimpaient vers la porte d'entrée, me sauta à la vue. Une énergie venue de je ne sais où me fit bondir directement sur la cinquième marche à l'instant où l'avant de la DS s'encastra durement dans le béton. J'eus le temps d'apercevoir une grimace sur son visage. Les marches sautées, ma course folle se poursuivit boulevard du Général Leclerc.

Je croyais l'avoir semé, mais il était toujours là. Mes oreilles, pourtant couvertes par les battements saccadés de mon cœur, l'entendirent faire marche arrière et repartir. Je tournai la tête à gauche. Plus rien. J'étais sauvé, du moins si mon cœur tenait la distance. C'est l'envie de vie qui me donnait cette force de continuer. J'étais presque fier de moi. Si je mourais, ce ne serait pas en lâche. Yvonne, tu seras fière de moi.

Sortie de je ne sais où, une voiture borgne arriva face à moi. Toujours lui ! Pas d'escalier cette fois, juste une 403 garée contre le trottoir vers laquelle je déviai, me protégeant derrière son aile arrière. A fond de régime, la DS plongea parallèlement vers elle en essayant de la frôler au maximum pour m'accrocher. J'entendis le bruit sec du rétroviseur exploser en l'air pendant qu'un voile de chaleur lâché du moteur lécha mon visage. J'eus beaucoup de peine à me relever, car la transpiration avait moulé mon pantalon sur mes cuisses et des torrents de sueur ruisselaient dans mon dos.

Mes jambes ne me portaient plus. L'interminable boulevard du Général Leclerc n'en finissait plus. Je n'imaginais pas qu'il fût si long. Je n'allai tout de même pas terminer ma vie sous les roues d'une DS. Je n'ai jamais aimé la DS ! Enfin, la vue dans le lointain de la rue Roger Expert et de son commissariat, tel un phare dans une mer démontée, me donna la force de continuer.

Un violent freinage, puis un demi-tour parvinrent à mes oreilles, suivis par le bruit d'une autre voiture ou d'un scooter peut-être. Je ne sais pas. Je tournai la tête tout en continuant à avancer mécaniquement. Comme si j'étais spectateur des jambes qui couraient sous moi ! Rien, sauf un léger nuage d'une fumée âcre avant qu'il ne se dissipe. Puis le silence. Ruisselant, chancelant, je poussai la porte du commissariat. Avant de m'évanouir et de sombrer dans un trou inconsistant, j'eus le temps de reconnaître et d'entendre le même brigadier de garde que lundi soir qui me décocha :

— Encore vous !

VII

— Vous voulez un café, monsieur Richard ?

L'histoire bégayait. Deux jours après, je me retrouvais dans le même commissariat d'Arcachon, le même bureau, le même brigadier qui me proposait dans le même verre pas plus transparent que mardi matin le même café certainement pas plus chaud. J'acquiesçai avant de me prendre la tête entre les mains pour tenter de calmer les élancements de mon arcade et de ma lèvre.

La nuit avait été longue. Tridoux, Prolongeaud et Costedoit m'avaient rejoint au commissariat peu avant minuit. Après avoir retrouvé mes esprits, avalé un verre de rhum, j'avais raconté les événements en détail. Tous les mots exacts de notre dialogue ne me revenaient pas à l'esprit. En plus, je n'avais pas compris tous les mots de mon agresseur, surtout préoccupé à sauver ma vie. Prolongeaud me demanda deux fois de répéter scrupuleusement notre tête-à-tête.

Pendant que je tentais de reconstruire ce dialogue assez décousu, leurs regards dubitatifs m'interpellèrent. Je me faisais songer à un mythomane qui se serait lui-même frappé pour attirer l'attention sur lui.

Assis à l'envers sur sa chaise, Prolongeaud, les mains posées sur le dossier, les yeux plissés, semblait rechercher dans son esprit des indices ou des coïncidences. Le nom de Bob lâché par le mystérieux homme en noir semblait les intéresser au plus haut point. J'avais été abasourdi par la somme colossale qu'il avait cru que j'avais volée : 150 briques ! Avec, on pouvait s'acheter 300 Dauphine neuves à la batterie en bon état, plus de 25 librairies en plein Bordeaux ou 150 000 45 tours de Brassens. Mais j'avais la curieuse impression que ces 150 briques, ils croyaient que c'était moi qui les avais prises.

Néanmoins, ils envoyèrent une voiture de police effectuer une ronde dans Arcachon endormie pour dénicher ma fameuse DS19 noire dont Tridoux osa me demander le numéro. Pourquoi pas l'année ? ripostai-je avec une arrogance violente qui le décontenança. Elle rentra bredouille. Après avoir fait appeler un médecin de garde qui me badigeonna d'alcool, me transperça d'une piqûre antidouleur, scotcha un pansement sur mon œil et pommada ma lèvre, ma déposition fut enregistrée. Puis un peu de repos me fut accordé dans la même cellule qui ne sentait pas plus la rose que la fois précédente. Auparavant, vers une heure du matin, j'avais eu l'autorisation d'appeler Yvonne, qui se faisait un sang d'encre car elle m'attendait depuis 23 heures.

— Yvonne, tu avais raison, j'ai peur que ça soit dangereux pour toi que tu m'héberges. Ce gars ne plaisantait vraiment pas.

— Que veux-tu qu'il m'arrive, Richard ? Tu sais, je n'ai plus peur à mon âge. J'en ai fait sortir des mecs de mon café qui jouaient les macques à la petite semaine. Fais surtout attention à toi. Tu reviens quand tu veux.

Avec un policier en tenue et l'inspecteur Costedoit, nous repartîmes à mon appartement. Là, ils firent les constatations d'usage avant de faire prendre les empreintes. Ils me promirent d'appeler rapidement un serrurier pour venir me changer la serrure, dès le lendemain. Pendant ce temps, je prenais une douche car j'étais en nage. Tridoux me l'avait fait remarquer avec fort peu de tact. En raclant les fonds de tiroir de ma commode, je trouvai un slip, une chemise, un pantalon propre, ainsi qu'un pull-over. Quant à mon blouson, il était non seulement taché de sang, mais également tout râpé sur le côté. Si je retrouvais un aspect plus présentable, côté visage, j'avais salement morflé !

Environ deux heures plus tard, retour au commissariat où Prolongeaud, en manches de chemise, m'attendait avec un drôle de petit sourire. Son brutal changement d'attitude me décontenança. Il me demanda de m'asseoir face à lui, entouré par Costedoit et Tridoux décalé sur le côté.

— Grâce à vous, monsieur Richard, en quelques heures seulement, nous venons d'avancer sur une grosse affaire qui était au point mort depuis trois mois. Je vais être plus précis. Dans vos fameux sacs, il y avait très exactement la somme de 1 497 984 francs !

Mon œil ahuri peignit un petit sourire sur sa bouche et l'incita à poursuivre.

— 1 497 984 francs ! Vous avez fait l'objet d'une incroyable méprise. Une histoire qu'on peut maintenant remonter à l'envers et dont vous étiez le maillon manquant. J'ai eu au téléphone le commissaire Delille de la PJ de Bordeaux qui suivait cette affaire. Il m'a confirmé toutes les dates. Il saute de joie ! C'est un récit si incroyable qu'on a peine à croire qu'il est vrai. Au cinéma, on dirait que les scénaristes ont trop d'imagination. Hélas, il a tué deux innocents, et on aurait pu vous ajouter à la liste si vous ne vous étiez pas enfui.

Je n'en revenais pas. J'étais l'acteur involontaire d'une histoire digne des meilleurs policiers. Quand Panpan allait savoir ça !

Prolongeaud se cala mieux dans sa chaise, plutôt content de lui.

— Le 31 mai 1963, le Crédit agricole de Facture a été victime d'un gros hold-up. Pour quelques heures, ses coffres contenaient l'argent de la paye d'une usine de cellulose située à Facture. A 17 h 15, deux hommes masqués portant deux sacs de sport en skaï noir ont fait interruption dans ses locaux. Ils ont braqué le personnel et l'unique client, menacé de représailles le directeur. Sept minutes plus tard, ils s'enfuyaient avec 1497984 nouveaux francs dans les deux sacs. Les mêmes que vous. Une drôle de coïncidence qui a entraîné cet étonnant quiproquo.

— Les mêmes sacs, c'est étonnant.

C'est tout ce que je trouvai à répondre d'intelligent.

— Oui et non, car c'est un modèle standard vendu dans tous les magasins de sport. Je continue. Une 404 les attendait à quelques mètres avec une ou deux personnes masquées à son bord. Les témoins ne sont, hélas, pas plus précis. C'est vraiment dommage pour nous. Si le hold-up avait été soigneusement préparé, la suite de l'histoire n'a pas fonctionné du tout comme ils l'espéraient.

— Mais comment connaissiez-vous cette histoire ? hasardai-je.

La bouche lasse, Prolongeaud me fit remarquer avec tact que cette question était ridicule à l'adresse d'un flic dont c'était justement le métier de savoir.

— Nous venons de faire le rapprochement avec ce qui vous est arrivé, Richard, seulement ce matin en juxtaposant deux affaires. Je continue. Ils désiraient certainement s'enfuir du côté de Bordeaux après avoir changé de voiture vers un petit bois discret à la sortie de Facture. Une Versailles volée à Bordeaux et retrouvée le lendemain par les gendarmes en panne de démarreur. Ils ont certainement perdu beaucoup de temps en tentant de la démarrer. Face aux barrages de police et de gendarmerie mis en action autour de Facture avec le signalement de la 404, ils ont préféré faire demi-tour, pour aller où ? Ce matin encore nous ne le savions pas.

— Arcachon, rétorqua Tridoux pour devancer Prolongeaud.

— Vers Biganos exactement, rectifia sèchement l'officier de police. Là, ils ont planqué leur 404 pour voler une Aronde dont le vol n'a été signalé que trois jours plus tard. Nos trois ou quatre braqueurs arrivent à Arcachon en fin de soirée, très énervés, j'imagine, à cause de ce petit grain de sable qui a fait gripper une organisation bien huilée. Là, ils décident de se planquer car ils se doutent que d'autres barrages de gendarmerie vont être installés rapidement autour. Où peuvent-ils se cacher ?

Son regard fit le tour de la pièce pour juger de son effet.

— Pas dans un hôtel. Reste la solution d'une maison vide dont les occupants sont absents. J'imagine qu'ils ont cherché de préférence une villa cachée par un haut portail pour masquer leur voiture planquée dans le jardin.

— Justement, un couple de retraités de l'avenue Gambetta avait pris quelques jours de vacances, comme nous l'avons appris mardi, suite à leur déposition du 3 juin, souligna Costedoit, pas mécontent de lui, avant de s'arrêter pour laisser continuer son supérieur.

— J'imagine qu'à la nuit tombante, ils forcent le portail de la villa vide où ils rentrent l'Aronde dans le jardin. Ils pénètrent dans la maison par le soupirail que les Ventadoux trouveront cassé. Que faire ? Là, il leur est venu une idée géniale. S'ils sont pris, il ne faut pas qu'ils aient l'argent. Pas de sacs, pas de preuves. Dans la cave, ils découvrent un tas de trois tonnes de charbon qui leur donne une idée géniale. Ils planquent les deux sacs bourrés de billets sous le charbon ; ils espéraient bien que les habitants de la villa n'utiliseraient plus leur chauffage début juin. Il y avait donc peu de chance pour qu'ils les découvrent dessous. Surtout que nos fuyards pensaient revenir dès que les barrages seraient levés. Nous avons déduit cela d'après les propos de votre agresseur rapportés lors de votre audition.

— Mon agresseur faisait-il partie de la bande ?

— Certainement, puisqu'il savait où étaient planqués les sacs. C'était probablement l'un des trois ou quatre voyous. Ils ont dû se disputer sur la manière de disposer de l'argent avant de se séparer. On sait seulement que deux sont partis tôt le lendemain au volant de l'Aronde qu'ils ont abandonnée à l'entrée de Gujan-Mestras. Là, ils ont piqué une R4 autour de 6 heures du matin.

Il alluma une cigarette. C'était la première fois que Prolongeaud fumait devant moi. Un voile de fumée l'entoura.

— Manque de chance pour eux, ils sont tombés en sortie de Gujan sur un barrage de gendarmerie. Il y avait peu de chance qu'ils se fassent arrêter car nous n'avions pas leur signalement et leurs papiers étaient en règle. Mais un gendarme plus malin qu'un autre a remarqué lors de leur contrôle d'identité que les fils dénudés du démarreur de la R4 pendouillaient sous le tableau de bord.

— Une arrestation, c'est souvent de la chance, renchérit Costedoit, mais s'ils ont été arrêtés sans résistance, ils n'ont rien avoué. Il s'agit d'un dénommé François Bergès, un truand angoumoisin, et de Pierre Railloux, qui ne vaut pas mieux. Ils ont déjà eu maille à partir avec la justice et ne se sont pas déculottés devant le juge. Ils sont actuellement en détention préventive, l'un à Gradignan, l'autre à Mont-de-Marsan. Bien que le juge ait des indices graves et concordants, il n'a pas encore de preuves assez solides contre eux. Il n'y avait pas leurs empreintes sur la 404 du casse. En plus, il paraît que l'un des deux a une très grosse pointure bordelaise comme avocat !

— Ils devraient être jugés bientôt, coupa Prolongeaud. Pour le SRPJ de Bordeaux, à l'époque, l'enquête s'est arrêtée à Biganos, là où a été trouvée la 404. Nous en étions là, sans base de départ solide. Tridoux n'avait certainement jamais entendu parler de cette affaire.

— Non, surtout qu'en mai j'étais à Clermont-Ferrand, précisa ce dernier.

Prolongeaud continua sa démonstration après avoir rejeté la fumée par le nez.

— Certainement que l'un des deux truands libres a décidé d'aller chercher lui-même les sacs en profitant de l'absence des occupants. Il a dû passer plusieurs jours à Arcachon pour vérifier si leur villa était vide. Il faudra enquêter dans les hôtels, Tridoux ! Lundi, il a réussi à forcer la porte. Il pelletait le charbon quand il a été dérangé par les Ventadoux qui rentraient chez eux.

— Il n'a vraiment pas de bol, il s'introduit chez eux à l'instant où ils reviennent, lâcha Tridoux.

— Surtout pas de chance pour ces pauvres gens qui sont arrivés au mauvais moment, tempéra Prolongeaud. D'ailleurs, Costedoit, tu l'avais remarqué, les deux tas de charbon bien distincts démontrent bien qu'il avait largement commencé à chercher les deux sacs. Surpris et coincé dans la cave d'où il ne pouvait pas s'échapper à cause du nouveau vasistas renforcé, il n'a pas hésité à tuer à coups de pelle les deux retraités pour continuer son travail. Mais c'est là que vous êtes arrivé, Richard.

— Mais j'ai d'abord sonné à l'entrée avant de pénétrer dans le jardin.

— Lorsqu'il a entendu la sonnette du portail, il a préféré fuir plutôt que de se retrouver face à d'autres personnes, car il ne savait pas si vous étiez plusieurs. Comme il vous l'a dit, il s'est planqué dans le jardin de la maison vide d'à côté. Puis il est ressorti par la rue déserte où il s'est caché pour vous attendre pendant une dizaine de minutes. C'est aussi ce qui lui a mis la puce à l'oreille.

— Quel drôle de hasard, tout de même, souffla Tridoux avec un regard soupçonneux.

— Pire que cela, puisque vous portez des sacs de même couleur que les leurs. Quand il vous a vu ressortir dix minutes plus tard, noir de charbon, les deux sacs à la main, il a imaginé que vous partiez avec son fric…

— Oui, c'est ce qu'il m'a dit, osai-je affirmer, surtout qu'il m'a dit ne pas m'avoir vu rentrer avec les sacs.

— Furieux de s'être fait doubler à l'instant où il touchait enfin au but, il a réussi à vous retrouver pour récupérer l'argent. Voici toute l'histoire que nous avons patiemment reconstruite ce matin, mon collègue Dellile et moi-même, à partir de votre témoignage.

— Mais il reste beaucoup, beaucoup de questions sans réponse, soupira Costedoit. Qui est ce fameux Bob ? est-ce le chef de la bande ? comment s'appelle votre agresseur ? combien étaient-ils pour ce hold-up ? Et surtout, où est l'argent ?

Tridoux se leva subitement, comme catapulté par un ressort. Dans un mouvement théâtral, tel le comte de Monte Christo devant le comte de Morcef, il pointa son doigt sur moi.

— A moins que ce soit vous qui ayez pris les sacs remplis de billets découverts sur le tas de charbon quand vous êtes descendu à la cave. Vous y êtes resté une bonne dizaine de minutes. A trente-trois ans, dix minutes, ça fait beaucoup de temps pour remonter seulement une dizaine de marches. Surtout qu'on sait que vous affichez une belle forme physique. Aux 2000 mètres, vous battriez Michel Jazy !

Décidément, ce type ne m'aimait pas.

VIII

Avez-vous déjà mangé une entrecôte à la bordelaise garnie d'échalotes ? Le bonheur. Assis face à Yvonne dans sa cuisine, je savourais la tendre entrecôte où elle avait rajouté au dernier moment une noix de beurre avec un zeste de persil et une lichette de vin. Son plaisir de me voir dévorer ne faisait que s'ajouter à son bonheur de m'avoir préparé un plat dont elle me vantait la douceur depuis que nous nous connaissions. Les hommes, on les retient d'abord par la ceinture, et ensuite par ce qu'il y a dessous, affirmait-elle en bonne connaisseuse du sujet.

Vers 13 heures, les trois policiers m'avaient laissé avec la promesse impérative de ne rien répéter aux journalistes, ni à mes amis. Et surtout de ne pas évoquer le mystérieux Bob. La police voulait avoir de l'avance sur la presse, et ne pas alarmer Bob qui ne devait pas savoir que nous connaissions le diminutif de son prénom. Restait plus qu'aux flics à rechercher tous les prénommés Robert en France. D'après eux, il y avait une petite chance qu'il habite la région aquitaine. Ce qui ne faisait plus que 50 000 Robert !

Je sauçai religieusement mon assiette tout en sachant que ça ne se fait pas dans les grandes familles. Si j'avais été un chat, j'aurais ronronné de bonheur.

— Tu avais sacrément faim. Il y a plaisir à te voir manger comme cela. Tu connais le flic qui va te surveiller ? questionna Yvonne en s'essuyant la bouche avec une serviette à carreaux.

— Non, mais ils m'ont laissé partir à condition évidemment que je ne me balade pas seul la nuit près de la jetée Thiers. On ne sait jamais. Comme le signalement du type qui a voulu me tuer est connu des services de police et de la gendarmerie, ils pensent qu'il ne va pas venir roder autour de moi. Une voiture de police devrait être garée dans la rue à partir de ce soir.

— Tu vas encore rester ici cet après-midi, Christophe ?

— Non, il faut que j'aille à la librairie voir Joël, que j'appelle mon père et puis Anne, que je m'achète quelques habits car je n'ai plus rien à me mettre. Je dois surtout éviter les journalistes.

— Tu peux rester le temps que tu voudras.

— Merci. Mais surtout, si on te questionne, ne parle absolument pas de l'affaire de cette nuit, intimai-je à Yvonne à qui je n'avais pas raconté l'histoire en totalité.

Moins elle en saurait, mieux ça serait pour elle. Visiblement, je ne portais pas chance ! Nous avions trop besoin d'elle dans son café, qui était pour nous comme un second chez soi le matin.

Un nouveau regard sur la une de *Sud-Ouest* posé sur la table à côté de mon assiette qui semblait sortir du buffet tant elle brillait me rappela la réalité des faits. Le quotidien titrait sur cinq colonnes « Le double meurtre d'Arcachon » avec, en dessous, « L'enquête avance ! » Les journalistes s'étaient procurés la photo des retraités. Malgré les scellés, ils avaient réussi à photographier le jardin de la villa tragique comme il était écrit dans la légende sous la photo.

J'avais l'honneur d'un encadré illustré par une photo prise il y avait deux ans, le 15 août, lors des fêtes de la Mer. Mais il n'y avait rien de bien nouveau depuis la veille. Sous une photo, on lisait que la piste du fils maudit était définitivement abandonnée au profit d'un crime crapuleux qui secouait la paisible station balnéaire. L'article, riche de tous les clichés et poncifs usés, avait dû être bouclé vers 22 heures, certainement après une conversation avec la police. Evidemment, rien ne transpirait sur ma rencontre musclée avec l'assassin du couple et sur l'évolution récente de l'affaire vers le Crédit agricole de Facture.

— Ce matin, ils ne parlaient que de cet assassinat en buvant leur jus, soupira Yvonne. J'ai appris que leur enterrement aura lieu samedi matin à 9 heures à la basilique Notre-Dame. Même le maire d'Arcachon, monsieur de Gracia, sera présent.

— Je vais y aller. C'étaient de braves gens que j'aimais bien.

— Je suis sûre que dimanche ça va nous attirer pas mal de monde à Arcachon. Des touristes qui désireront voir la maison tragique, comme ils disent dans le journal, ainsi que le magasin du libraire qui a découvert l'horrible assassinat. Avec la tête que tu as, tu vas les faire fuir ! Ton front, il vire au bleu, mon pauvre Christophe. Je vais te passer un peu d'Arnica, ça te fera du bien, suggéra t-elle en se levant.

Dans le placard jaune de la cuisine, elle prit un petit flacon dont elle me badigeonna le front doucement. Presque tendrement…

— Bon, c'est pas le tout, je vais faire ma petite sieste car j'ai commencé à 6 heures, moi ! Si tu rentres tard, préviens-moi, car je suis comme je suis, je me fais du souci. A mon âge, on ne se refait pas.

Ne te refais surtout pas, Yvonne, songeai-je en pensant encore à ma mère. Sa tendresse m'émouvait. Mais elle n'était pas ma mère, ni ma fiancée. Je passai volontairement à autre chose en me rappelant qu'il fallait que j'aille voir mon père pour lui poser quelques questions. Les éternelles interrogations sur mon enfance qui me harcelaient les nuits depuis quatre ans. Il était temps de crever ce non-dit, même si ce n'était pas le bon moment.

Il était bientôt 2 heures. Sorti du café par le côté, je marchai d'un bon pas jusqu'à ma boutique. Les muscles des jambes me tiraient terriblement après la folle cavalcade de la nuit précédente. L'air salin et la tiède caresse du soleil sur le visage après le cauchemar des dernières nuits me requinquèrent. Pratiquement à la hauteur de ma boutique, Joël se pointa sur son Lambretta 125 cm^3 enveloppé d'un nuage bleuté d'huile brûlée à l'odeur âcre.

— Ça alors, tu as une sacrée tête ! observa-il en soulevant son scooter par la selle pour faire pivoter la béquille du pied. Qui t'a frappé comme ça, c'est la police ?

— Non, Joël, mais j'ai rencontré une personne que je n'aurais pas dû croiser cette nuit. Je te le raconterai bientôt car la police dit que ça peut nuire à l'enquête si on en parle maintenant. Comment va ta mère ?

— Elle va pas mal, merci. Elle devrait t'appeler cet après-midi au magasin. Il y a eu du monde. Les affaires marchent. Car s'il y a beaucoup de curieux, il y a aussi des acheteurs. J'ai vendu une trentaine de Série Noire. Ce matin, nous avons aussi reçu deux colis de livres que j'ai commencé à ranger. Un type aussi est venu pour acheter la belle collection de *l'Iliade et l'Odyssée*. Je ne connaissais pas le prix, il faudra que tu le rappelles. Il était dans un fauteuil roulant poussé par un type qui l'accompagnait. Voici son téléphone. Il habite le Moulleau.

C'était une bonne nouvelle car elle m'encombrait les rayons depuis plus d'un an. A cet égard, il fallait penser à récupérer mes dix-sept kilos de livres dans mes deux sacs auprès de l'inspecteur Prolongeaud.

— Il y a aussi deux ou trois journalistes, dont une fille de *Sud-Ouest* au téléphone, qui voulaient encore te parler, ajouta Joël avant de pousser la porte de la boutique.

J'appelai au téléphone madame Esculpavit à Pessac, la voisine de mon père. Je lui demandai si ça ne la dérangeait pas de le chercher chez lui. J'attendis cinq bonnes minutes avant qu'il ne rejoigne, bien essoufflé, le téléphone. Il devait faire sa sieste.

— Ah, alors drôle, c'est toi. Qu'est-ce qui t'arrive, rien de grave ?

— Non papa, mais tu as dû lire les journaux et apprendre qu'en livrant des livres je suis tombé sur un couple de retraités assassinés par un voyou.

— J'ai vu ça. Dans quelle histoire tu t'es mis, fais attention à toi. Quand viens-tu me voir ?

— Te fais pas de soucis, papa, la police me protège. D'ailleurs, je ne vois pas ce qui pourrait m'arriver, affirmai-je en me rendant compte que je ne croyais pas du tout à ce que je disais. Je dois aller à Bordeaux la semaine prochaine pour passer des commandes. Je t'appelle et on dîne ensemble. D'accord ?

— Quel jour ? Pas le mercredi, j'ai ma belote, et jeudi, il y a *Les Cinq dernières minutes* avec le commissaire Bourrel à la télé. Tu sais que j'aime les histoires policières.

— Moi aussi papa. Du moins, je croyais que je les aimais les histoires policières. Je ne sais pas encore quand je viendrai, lundi ou mardi. De toute façon, il faut que je te parle de quelque chose d'important…

— De quoi, fiston ? T'es pas malade au moins ?

— Non papa, je te rappellerai, je t'embrasse.

J'achevai en reposant mon téléphone sur le coin de mon petit bureau où je laissai le papier donné par Joël où était noté le numéro de téléphone du client du Moulleau.

Direction les Nouvelles Galeries, rue du Casino, pas très loin de la librairie, où j'achetai une chemise blanche, un pull bleu, un pantalon bleu foncé et une casquette de toile beige pour me protéger le visage. Le vendeur n'arrêtait pas de me poser des questions. Il aurait tant voulu que ce genre d'aventure lui arrive, m'avoua-t-il le regard gourmand.

Mes poches à la main, retour à la librairie pour appeler Panpan. En voila un qui était heureux de m'entendre.

— Alors James Bond 007 ? Tu es mon héros. C'est fou cette histoire. Toi qui te plaignais qu'il ne t'arrivait jamais rien, tu es servi, dit-il avant de fredonner le thème musical du film *Docteur No,* en imitant le son saccadé et nasillard d'une guitare électrique.

— Et encore, tu ne sais pas tout. Si tu voyais la tête que j'ai, je fais peur. Je te raconterai. On se voit dimanche ?

— Je viens avec le 45 tours d'un nouveau chanteur, Maurice Fanon, qui chante *L'écharpe.* C'est sensas. Tu m'en diras ce que tu en penses.

— Mon Teppaz est foutu, Panpan. Il est cassé en 1000 morceaux. Je ne pourrai pas écouter ton Maurice Fanon.

— J'en ai un nouveau, stéréo avec deux HP. Je te prête l'ancien, il marche encore pas mal. A midi, à ta librairie. Au fait, j'ai acheté une nouvelle Panhard avant-hier. Une affaire fantastique. Je te laisse car j'ai une cliente ; on dirait Pascale Petit. Elle a des seins comme des obus. Salut !

Panpan était un sacré coureur de jupons ! Je l'enviais pour ses rencontres qui se terminaient dans la majorité des cas dans son plumard. A côté de lui, ma vie sexuelle était celle d'un enfant de dix ans. Je rangeais quelques livres en pile pour la rentrée scolaire quand le téléphone sonna. C'était Anne.

J'attendais son coup de fil avec impatience.

Pour m'isoler de Joël, qui notait le prix des livres au crayon sur leur page de garde, je tirai le fil du téléphone vers mon petit bureau.

— Merci de m'appeler, Anne. Depuis mardi, j'ai eu quelques ennuis avec un type qui m'a mis la tête à l'envers. J'ai un œil au beurre noir et la lèvre éclatée. Il paraît que j'ai fait peur à Joël…

— A la concession, on parle beaucoup du crime et de toi.

Au ton des conversations, beaucoup de gens devaient savoir pour nous, même s'ils ne m'en parlaient pas. Il y a même un policier qui est venu me poser des questions bizarres sur toi. Ça a fait un très mauvais effet au garage. Christophe, pendant cette période, ce serait bien qu'on ne se fréquente pas. Tu comprends ?

— Qu'on se fréquente pas ?

— Ce serait mieux pour nous.

Une douche froide me dégoulina sur le corps. Je ne m'attendais pas du tout à ces mots.

— Pour nous ? Tu veux dire pour toi ?

— Il faut me comprendre. Au garage je suis toujours la veuve de Pierrot. J'ai été embauchée parce que j'étais l'épouse de leur meilleur vendeur.

— Ça n'a rien à voir !

— Dès que tu auras retrouvé ta vie normale, on se reverra. Pourquoi pas ?

J'espérais de l'aide, de la compassion, de l'écoute. Elle me parlait de sa réputation de veuve inconsolable. J'avais l'impression de chuter dans le vide.

— Mais Anne, si je comprends bien ce que je dois comprendre, tu ne veux plus me voir pendant cette période. Mais c'est quoi cette période : un jour, une semaine ?

— Christophe, tu t'es mis dans une drôle d'histoire qui est trop dangereuse pour nous.

Je n'en revenais pas.

— Mais ce n'est pas moi qui me suis mis dans cette histoire. Elle est venue à moi. Je n'ai rien demandé…

— Oui, je sais, mais le résultat est le même. Tu comprends bien que c'est dangereux pour toi, pour moi aussi, et également pour Joël. A la librairie, quelqu'un risque de le prendre pour toi. Il m'a dit qu'il y avait un type à l'air menaçant qui te recherchait justement. C'est plus prudent de ne plus se voir tant que tu auras ce rythme anormal de vie.

Rythme… anormal de vie ? Je ne sais pas si ma vie avant était normale ou anormale. Chaque jour ressemblait à celui de la veille.

— Anne, j'ai besoin qu'on m'aide…

— Ce sera bien mieux ainsi, crois-moi, chuchota-t-elle de sa voix atone qui semblait lire la notice d'un médicament avant de raccrocher brutalement.

Je restai sans voix. Sans réaction. Un creux parti de l'estomac me remonta dans la gorge. Je venais de réaliser après deux ans de liaison qu'Anne était d'un formidable égoïsme. Complètement centrée sur sa petite personne. Elle ne voulait plus me fréquenter car elle avait peur que sa réputation de veuve inconsolable soit égratignée plus de dix ans après la mort de son mari ! Elle ne souhaitait plus me rencontrer parce qu'un type avait essayé de me tuer cette nuit après m'avoir menacé de me couper tous les doigts. Je ne pesais pas bien lourd dans sa vie !

— Joël, je vais faire quelques pas sur la jetée, je reviens dans une heure, articulai-je l'esprit vide, déchiré entre la colère et la peine.

J'enfilai le blouson, coiffai la casquette, chaussai les lunettes noires. Un bref regard lancé vers le petit miroir cloué sur la poutre me confirma que j'étais méconnaissable. Moi-même, je ne savais pas si j'étais moi.

De sortir sur le boulevard assez passant en ce jeudi après-midi m'aéra l'esprit où les mots d'Anne résonnaient encore. Des gamins se pressaient devant la vitrine du revendeur de télévision pour suivre sur un mur de postes de télé de diverses tailles les aventures de Rintintin. Je dérivai en anonyme au sein d'une foule dense jusqu'à la jetée Thiers. Il faisait beau et encore bon. Un air doux et salé venu avec la marée me pénétrait les poumons. Sur le Bassin doucement vallonné, quelques chalands et plates débordant d'huîtres rentraient au port ou à Gujan en laissant dans leur sillage une traînée blanche. Ce jeudi, profitant de leurs derniers jours de vacances scolaires, beaucoup de gamins en maillot jouaient sur le sable à des jeux éternels en poussant des cris perçants. En courant, ils évitaient comme s'ils en avaient peur les sombres relents d'algues laissés par la marée et qui avaient séché au soleil.

Je les regardais mais ne les voyais pas. Ma tête était ailleurs. De loin, avec leur coiffure blonde en forme de choucroute, moulées dans leur bikini vichy, toutes les jeunes femmes faisaient songer à Brigitte Bardot ou à Sheila avec leurs couettes. Sur le trottoir du boulevard Veyrier Montagnères, assis sur les bancs rouges, des retraités devisaient bruyamment entre eux. Je ne les écoutais pas car j'errais dans mes pensées.

La nuit précédente, pour la première fois de ma vie, je m'étais senti enfin un homme. En échappant à mon agresseur, je m'étais imaginé très brièvement que je prenais enfin mon destin en main. A la réflexion, ce n'était pas par courage que j'avais fui, mais par lâcheté. Face à Anne, j'avais été lâche. Encore. A mesure que je marchais, la rage submergeait ma peine. Moins de peine que d'humiliation ? Dans ma tête, je lui lâchais tout ce que j'aurais dû répondre. Dans ma tête seulement.

J'avançai sans hâte sur la jetée Thiers encore encombrée de promeneurs. Les yeux perdus sur la bordure bétonnée dont les pieds étaient mangés par les algues vertes. Assis dessus, les pieds dans le vide, deux gamins pêchaient, indifférents à la valse des pinasses et de la vedette *Commandant Charcot* lourde de sa cargaison de passagers pour le Ferret. Son échappement sourd lâcha un panache gras de fumée bleutée qui plana lourdement quelques secondes au-dessus des vagues vertes.

La marée allait monter, mais mon cœur était à marée basse. Etait-ce ma vanité de mâle qui parlait ou bien mon cœur ? Avec Anne, c'était seulement une liaison de circonstance. Je n'avais jamais voulu approfondir mes sentiments à son égard de peur de la réponse et de rester seul. Par lâcheté. Encore et toujours.

Le rapprochement ne m'était jamais venu à l'esprit, mais Anne me faisait songer à ma mère qui me culpabilisait sur tout. Quand je tombais et m'égratignais les genoux, elle ne me plaignait pas, mais me reprochait, au contraire, de courir trop vite et de ne pas faire attention. Jamais un baiser, ni un câlin, pas un encouragement.

Je n'étais encore qu'une victime. Victime d'un concours de circonstances, victime d'un flic sadique, victime d'un type qui avait tenté de m'écraser pour me tuer, victime maintenant du qu'en-dira-t-on.

Mes pas me ramenèrent doucement à l'intérieur de ma librairie où m'attendaient deux vieilles connaissances : Prolongeaud et Tridoux. Ils avaient la tête des mauvais jours. Me toisant de son œil peu amène, le front plissé, Tridoux passa derrière moi. Il se cala du dos contre la porte d'entrée après avoir éloigné Joël. Prolongeaud tonna :

— Où étiez-vous ? Ça fait une demi-heure qu'on vous cherche, Richard. Je vous ai dit de me prévenir quand vous partez, bordel !

— Il faut vous prévenir quand je fais pipi aussi ? Je prenais l'air sur la jetée. Avec ce qui m'arrive ces derniers jours, j'ai besoin de faire le vide dans ma tête. Qu'est-ce qu'il y a encore, lançai-je d'un ton sec, excédé par leur attitude et par la façon dont ils s'ingéraient dans ma vie.

— On vient de retrouver votre client de l'autre nuit vers la plage de l'Aiguillon, beugla Prolongeaud, ce qui eut pour effet d'allonger encore son visage.

— Ah, enfin une bonne nouvelle ! Vous avez pu lui faire avouer ses meurtres et mon agression, si vous en êtes capable ?

— C'est qu'il n'est pas très bavard. Surtout avec un couteau en plein cœur !

IX

— Richard, je vous mets en garde à vue pour vingt-quatre heures à cause d'indices graves et concordants sur votre culpabilité de nature à motiver votre inculpation par le Parquet pour trois meurtres. Je ne vous fais pas le coup de la fouille au corps, bien que Tridoux en meure d'envie. Enlevez vos lacets de chaussure et votre ceinture et videz vos poches !

Instinctivement, j'avais laissé tomber mes yeux vers mes chaussures pour constater l'absence de lacets. Je ne portais que des mocassins Iowa en faux daim et à grosse semelle en crêpe. J'avais d'ailleurs acheté le stock chez le marchand de chaussures du boulevard de l'Océan car ce modèle n'existait plus.

Même avec des chaussures, je ne sentais plus le sol du commissariat qui se dérobait sous mes pieds. J'aurais dû en avoir pris l'habitude depuis ce fameux lundi soir. Maintenant, j'étais soupçonné de meurtres. Pas dans la demi-mesure. Pas un meurtre, ni deux. Mais trois ! Pourquoi pas de toute la ville d'Arcachon pendant qu'il y allait !

Une heure plus tôt, encadré par Prolongeaud et Tridoux, assis à l'arrière de la 403, nous étions partis vers la plage de l'Aiguillon au bout d'Arcachon. A la Teste pour être précis. Les Arcachonnais ne confondent pas Arcachon et la Teste. C'est deux mondes différents. Deux policiers en uniforme protégeaient la scène du crime. Il y avait la voiture de pompiers et deux 403 Peugeot dont l'une appartenait certainement à l'Identité judiciaire de Bordeaux déjà présente. Deux hommes et une femme s'activaient ferme autour d'une forme à bonne distance de la foule agglutinée. De marcher vers eux, les yeux baissés pour ne pas soutenir leurs regards, me rappela trop tard que c'était le moyen idéal pour paraître coupable. Il suffit d'accuser un type de meurtre pour qu'il ait une gueule d'assassin. En plus, je l'avais.

A côté des cabanes de pêcheurs transpirant le colletar, près de deux gros tas de tuiles recouvertes de chaux, sur le sable couvert de coquilles vides d'huîtres blanchies par le soleil, une barque noire était retournée. Dessous, était étendu le corps d'un homme qui n'était pas dans un bel état. On m'expliqua qu'il avait été ramené par la marée montante autour de 15 h 30 avant qu'un marin pêcheur le tire hors de l'eau. Les deux hommes, dont un en blouson marron qui s'activait autour du corps, se levèrent à l'arrivée de l'officier de police pour s'isoler tous les trois vers la cabane en faisant une grimace. Leurs gestes montraient le sol et la plage. Visiblement, ils semblaient contrariés.

Après avoir interrogé quelques minutes le pêcheur présent sur les lieux, les deux hommes se tournèrent vers moi. J'avais vu, lundi soir, que la mort n'est pas belle. Elle ne l'était pas davantage le jeudi soir.

Prolongeaud me fixa intensément. Pour la première fois, je vis ses yeux en entier.

— Est-ce que vous reconnaissez votre agresseur de l'autre soir ? Il a séjourné dans l'eau quelques heures, et surtout son visage a dû se déchiqueter contre des parcs à huîtres.

Il était difficile de reconnaître son visage car il était tailladé, zébré d'estafilades foncées, avec les yeux fermés et largement gonflés comme ses lèvres. Son nez avait éclaté comme un fruit trop mur. Mais je l'identifiai à ses cheveux courts et noirs maculés de sable, son blouson noir couvert de taches de vase, ouvert sur une chemise bleue empourprée d'un sang délavé par l'eau de mer. L'un de ses pieds était nu et l'autre avait encore sa chaussure. Un mocassin italien.

— Vous êtes sûr que c'est lui qui vous a menacé et poursuivi la nuit derrière, Richard ?

— Oui, c'est lui, je le reconnais, du moins à ses habits et à sa coupe de cheveux. Il a été tué d'un coup de couteau ?

L'autre homme lui tendit le couteau souillé protégé par une poche en plastique transparent scellée d'où pendait une étiquette marron.

— C'est avec cette lame qu'il vous a menacé ?

— Je n'en suis pas sûr, mais il lui ressemble beaucoup car il avait un anneau comme celui-là qui pendait, dis-je en touchant la piqûre rouge encore douloureuse au creux de mon cou. Je peux dire qu'il était aussi pointu et aussi grand.

— C'est un Mongin à lame de treize centimètres utilisé autrefois, expliqua le type en blouson marron qui avait devisé avec Prolongeaud lors de mon arrivée. Aucun papier sur lui sauf une paire de gants en daim dans la poche de son blouson. Il devait avoir peur des premiers froids de septembre !

— A quelle heure a-t-il été assassiné ?

— D'après le médecin d'ici, l'eau à 19 degrés environ a augmenté la rigidité du corps qui a dû séjourner dedans environ douze heures. Cela l'autorise à être moins précis sur l'heure de son décès. Entre 22 heures et 2 heures du matin, d'après lui. Mais il a pas l'air d'une épée. C'est l'institut médico-légal qui nous en dira un peu plus et s'il était déjà mort lorsqu'il a été jeté à l'eau. Mais pas avant deux jours. Nous allons aussi faire une recherche sur ses empreintes. S'il est déjà fiché chez nous, ça ira peut-être plus vite.

— Vous nous avez précisé qu'il avait fait de la boxe, dit Prolongeaud en s'adressant à moi, ce qui semble exact vu l'état de ses poings. Avait-il pris une licence et dans quel club ? Ça va prendre du temps pour chercher ! Pas de trace de sa voiture ?

— Non, répondit l'homme en grimaçant. Nous avons fait

faire une ronde dans le quartier, pas de DS ou ID noire à l'horizon.

Prolongeaud leva les yeux sur moi comme s'il attendait une explication. Que voulait-il que je lui réponde ?

Après quelques autres questions, tous les trois, nous revînmes au commissariat en silence avant que Prolongeaud me signifie brutalement ma garde à vue.

J'eus le droit de passer un unique coup de téléphone. Bien sûr, ce fut pour appeler Yvonne. Je me rendais compte qu'en quatre ans, je n'avais aucun ami sérieux à Arcachon sauf Yvonne. C'est vrai, j'étais un solitaire. Quelques clients avaient vainement tenté de se lier avec moi en m'invitant à prendre l'apéritif chez eux pour discuter livres, mais j'avais vite coupé court à ce genre de relation. Je n'avais jamais autant parlé avec Yvonne avant cette pluie de catastrophes. Nous n'avions jamais eu aucune discussion d'ordre privé, excepté quelques banalités du matin.

Ma garde à vue porta un gros coup à Yvonne. Elle qui jusqu'à présent me semblait une femme forte fut très affectée.

— T'as pas fait une connerie au moins, Christophe ?

— Non, on dirait que tu me crois coupable, Yvonne. Je n'ai tué personne. Dans vingt-quatre heures je serai libre, affirmai-je d'un ton faussement assuré pour me rassurer d'abord moi-même. Reste discrète. Heureusement que tu es là car je me sens bien seul en ce moment. Merci pour tout Yvonne.

Plus tard, on me fit la grande scène de l'interrogatoire vue mille fois au cinéma. Le coup du projecteur brûlant dans les yeux, la fumée de cigarette soufflée dans le nez, l'âge, la profession, nom des parents en cinq exemplaires avec le vieux truc du papier pelure qui n'avait pas marché, exigeant que l'on recommence pour que je craque.

Hochant la tête à chaque hésitation, Tridoux jubilait dans son rôle pas du tout de composition de flic méchant.

Silencieux, Costedoit ne semblait pas toujours approuver l'attitude de Tridoux en levant de temps en temps les yeux au ciel. Quant à Prolongeaud, il tournait en rond de sa longue foulée dans une pièce qui ne dépassait pas une dizaine de mètres carrés.

Christophe Serge Richard, né le 30 avril 1930 à Libourne de Guy Aimé Richard né à Pessac le 12 septembre 1897 et de Arlette Simone Balat, épouse Richard, née aussi à Pessac le 25 mai 1903, décédée le 5 avril 1959 à Bordeaux. Tridoux ânonnait pour la troisième fois mon état civil. L'énoncé de mon lieu de naissance fit ressurgir une interrogation. Pourquoi Libourne ?

Enfant, j'avais posé plusieurs fois la question à maman sur le pourquoi de ma naissance à Libourne et non à Pessac où habitaient mes parents. Comme tous les enfants, je voulais connaître le lieu où j'étais entré dans la vie. Leur réponse furtive ne m'avait jamais satisfait. Maman m'avait affirmé qu'elle était de passage à Libourne le jour où j'étais né, une semaine avant terme. Mon père, au contraire, avait argué que ma mère se reposait chez des amis à Libourne à cette époque. Mais, aussi loin que je m'en souvienne, nous n'avions jamais eu d'amis à Libourne, et nous n'y étions jamais allés en train, ni en autocar, durant mon enfance pour les voir. Je croyais en connaître la raison…

La voix tonitruante de Tridoux me rappela à des événements plus tangibles de ce jeudi soir.

— Vous m'entendez Richard ?

Non, je ne l'entendais pas, ses mots étaient couverts par le tic-tac infernal qui s'égrainait dans ma tête. Prolongeaud arrêta net la fuite de mes pensées.

— Vous m'emmerdez, Richard, vous m'emmerdez depuis lundi pour être précis. Depuis que je vous connais, j'ai des emmerdements. Je viens d'avoir au téléphone mon patron très excité, le procureur très courroucé, le juge très énervé, et maintenant le maire très remonté qui a demandé au commissaire Valenton si sa ville s'appelle Arcachon ou Chicago. Trois meurtres en trois jours, décidément vous allez décimer cette station balnéaire. Dans dix ans, à cause de vous, Arcachon sera une ville morte. Rayée de la carte ! Savez-vous que vous êtes mal barré ?

— Mais vous savez bien que je n'ai tué personne. Je suis victime de tout ce qui m'arrive depuis trois jours, murmurai je.

Décidément, je n'avais pas la carrure pour assumer toutes les catastrophes qui me tombaient dessus. J'en avais assez.

— Arrêtez votre cinéma. Arrêtez de jouer à la petite fille timide qui va s'évanouir et faire pipi dans sa culotte dès qu'elle a peur ! Je vais vous raconter ce qui s'est réellement passé, moi. C'est à peu près votre histoire, mais pas du tout dans le même ordre que la vôtre.

— Pas dans le même ordre ?

— Je répète. Pas dans le même ordre. C'est bien vous qui nous avez parlé des 150 millions, ou du moins avez évoqué cette somme pour que nous fassions le rapprochement avec le hold-up du Crédit agricole. Vous êtes bien d'accord ?

— Bien sûr, pourquoi voulez-vous que je ne sois pas d'accord ?

Où voulait-il en venir ?

— C'est vous qui avez précisé qu'il s'agissait de deux sacs. C'est toujours vous qui avez prétendu qu'un type vous recherchait pour vous assassiner. Le problème, c'est que toute cette histoire tient sur votre seule parole. Votre unique parole.

Il se leva et me regarda droit dans les yeux. Je sentis qu'il allait me dire un truc pas plaisant.

— Il n'y a aucun témoin visuel de votre visite chez les Ventadoux, sauf un voisin qui vous a vu tourner dans la rue. Tourner mais pas rentrer. Pas un témoin de votre fameuse poursuite dans la rue, sauf une pauvre 403 dont le rétroviseur a été arraché. Personne n'a retrouvé cette fameuse DS noire avec l'avant abîmé. Ce type trouvé dans l'eau est venu certainement se faire noyer à pied car il n'avait pas trouvé de place pour se garer dans Arcachon désert à une heure du matin. Vous vous foutez de ma gueule ?

— Mais, c'est la stricte vérité !

— Votre histoire ne tient pas debout. Le procureur va vous inculper à vitesse grand V, mon petit vieux.

Le sol se dérobait sous moi. J'aurais dû en avoir l'habitude. Mais, je peux vous le dire, on ne s'y fait jamais.

Je venais de passer directement du rôle de victime à celui de coupable. C'était beaucoup moins bien qu'au cinéma.

— Ouvrez bien grand vos oreilles, Richard, voici comment ça s'est exactement passé.

A longues enjambées, Prolongeaud recommença à marcher de long en large dans le bureau. Je décidai de ne plus le suivre du regard car j'avais le tournis.

— Le soir du 31 mai dernier, autour de 19/20 heures, en sortant de votre librairie, en passant par hasard devant chez les Ventadoux, vous voyez rentrer dans le jardin une Aronde conduite par des types bizarres. Ça vous interpelle, d'autant que vous savez que le couple possède une 403. Par curiosité, planqué dans votre voiture, vous surveillez la maison toute la nuit et vous les voyez ressortir à l'aube tout aussi discrètement. C'est facile, vous êtes célibataire et personne ne vous attend chez vous.

J'allai lui couper la parole, mais je sentis qu'il ne fallait pas.

— Le surlendemain, bref, le 2 ou 3 juin, vous lisez dans le journal local que deux des truands que vous avez vus se sont fait coincer à un barrage routier à Gujan-Mestras et qu'ils seraient vraisemblablement liés à l'affaire du hold-up du Crédit agricole de Facture. Comme vous êtes tout sauf un imbécile, vous faites immédiatement le rapprochement entre l'argent dérobé, eux, et leur visite chez les Ventadoux.

— Mais c'est vous qui m'avez raconté cette histoire de braquage, pas moi !

— Ce n'était pas un secret, *Sud-Ouest* avait décrit le hold-up du Crédit agricole de Facture sur deux ou trois numéros en long, en large et en travers.

— Je continue, Richard. A la lecture des journaux, vous reconstruisez l'affaire. Vous comprenez que s'ils se sont introduits chez les Ventadoux, c'était pour planquer quelque chose. Certainement l'argent contenu dans des sacs.

— Je ne pouvais pas savoir !

— Faux ! C'était écrit dans le journal. Vous décidez d'y aller faire un tour, la nuit. Pas de chance pour vous, les Ventadoux rentrent de vacances ce jour-là. S'ils ont déclaré l'effraction le 4 juin, ils sont revenus le 3, comme le précise le procès-verbal. C'est fichu, et vous rongez votre frein pendant deux mois.

Fier de son raisonnement, Prolongeaud continua sa démonstration devant le visage médusé de Tridoux.

— Là, vous avez une chance inouïe. Fin août, ils passent au magasin pour vous donner la date de leur prochaine absence. C'est trop beau. La voie est libre. Vous attendez leur départ début septembre pour aller fouiller leur maison pour tenter de trouver les sacs. Vous forcez la serrure et…

— Mais comment aurai-je pu imaginer qu'ils étaient sous trois tonnes de charbon. C'est moi qui vous l'ai dit car je l'ai appris de la bouche de mon agresseur de l'autre soir. Je n'ai pas une boule de cristal !

— Je continue, si vous le permettez Richard, car vous êtes un petit vicieux. Vous saviez que les Ventadoux rentraient le 9 ou le 10…

— Mais pourquoi y être allé le 9, c'est idiot. J'y serais allé dès le premier jour de leur absence au contraire.

— Faux ! Vous n'y êtes pas allé que le 9. Vous avez dû vous y rendre tous les jours, ou plutôt toutes les nuits, pendant une bonne semaine pour tout fouiller discrètement dans la maison. Où pouvaient être cachés ces fameux sacs ? Vous avez dû fureter la nuit partout dans le grenier, dans le jardin, dans la cave, sans faire de dégâts évidemment. Ces sacs ne devaient pas être visibles, sinon les Ventadoux les auraient trouvés.

Il n'y avait rien à répondre. Ça collait.

— Votre astuce a été d'utiliser les deux sacs identiques à ceux du hold-up au cas où quelqu'un vous aurait vu rentrer ou sortir avec. Finalement, après plusieurs jours de recherche, vous découvrez les deux sacs sous le charbon, le soir du 9...

— Mais c'est seulement le jour où j'ai reçu le carton de livres de chez mon grossiste. Quant aux sacs, je les ai achetés en 1959 lorsque je suis arrivé à Arcachon.

— Rien ne vous obligeait à ranger les livres dans les sacs. Vous auriez pu les mettre dans des poches ou d'autres cartons qui ne manquent pas dans votre réserve. Je continue. Si vous avez pris les sacs déjà achetés, c'est parce qu'ils étaient justement identiques à ceux décrits dans l'article de *Sud-Ouest*. C'est rusé, ça ! A force de chercher, vous trouvez enfin l'argent sous le tas de charbon. Voilà pourquoi vous étiez tout noir en arrivant au commissariat lundi soir.

Prolongeaud étira ses longs bras avant de se rasseoir, obligeant Tridoux à se pousser en dehors du bureau. Il trouva refuge sur le gros classeur, car Costedoit, qui se lissait soigneusement du doigt la moustache, ne bougea pas de l'autre chaise.

— Manque de bol pour eux, les Ventadoux se pointent au même moment. Ils avaient annoncé qu'ils rentraient le 9 ou le 10. Pourquoi, si vous teniez absolument à les rencontrer, vous n'êtes pas allé chez eux le 10 ?

— Parce que j'avais reçu le gros carton de dix-sept kilos

qui m'encombrait dans le magasin et que je devais dîner le 10 avec Anne. Elle vous le confirmera.

— Elle nous l'a confirmé, votre Anne. Au contraire, c'est vous qui avez repoussé le rendez-vous du 9 au 10 car vous vouliez être libre ce soir-là. Pourquoi ? Pour trouver les sacs, c'est évident.

Je vivais un cauchemar. Quand allais-je enfin me réveiller ? Et de me rappeler ce merveilleux mot d'enfant du jeune Louis XVII arrêté avec ses parents à Varennes et qui, épuisé par cette terrible journée, demanda à sa mère : « Quand, aujourd'hui va enfin s'arrêter ? » Quand cette journée de merde allait-elle enfin s'arrêter ?

— Je continue. Ils rentrent à l'improviste et vous trouvent dans la cave en train de pelleter du charbon. C'était vous qui pelletiez et pas l'autre homme ! Ils vous reconnaissent. Ils crient. Ils hurlent. Vous paniquez ! Pour les faire taire, vous les frappez. De toutes vos forces. Vous les frappez encore à coups de pelle. Nous avons trouvé vos empreintes sur le manche et partout celles de vos chaussures. Vos empreintes, pas celles de l'autre type, hurla Prolongeaud.

— Vous savez bien que j'ai saisi la pelle pour me défendre au cas où l'assassin serait encore dans la maison !

— Tu parles ! Vous partez en courant, affolé parce que vous n'aviez pas prévu de vous transformer en assassin en portant vos deux sacs remplis des 150 briques. C'est rusé, ça ! Les sacs de livres, eux, étaient restés comme alibi à votre visite dans votre voiture, sur le siège de devant où nous les avons sagement trouvés le matin de votre première nuit au commissariat.

C'était fou ! Il poursuivit, déchaîné.

— Là, de nouveau pas de bol en sortant. Vous vous faites repérer par notre troisième homme qui planquait devant la porte. Ça, c'est la seule chose qui soit vraie. Vous cachez bien le pognon, nous y reviendrons, et vous descendez au commissariat complètement affolé en racontant votre histoire de gens assassinés. Fin du premier acte. Avouez Richard !

L'air content de lui, Prolongeaud se carra sur le bureau face à moi, déplia ses longues jambes, dégageant à mes yeux des chaussures immenses. Il devait chausser au moins du 46. Tridoux écoutait. Son sourcil relevé touchait presque son front. Il buvait la démonstration imparable de l'officier de police pendant que Costedoit prenait quelques notes. Il esquissa un petit sourire à mon égard dans le genre « ayez confiance ».

— Le mercredi soir, votre visiteur vous attend chez vous, ce qui est vrai. Ce n'était pas prévu dans votre combine. Il vient chercher son fric. Je ne sais pas comment, vu son gabarit et le vôtre, vous réussissez à vous en défaire. Vous avez dû bien l'endormir en jouant encore au mec terrorisé qui allait s'évanouir dès que l'on crie un peu fort. Ça, vous le jouez fort bien ! Il ne s'est pas assez méfié de vous. Comme nous au début.

— Mais vous savez bien que je suis incapable de tuer quelqu'un, hurlai-je en prenant ma tête entre mes mains.

Il se radoucit.

— Tout le monde peut tuer. Vous lui avez enfoncé son propre couteau dans le cœur avant d'aller vous débarrasser du corps en le jetant dans l'eau avant 23 h 30. Justement, 23 h 30, c'est entre 22 heures et 2 heures du matin. Vous êtes arrivé au commissariat complètement trempé et en grand état de surexcitation. On va taper vos aveux et votre cauchemar sera fini…

Ma réponse, qui gicla sèchement, ne fut pas celle qu'il attendait.

— Je voudrais vous y voir ! Ce type voulait me couper les doigts, puis il a tenté de m'écraser deux fois avec sa DS. Il y a matière à être légitimement surexcité.

— Vous avez encore eu une nouvelle idée de génie, vous lui mettez tout sur le dos, au gazier, notamment le meurtre des

Ventadoux. Mort, il ne pourra pas nier la paternité des crimes, ni réclamer l'argent. Vous êtes génial, le mot n'est pas trop fort. Génial !

— Mais c'est lui qui a tué les Ventadoux.

— Enfin, nous touchons au sublime, vous inventez un faux coupable nommé Bob. Un personnage né de votre imagination fertile au nom impossible à rechercher puisqu'il doit y avoir des millions de Robert en France. Reste à monter une nouvelle petite mise en scène de poursuite, un coup de tête dans le mur, un coup de son propre poing dans l'œil, un coup de marteau sur un rétroviseur de 403 garée dans la rue. Le tour est joué. Vous êtes la pauvre victime d'un tueur fou ! Bravo Richard, on voit que vous avez de l'imagination. Il est vrai que vous lisez des livres toute la journée. J'ai failli marcher dans votre combine…

Je restais sans rien dire. Vide. Son histoire tenait parfaitement la route. Je comprenais pourquoi la police arrivait à faire avouer des innocents. C'est tout juste si ce type n'arrivait pas à me persuader que c'était moi qui avais réellement tué ces trois personnes.

— Si ce n'est pas vous qui avez tué le troisième homme, c'est qui Richard ?

— Bob, le quatrième complice du hold-up qui était dans la DS, lançai-je comme on lance une bouée à la mer, heureux d'avoir enfin une réponse qui allait me disculper.

Il éclata de rire.

— Celle-là, je l'attendais, Richard. C'est pas moi, c'est l'autre. Le fameux Bob. D'abord, il n'y a aucune preuve formelle qu'ils étaient quatre. Les témoins ne sont absolument pas précis sur ce point. Si on retrouve le quatrième homme mort demain, Bob si vous préférez, ce sera une cinquième personne d'après vous ? Ils n'étaient pas une douzaine dans la 404 au moment du hold-up par hasard ? suggéra Prolongeaud goguenard.

— Mais vous êtes fou, hurlai-je d'une voix forte qui sembla jaillir d'une autre personne.

— Holà, j'ai peur ! Le petit libraire trouillard pique sa grosse colère et montre sa vraie personnalité. Vicieuse et agressive. Vous nous jouez la comédie depuis le début de l'affaire, ajouta-t-il.

— On a appelé votre comptable et votre banquier. Les affaires ne sont pas bonnes. Vous avez pensé que 150 millions, c'était bon à prendre, mais vous n'aviez pas prévu que vous seriez obligé de tuer trois personnes pour cela. Savez-vous que beaucoup de gens tueraient pour une telle somme ? C'est le prix de dix belles villas dans Arcachon, et cinquante fois celui de votre librairie. Reste plusieurs questions sans réponse, mais surtout où avez-vous planqué les 150 millions ? Vous savez que vous risquez la guillotine, vous avez intérêt à vous magner le cul pour trouver de bonnes réponses à nos bonnes questions.

Je restais sans voix, l'air ahuri. C'est certain, j'allais me réveiller. C'était déjà demain.

— J'ai parlé aux journalistes avant de venir. Si vous estimez vivre un cauchemar, eux ils vivent un conte de fées. Avec les éditions concernant Bordeaux-Arcachon, *Sud-Ouest* déclare 15000 ventes supplémentaires. Et l'annonce d'un troisième assassinat fera exploser leurs ventes. Vous n'êtes pas encore inculpé pour meurtres car nous attendons des résultats plus précis du labo. Par ailleurs, il est certain que tout le monde sait, surtout la presse, que vous êtes le seul fil conducteur de tout ce bordel, Richard. Et surtout, le seul témoin. Tout le monde vous cherche pour vous interviewer. Je ne leur ai pas encore dit que vous étiez en garde à vue. Je leur ai raconté qu'on vous gardait comme témoin principal à cause d'indices graves et concordants, et surtout pour vous protéger éventuellement d'un quatrième complice lancé sur votre piste. Il ne faut pas faire peur à tous les petits retraités arcachonnais qui vont s'enfermer chez eux à double tour, ce soir.

Tridoux consentit à m'adresser la parole.

— Je savais que vous n'étiez pas clair, Richard. Je le savais. Vous en avez trop fait dans la villa l'autre soir. Vous jouiez mal au type affolé. J'y voyais pas beau pour vous. Je ne m'étais pas trompé.

Retour vers la cellule que je commençais à connaître au niveau du moelleux de la paillasse et des odeurs. Mais cette fois, le brigadier ferma la porte dans un bruit sec de guillotine, comme s'il voulait m'habituer à ce qui m'attendait. Il n'ébaucha pas, non plus, un petit sourire rassurant et ne me proposa pas un café dans son verre pas très clair. Ce n'était plus très clair non plus dans ma tête !

X

— Je ne t'ai jamais aimé !

Dans la petite chambre pourtant silencieuse, je croyais avoir mal entendu.

— Maman, je n'ai pas compris ce que tu me disais !

Sur son lit, ma mère vivait les derniers moments de sa vie. Le visage creusé, les traits épuisés, la respiration brève, elle avait encore les yeux grands ouverts sur un monde qui ne voulait plus d'elle. Je me penchai contre son visage pour coller mon oreille à ses lèvres qui sentaient déjà la mort et d'où sortirent de nouveau ces mots :

— Je ne t'ai jamais aimé, dit-elle à nouveau dans un souffle, fixant mon regard de ses yeux gris où la vie était en train de fuir…

Je fixai intensément le plafond. Je n'y reconnaissais pas les taches marron que mes yeux découvraient tous les matins au réveil. A gauche, les barreaux. A droite, la vue du mur avec une étagère, en face les WC et le minuscule lavabo me ramenèrent à mon nouvel univers. La cellule. Un lieu auquel mes yeux s'habituaient après ce réveil brutal, arraché d'un cauchemar qui hantait nombre de mes nuits depuis quatre ans. Des mots qui me laissaient au petit matin le corps moite et la bouche nauséeuse ; les derniers mots de ma mère.

Le jour frappait timidement au carreau dépoli situé près du plafond. Impossible de savoir l'heure qu'il était dans la pénombre. Je tentai de déchiffrer l'heure à ma montre. Mais les aiguilles lumineuses, mangées par les rayures profondes du verre, n'arrivaient pas à immerger à mes yeux. Hier soir, le sommeil avait mis du temps à venir alors que j'étais déconstruit par la décision brutale de Prolongeaud de me mettre en garde à vue.

Mon cerveau détricotait l'affaire du scénario bien huilé où je jouais le rôle du triple tueur idéal. En m'aidant de mes dix doigts pour savoir quel jour était le 31 mai, j'avais tenté de remonter le calendrier dans ma tête Que faisais-je ce soir-là ? C'était pour lui prouver que ce jour-là, je n'avais pas vu les quatre truands rentrer leur voiture dans la villa. De toute façon, cette date ne changeait rien car j'aurais pu les apercevoir à minuit en rentrant ou le matin peu avant 6 heures.

Malgré les lancements de mon arcade sourcilière, je laissai mon esprit vagabonder pour l'accrocher à un indice, une idée, une anecdote, un témoignage prouvant mon innocence. Qu'est-ce qui allait m'arriver ? Le procureur allait certainement m'inculper. Aurais-je eu le courage et surtout la force d'enfoncer un couteau en plein dans le cœur de cet homme ? Certainement pas. Mes idées filaient vers le néant pour en revenir gonflées par de nouvelles avant de disparaître aspirées par d'autres aussi insensées. Si je pouvais arrêter la chignole électrique qui me perçait les tempes, je me sentirais mieux.

Dans le couloir, une lueur, une voix, un bruit, un éclair lumineux violent fit cligner mes yeux.

— Le jus ! avertit un policier en uniforme déjà vu aux cours de mes visites nocturnes.

Le café était amer. Trop de chicorée, trop fort, trop tiède, trop sucré. Mais c'était le meilleur que j'avais jamais bu.

Ma montre indiquait 7 heures. C'était l'heure habituelle de mon réveil qui m'arrachait à d'épouvantables nuits hachées par la dernière vision de ma mère et de ses ultimes mots.

Je ne t'ai jamais aimé. Longtemps, j'avais cru les avoir mal compris, me les répétant au fond de moi pour les analyser en imaginant qu'elle aurait pu en dire d'autres à la même sonorité. Un message d'adieu à mon père qui n'était pas là et dont le second prénom était justement Aimé, proche du son que j'avais perçu.

Je ne t'ai jamais aimé. A la porte de la mort, elle avait encore toute sa tête car elle m'avait dit qu'elle voulait être enterrée avec le tailleur bleu roi qu'elle aimait tant. Un tailleur que les infirmières m'avaient demandé de porter discrètement pour après... En le glissant dans le minuscule placard de sa chambre pendant qu'elle dormait, j'avais le cœur arrêté. Angoissé qu'elle se réveille et me demande avec son regard gris pourquoi j'avais apporté son tailleur à l'hôpital. En le faisant, j'avais eu l'impression de précipiter sa mort annoncée.

En temps normal, il me fallait une bonne demi-heure pour que mon corps et mon esprit se cadencent au même rythme et que je me reconstruise des pieds à la tête. Petit déjeuner, toujours un Banania avec quelques gâteaux secs. Des Gondolo. Puis toilette, petite lessive des sous-vêtements et des chemises avant de les étendre dehors sur les fils du jardin quand il faisait beau. Après, c'était un peu de repassage vite fait sur le sol de la chambre avec mon petit Calor électrique.

Vers 8 h 30, j'étais fin prêt pour le grand départ, fréquemment chargé de livres du magasin que j'emportais le soir pour les lire chez moi car je ne m'endormais jamais avant minuit. Parfois une heure. Je lisais en écoutant depuis peu sur Europe 1 la nouvelle émission de Michel Cogoni *Dans le vent,* ciblée un peu trop Yéyé pour mes goûts plus classiques, lui préférant *Les Maîtres du mystère*.

De temps en temps, j'allais à la patinoire vers Péreire, au cinéma, à l'*Eden* ou *l'Olympia*. Seul, naturellement. Aller voir la semaine prochaine *Les Oiseaux,* le dernier film d'Hitchcock à la bande annonce terriblement impressionnante était à mon programme. Puis, chargé de mes livres, départ en voiture pour la librairie où l'été, la zone bleue me contraignait à me garer à 200 mètres, près de chez Yvonne.

Parfois, quand il n'y avait pas de livres à porter, c'est à pied, par la plage, que je rejoignais la librairie. Un spectacle jamais pareil, surtout à cette heure, variant selon le vent, le temps, et l'heure de la marée. Le parfum iodé du Bassin qui infiltrait mon corps semblait me donner l'énergie nécessaire pour vivre une vie que je subissais. Selon la saison, le soleil dessinait des paysages toujours différents mais pourtant pareils. Quelquefois, l'eau avait la couleur de l'acier, d'autre fois de l'or, plus rarement de l'émeraude. Parfois, le ciel était bleu, mauve, gris, bronze.

Se retrouver tous les matins à son bar était devenu un moment important de ma vie car il m'avait socialisé, moi le solitaire. Je discutais avec Yvonne, ses habitués, avec René et ses éternelles questions sur le sport auxquelles j'étais bien incapable de répondre, et je feuilletais souvent *Sud-Ouest*. Au début, je prenais un chocolat car mon palais avait encore le souvenir épais du Banania. J'avais été tellement chambré que je m'étais mis au café noir bien sucré avec deux gros sucres. Yvonne m'avait fait remarquer que j'avais pris l'habitude de racler soigneusement le fond de ma tasse avec ma petite cuillère avant de la lécher consciencieusement. Cette femme avait un mot gentil pour chacun, une attention pour l'un, un conseil pour l'autre, de l'écoute pour tous.

Des fois, c'était un des hommes de passage de sa vie qui nous servait. Nous n'en avions jamais parlé entre nous, les habitués. Nous ne les aimions pas. Yvonne était à nous et pas à ces hommes qui se prenaient vite pour le patron. Au fil des jours, en observant les yeux d'Yvonne, en écoutant les mots d'Yvonne, en percevant les soupirs d'Yvonne, on sentait bien que la cote du nouvel homme de sa vie était en chute libre. On se demandait avec délectation combien de temps il tiendrait. La semaine, deux jours, un jour ? Une fois, il y en a eu un, un Breton au petit front mais aux gros bras, qui a tenu une seule journée. Le matin, il était là comme un coq. Le soir, il n'était plus là.

Après, il y avait la vie à la librairie. Les ventes bien sûr, mais aussi le rangement, le réassortiment, les clients, les fournisseurs, les rencontres si rares. Anne était venue chercher un livre pour l'offrir à une collègue de chez Renault qui prenait sa retraite. Je lui avais conseillé un très beau livre de recettes du Bassin aquitain. Nous avions devisé un grand moment dans la quiétude de la librairie. Elle avait perçu ma solitude et je crois que j'avais deviné la sienne. En apprenant qu'elle était veuve, j'avais tenté de l'inviter à prendre un verre dans un café après son travail. Immédiatement, j'avais perçu que j'étais beaucoup trop rapide en besogne. Pour une des rares fois que c'était moi qui prenais l'initiative, j'avais eu tout faux. Elle s'était fermée comme une huître et avait fui ma boutique avec son petit sourire triste comme pour s'excuser.

Deux mois plus tard, elle était revenue pour offrir un livre à Joël qui fêtait ses dix-huit ans en me contant la passion de son fils pour la lecture. Aussi discrète. Aussi lisse. C'est là que je lui avais dit que je cherchais un jeune étudiant pour me remplacer le jeudi quand j'allais à Bordeaux faire le tour des grossistes ou à une vente aux enchères. Joël, qui était alors en classe de première, était libre tous les jeudis. Puis, un jeudi soir, justement, elle m'avait demandé si ma proposition de prendre un verre tenait toujours. Nous nous étions retrouvés dans un petit bar discret du Moulleau. A mon arrivée, elle avait déjà bien caché sa 4CV dans une autre rue de peur qu'on la voie. Il avait fallu deux bons mois, cinq ou six rencontres pour qu'elle devienne mon amante ou quelque chose de proche. C'était arrivé bizarrement d'ailleurs.

Notre aventure durait déjà depuis deux ans, mais c'était un mot inapproprié pour qualifier notre relation. Cette aventure n'en avait que le nom, manquant singulièrement d'aventure. Anne n'aimait pas l'imprévu. Anne n'aimait pas les effusions. Anne n'aimait pas le désordre. Anne n'aimait pas qu'on parle fort. Anne ne mettait pas de sentiments, ni dans sa voix, ni dans ses baisers. Je n'étais pas heureux avec elle, mais je n'étais pas malheureux non plus. C'était un passe-temps.

La voix de Tridoux me ramena à la réalité.

— Alors Richard, on rêvasse. Vous allez venir avec nous car nous avons encore des questions à vous poser, m'intima-t-il.

Je laissai Anne dans ma mémoire.

On me posa les mêmes questions que la veille, mais plus approfondies, et je n'avais toujours pas droit à un avocat. De toute façon, je n'en connaissais pas. Je marquai des points puisqu'un habitant du quartier de la Ville d'Hiver, après avoir lu *Sud-Ouest,* se rappelait avoir vu vers 23 heures une DS noire rouler à toute allure devant chez lui avant d'entendre un violent coup de frein. Ce témoignage précis n'était pas suffisant, d'après Prolongeaud, pour lever la garde à vue qui devait bientôt s'achever, sauf si le procureur décidait soit de la prolonger soit de m'inculper.

— C'est un témoignage intéressant, souligna-t-il, mais il est invérifiable, et surtout il peut avoir été inventé par la lecture de la presse locale, d'où l'intérêt de ne pas trop en dire aux journalistes. Voyez Richard, vous avez appris le hold-up du Crédit agricole par les journaux et ça vous a donné de mauvaises idées. Dites-moi, vous ne vous êtes pas loupé en tapant votre tête contre un mur pour faire croire à une agression. Vous faites peur. La nuit, maintenant, vous ne risquez plus rien, vous feriez fuir de peur votre agresseur…

— Pourrais-je lire le journal, questionnai-je, préférant ne pas répondre à sa provocation volontaire.

— Je ne sais pas si c'est réglementaire, mais pourquoi pas, dit-il avec un petit sourire qui plissa son visage.

Il alla chercher un *Sud-Ouest* bien froissé qui avait dû circuler entre de nombreuses mains et le posa devant moi.

« Nouveau meurtre à Arcachon » titrait sur huit colonnes le quotidien bordelais. Avec avidité, je parcourus l'article de la première page illustré par la plage de l'Aiguillon avec un cercle blanc montrant l'endroit où avait été découvert le corps d'un homme assassiné d'un coup de couteau en plein dans le cœur. Dans un large encadré illustré par sa photo, l'ostréiculteur racontait comment il avait tiré le corps sur la plage, croyant à une noyade, et sa stupéfaction quand il avait vu le couteau planté dans sa poitrine. Page deux, on pouvait lire sur cinq colonnes en caractères très gras « Trois meurtres en trois jours ». Un article bien renseigné rappelant les faits et qui expliquait que les deux affaires étaient vraisemblablement liées. L'homme retrouvé poignardé était certainement l'assassin des Ventadoux. Prolongeaud avait bien fait son travail auprès de la presse.

Dans un cartouche grisé entre les deux articles, il expliquait que la police était très mobilisée et que des renforts de Bordeaux avaient été demandés. Par ailleurs, le commissaire Valenton, le patron du commissariat, en accord avec le maire d'Arcachon, avait décidé d'organiser des rondes de nuit afin de rassurer la population. Enfin, il concluait en spécifiant qu'il avait une piste sérieuse puisque ces deux affaires en faisaient trois car liées à celle du braquage du Crédit agricole de Facture du 31 mai dernier. D'après la police, il s'agissait certainement d'un règlement de comptes entre les deux braqueurs qui n'avaient pas été arrêtés le 1er juin. Mais il n'y avait aucune précision sur l'hypothétique quatrième homme, le fameux Bob désigné par mon agresseur.

En bas de la page deux, un autre titre en gras attira particulièrement mon attention : « Le libraire sous le choc ! »

On rappelait que j'avais été celui qui avait découvert le corps des deux retraités assassinés dans leur villa. Plus tard, j'avais été moi-même menacé et agressé par l'homme retrouvé quelques heures plus tard assassiné dans l'eau vers la plage de l'Aiguillon. Ma poursuite avait été très édulcorée puisque j'étais venu tout de suite me mettre sous la garde du bon commissaire Valenton. Il y avait écrit « que Christophe Richard, ce libraire bien connu des Arcachonnais, bénéficie de la protection de la police afin de ne plus être menacé par ce qui semble être un règlement de comptes entre voyous et dont le seul tort fut d'être là au mauvais moment ». Il fallait souhaiter qu'Anne le lise. Après tout, je m'en fichais.

A la lecture de l'article me concernant, je n'apparaissais pas comme le tueur machiavélique imaginé par Tridoux et Prolongeaud. Evidemment, personne ne se posait la question. Où étaient les deux fameux sacs qui avaient déjà causé la mort de trois personnes ? La police ne souhaitait pas que la population se focalise dessus.

Décidément, Prolongeaud manipulait les journalistes, contraints de passer par lui pour avoir les informations

— Vous faites dire ce que vous voulez aux journalistes, remarquai-je en m'adressant à Prolongeaud qui, avec une certaine délectation, m'observait en train de lire.

— Moins que vous ne l'imaginez, lança-t-il avec une lueur énigmatique dans les yeux en me montrant d'un signe le chemin de ma cellule lorsque ma lecture fut achevée.

17 heures à ma montre, la journée patinait. J'allais bientôt savoir si j'allais être libre ou inculpé. Prolongeaud interrompit le fil de mes pensées moroses en se faisant ouvrir la porte de la cellule par un policier en uniforme au visage fermé.

— J'ai une bonne nouvelle pour vous, la garde à vue est arrêtée car il y a un élément nouveau qui vous disculpe. Vous être libre !

Un silence, le temps de goûter à mon bonheur d'homme de nouveau libre, immédiatement suivi par une question :

— Pourquoi ?

— Avec la pression du procureur et du Parquet, car l'affaire fait un sacré bruit, le légiste a mis les bouchées doubles et a travaillé toute la nuit. Notre client a dû être assassiné entre 1 heure et 2 heures du matin, ce qui vous innocente complètement puisque à ces heures vous avez un excellent alibi. Vous étiez ici, chez nous, bien au chaud. Vous échappez à la guillotine, du moins pour le moment, ajouta-t-il dans un violent éclat de rire qui secoua son long corps.

J'eus un sourire mauvais.

— Pas un seul instant je n'ai cru à votre culpabilité, Richard, susurra Prolongeaud avec une pointe d'ironie dans la voix.

Je ne m'y attendais pas. Sa conclusion laissa mon cerveau engourdi. Je ne comprenais rien. Devant mon œil incrédule, il rompit le silence du petit bureau où nous nous étions isolés à sa demande. Il étira ses bras, puis piqua une cigarette dans un paquet de Gitanes posé sur la table.

— Voyons Richard, vous n'avez pas le profil d'un assassin. Ça se voit comme le nez au milieu de la figure. Excusez-moi de vous le dire en face, vous n'êtes pas un actif, mais un passif. Vous subissez, vous endurez. Vous n'avez pas la carrure pour tuer. Il faut avoir des couilles pour tuer de sang froid.

Ce type était calmement en train de me dire que j'étais une lavette.

— D'après le légiste, les violents coups de couteau ont été portés par derrière de bas en haut. Le tueur l'a immobilisé par le cou en lui faisant une clé avant de lui planter le couteau de haut en bas en évitant les côtes. Vu l'angle du coup, il devait être plus grand que vous d'au moins cinq centimètres. Ça ne peut être vous.

Pourquoi donc avait-il joué cette comédie du faux coupable ?

— Cela dit, toujours d'après le légiste, ce n'est pas un spécialiste du couteau puisqu'il s'y est repris à trois fois. Sans avoir lu son rapport, je savais que vous n'avez pas la force physique pour immobiliser un type tout en muscles de quatre-vingt-dix kilos. Vu votre morphologie aussi, je ne vous vois pas le porter sur vos épaules pour le jeter dans le Bassin.

Satisfait de son effet, il esquissa un sourire qui lui fit fondre ses yeux dans deux plis gris soulignés de profondes ridules.

— Pareil pour les Ventadoux, d'après le légiste, les coups de pelle ont été donnés avec une telle violence que leur boîte crânienne a explosé. Vous n'êtes pas assez costaud pour ça. De toute façon, Richard, face à un danger, vous ne faites jamais face, vous fuyez. C'est dans votre tempérament. Cela dit, chez vous, j'ai senti une agressivité enfouie qui ne demande qu'à exploser. Un jour. Mais l'heure n'est pas encore arrivée.

Les propos de Prolongeaud me frappaient au plus profond de moi, car il m'avait percé à jour en m'assénant des vérités que je n'aurais pas voulu entendre. Qu'il n'ait pas douté une seconde de mon innocence me mortifiait davantage que si j'avais été déclaré coupable ! Je ravalai mon humiliation en le questionnant.

— Tridoux et votre adjoint, ils avaient pourtant l'air de le croire.

— Pas Costedoit qui me connaît bien. Il est très malin, carrément vicieux. Donc c'est un bon flic. Tridoux a cru mon histoire. Mais, entre nous, ce n'est pas une flèche ! Depuis la première minute, il est persuadé que vous êtes coupable. Si je l'avais écouté, je vous aurais mis en garde à vue dès lundi soir 23 heures.

— Le juge se serait bien rendu compte que votre histoire ne tenait pas la route !

— Hélas, je n'en suis pas si sûr. Il suffit de tomber sur un jeune juge sans expérience qui cherche à se faire un peu mousser dans une affaire à la une de tous les journaux. Vous ajoutez un témoignage de psychiatre qui confirme que vous êtes un type fragile mal dans sa peau, plus un expert qui contredit le rapport du légiste, un ou deux témoins qui s'étaient rendus compte que vous étiez un sauvage, un mauvais baveux, et le tour est joué. Coupable ! Case prison dans le meilleur des cas. Pour le plus mauvais, je ne vous fais pas un dessin !

D'un geste sec de la main, il me mima le couperet de la guillotine. Un frisson me lézarda le dos.

— C'est ce qui explique qu'il y a tant d'innocents en prison, répondis-je en avalant ma salive qui eut du mal à passer au fond de ma gorge.

— Certainement. Pour vous, ce n'était qu'une garde à vue pour vous mettre au frigo afin que vous ne me cassiez pas les couilles pendant que je travaillais en toute liberté sans vous avoir dans mes pattes ! Quoique j'aie eu beaucoup de pression de la part du Parquet à Bordeaux où on commence à fort s'inquiéter au sujet de cette vague de meurtres. C'était aussi pour vous protéger. Le quatrième homme, du moins le tueur, peut encore vous contacter pour savoir où les sacs sont planqués. Mais je vais aussi avoir besoin de vous…

— Besoin de moi, répétai-je en scrutant le trait gris qui barrait son visage chevalin.

— Voilà, la presse vous attend dehors pour vous interviewer. Il y a pas mal de journalistes qui commencent à s'impatienter car vous n'avez jamais répondu à aucune interview depuis le début de l'affaire. Je le voulais ainsi. Vous allez raconter ce qui vous est arrivé en détail. Mais pas tout. Je connais les journalistes qui brodent beaucoup pour vendre leur papier. Vous allez vous prendre pour une petite vedette. Vous n'en êtes pas une, ne tombez pas dans ce piège. Richard, vous n'êtes libre que parce que je le veux bien.

Qui était donc cet homme qui se prenait pour Dieu le Père et qui voulait diriger ma vie dans mes actes mais aussi dicter mes mots ?

— Je ne veux pas, vous entendez bien, je ne veux pas, martela-t-il, que vous évoquiez le fameux Bob, qui doit être le quatrième complice. Si vous le faites, c'est la case garde à vue assurée et immédiate sans passer par la case départ, suivie d'une inculpation. Ma petite version que vous pourriez être l'assassin est plausible. La preuve, Tridoux même s'il n'est pas un premier prix d'intelligence, la croit vraie. Je vous tiens aux couilles, Richard !

Il m'asséna le coup final.

— En plus, mon histoire tient tellement bien la route que je me pose des questions. Peut-être que vous nous menez tous en bateau, Richard ? Moi le premier.

— Puis je partir ? Comme vous le dites, la lopette sans couilles que je suis est bien fatiguée.

— Ne le prenez pas comme ça, Richard. Ce n'est pas vous insulter de vous dire que vous n'avez pas le profil d'un triple assassin. Nous allons mettre une protection devant votre domicile dès ce soir.

— Pensez-vous que je risque quelque chose ?

— A mon avis, vous ne risquez rien. Le fameux Bob doit surtout penser à se faire oublier car il n'y a jamais eu autant de flics sur Arcachon. Je ne voudrais pas qu'il vous arrive quelque chose. Tenez, voici vos nouvelles clés, ajouta-t-il en me jetant un petit trousseau, et n'oubliez pas de payer le serrurier. Dernier point, on se voit demain à l'enterrement des Ventadoux, il faut que vous y soyez. J'y tiens !

— J'avais l'intention d'y aller, car je les aimais bien. J'avais pris deux ou trois fois l'apéritif chez eux.

— Au fait, faites gaffe à leur fils. Ce n'est pas un finaud. Allez, vous pouvez sortir. Pas un mot sur Bob à la presse.

J'étais libre de mon corps. De mon corps seulement.

De me retrouver à l'air libre me galvanisa. Mais je n'eus pas le loisir de profiter longtemps de ma liberté. Devant le Bar des Amis, six personnes m'attendaient à une dizaine de mètres. A ma vue, elles coururent vers moi. Il y avait un journaliste de *Sud-Ouest* avec son photographe, un correspondant de Paris-Inter, un autre de Radio-Luxembourg avec un gros magnétophone en bandoulière, plus un jeune homme de *Détective*. Impossible de répondre à tout le monde sur le bord du trottoir du commissariat.

— Ecoutez, il faut que je fasse un brin de toilette. On se donne rendez-vous dans une dizaine de minutes chez Yvonne. C'est un café situé à 300 mètres d'ici, boulevard de la Plage. On sera plus à l'aise pour parler.

— Nous avons notre papier à écrire pour l'édition de demain, monsieur Richard, ne nous faites pas attendre trop longtemps, supplia le correspondant local de *Sud-Ouest* que je connaissais de vue.

En me voyant pousser la porte du café, le regard d'Yvonne se figea pendant que deux clients levaient la tête en me dévisageant comme si je revenais de l'enfer.

— Mon Dieu, Christophe, t'as pas fait une connerie ?

— Je ne me suis pas évadé, rassure-toi. Tout va bien, ils ont enfin reconnu mon innocence. Est-ce que je peux encore t'embêter ? Faire un brin de toilette et accueillir la presse ici qui va m'interviewer dans une dizaine de minutes.

— Les journalistes, dans mon café, ça alors ! Je vais vite changer de robe. Vous autres, dans la salle, surtout ne partez pas sans payer.

Je passai dans la cuisine d'Yvonne qui me donna un gant et une serviette propre et une savonnette Lux qui sentait la rose.

Mon visage n'était pas beau à voir avec son arcade sanguinolente et le pourtour de l'œil bleuté, les joues bleutées par une barbe dure, le regard voilé. Pendant qu'Yvonne passait une robe verte trop décolletée qui laissait deviner largement la naissance de ses seins et se fardait lourdement, j'en profitai pour prendre un aspect plus présentable. Plus je me lavais, plus je me sentais sale.

Cinq minutes plus tard, les journalistes pénétraient dans le café. Pendant une petite heure, je leur racontai mon histoire hachée par leurs nombreuses questions. Chacun avait sa méthode. Je n'évoquai surtout pas le fameux Bob, ni deux ou trois autres petites anecdotes que je voulais garder pour moi. Après le départ du journaliste de *Sud-Ouest* qui devait boucler son papier, celui de Radio-Luxembourg me tendit son micro afin que je raconte succinctement mes pérégrinations nocturnes.

Yvonne nous offrit sa tournée. Puis, le journaliste de Radio-Luxembourg rajouta la sienne. En parlant, j'observai du coin de l'œil Yvonne qui essayait de saisir notre propos en s'approchant de nous. Là, elle prenait son temps pour passer un coup d'éponge appliqué sur la table en frôlant de près le journaliste. A son contact, il leva doucement les yeux vers sa poitrine et lui décocha un petit sourire discret auquel elle répondit en fermant les paupières et en ouvrant légèrement les lèvres. Quelle comédienne ! Pendant qu'il m'interrogeait, plusieurs fois son regard fut aspiré par la vision Yvonne qui traversait la salle en martelant le sol de ses talons hauts qui faisaient sauter ses seins impressionnants.

Le reporter de *Détective* voulait me faire dire ce que je ne voulais pas dire. Ce qui l'intéressait, c'étaient les crimes, le sang, les morts, les sacs. Comment étaient étendus les Ventadoux dans la cave, ainsi que d'autres détails croustillants ! A 19 heures, ils partirent, mais au sourire lancé à Yvonne par le journaliste de Radio-Luxembourg, je sus qu'il reviendrait bientôt consommer autre chose qu'une boisson.

— Il est plutôt bel homme, tu ne trouves pas. Quel âge tu lui donnes ? Cinquante, cinquante-cinq ans peut-être ? Il a une belle voix et as-tu vu ses mains ?

— Merci Yvonne de nous avoir accueillis. Je suis bien fatigué, je vais rentrer chez moi.

— Tu vas rentrer chez toi, tu es sûr que ce n'est pas dangereux. Tu vas dîner où ? Il me reste du gratin, ça ne te dirait pas, Christophe, que je t'en fasse réchauffer avec une coupette de champagne pour fêter ta libération ?

Je ne pouvais pas lui refuser, et puis il y avait si longtemps qu'on ne m'avait pas appelé Christophe que j'aurais pu croire que Richard était mon prénom.

Sacrée Yvonne ! Elle ferma vite son bar pendant que je me reposais sur le canapé. Mon corps et mon esprit étaient brisés par toutes ces aventures qui secouaient ma vie depuis quatre jours.

Elle rentra dans la cuisine, changea de robe pour enfiler un peignoir en soie rouge qui moulait ses formes généreuses. Elle nous prépara une petite dînette avec deux bougies qu'elle alluma et posa sur la table de Formica jaune.

Nous trinquâmes. Elle était gaie, volubile, heureuse que je sois enfin sorti de ce commissariat, inquiète de la tournure prise par les événements, satisfaite de la publicité que je lui avais faite en faisant venir la presse chez elle, calculatrice quand elle me posa une ou deux questions sur le journaliste de Radio-Luxembourg. Cette femme était toutes les femmes.

Je savais que je supportais mal l'alcool, et vu mon état de d'épuisement, je n'aurais pas dû avaler deux coupes de champagne. Elles me firent chavirer la tête, m'obligeant à m'étendre sur le canapé après seulement deux bouchées de gratin. Yvonne, dépitée, resta seule, face à ma chaise abandonnée.

Ce sont des coups violents frappés à la porte du bar qui nous réveillèrent vers minuit.

C'était la police. Le policier de surveillance garé devant chez moi, inquiet par mon absence, avait prévenu le commissariat qui m'avait recherché chez Yvonne. La police faisait bien son travail. Je montai dans la 403 break pour rejoindre mon domicile car je n'avais pas la force d'y aller à pied. Tout tournait autour de moi.

En m'asseyant, je croisai le regard d'Yvonne devant son café. En resserrant nerveusement sa robe de chambre contre ses seins, elle étouffa un frisson. Dans ses yeux gris vert, je perçus une lueur d'inquiétude ou de regret. Je ne le sus jamais.

XI

Je chutai sur mon lit en me rendant compte que je n'avais pas dormi dans ma chambre depuis dimanche soir. Cinq jours aussi longs qu'une année. Durant ces cinq jours, il m'était arrivé plus de choses qu'en trente-trois ans ! J'avais l'impression que j'étais sorti de ma vie. Les tiroirs renversés, mes affaires humides par terre, mon Teppaz brisé, les disques disséminés sur le sol m'affligèrent moins que je l'aurais imaginé. Le sommeil m'avala. Mais à croire que les nouveaux cauchemars chassaient les anciens.

Le visage fondu dans le noir, Bob faisait exploser la porte de ma chambre d'un violent coup de pied ! En hurlant, il se jetait sur moi avec un énorme couteau dans chaque main ! Pourtant, lorsque, anéanti de fatigue, j'ouvris les yeux vers 8 heures, la porte était toujours intacte, protégée par un gros verrou chromé.

Après mon Banania, il fallait retrouver un aspect plus présentable pour aller à l'enterrement. Pas évident. J'avais le visage d'un boxeur qui avait perdu son combat par knock-out. Je pensai à Alphonse Halimi vu il y a peu à la télé à l'issue d'un combat perdu. C'est seulement à la voix que je l'avais reconnu tant il était méconnaissable Le démarreur de ma voiture hésita longtemps avant d'accepter de lancer la mécanique. Avec l'enterrement, il n'était pas facile de stationner. Je me garai devant la librairie pour rejoindre à pied la basilique Notre-Dame où il y avait déjà beaucoup de monde sur les marches du parvis.

Autour du fourgon des pompes funèbres garé devant la porte principale, la foule en habits du dimanche se pressait en rang serré. Il y avait des amis du couple, des voisins, des curieux, pas mal de journalistes avec leur appareil photo en bandoulière qui se donnèrent un coup de coude lorsqu'ils me virent gravir les marches.

Pour ne pas attirer l'attention, je restai vers le fond, à côté de la chapelle des Marins. Loin de la famille et des proches. Malgré ma discrétion, à ma vue, beaucoup de personnes assises détournèrent leurs yeux. Derrière les deux cercueils de chêne recouverts d'une montagne de fleurs, étaient regroupés les proches et la famille. Au milieu, dominant tout le monde, il y avait un grand gaillard rougeaud d'environ quarante ans, le visage carré, le regard fermé. Il était boudiné dans un costume trop petit pour lui car il avait bien épaissi depuis l'achat. Ce devait être leur fils. Je me déplaçai discrètement hors du pilier pour mieux apercevoir Valenton, Prolongeaud, Costedoit mais pas Tridoux. On remarquait le maire d'Arcachon, deux ou trois types en uniforme chamarré avec des médailles partout, la gendarmerie au complet, qui travaillait de conserve avec la police, comme l'inspecteur me l'avait expliqué, et des types que je ne connaissais pas venus certainement de Bordeaux.

La messe, puis l'interminable sermon s'achevèrent par les condoléances à la famille devant la porte d'entrée. Me glissant dans le rang, j'adressai mes condoléances à des personnes qui m'étaient inconnues. A la vue du visage anéanti de chagrin d'une femme ressemblant fort à madame Ventadoux, j'imaginai que ce devait être sa sœur. A l'homme de haute stature que je supposais être Abel Ventadoux, je tendis la main en l'assurant de toute ma sympathie. Il me la broya. Sans la lâcher, il me murmura à l'oreille en se penchant.

— Ordure, tu as tué mes parents pour prendre les sacs. Où tu les as mis ?

Interloqué, aucun son ne sortit de ma bouche. Lui aussi croyait que j'avais pris les sacs. La colonne humaine qui poussait contraignit nos mains attachées à se détacher. Je me retrouvai devant la personne suivante sans avoir pu lui répondre. J'étais encore dans un beau merdier !

La famille se préparait à suivre le fourgon mortuaire pour rejoindre le cimetière au-dessus de Péreire où je n'allais pas aller. Avant de m'éclipser, j'aperçus le fils Ventadoux marcher vers une grosse moto de marque anglaise garée sur le côté droit de la basilique. D'un puissant coup de kick, il mit le moteur en route qui tonna comme un orage de haute-montagne. Il glissa de grosses lunettes de moto à élastique devant ses yeux qui me suivaient comme ceux d'un animal qui guette sa proie. Un frisson me parcourut avant qu'il ne disparaisse dans un boucan d'enfer.

J'allais m'évader, c'est une expression, quand Prolongeaud me rejoignit en me tapant sur l'épaule. Je sursautai. Tendu.

— Ventadoux, semble-t-il, ne vous a pas à la bonne. On va tâcher de lui expliquer de nouveau que vous n'êtes pour rien dans la mort de ses parents. Mais c'est un alcoolique qui n'est pas maître de ses pulsions. Faites attention à vous, Richard. Vous allez où ?

— Je repars à ma librairie car il faut que je gagne ma vie. Je n'ai pas 150 millions anciens devant moi pour aller me faire bronzer sur la plage. Je crois que mon comptable vous l'a déjà dit. Lundi, c'est la rentrée, et il y aura du boulot. Je sais que je vais être obligé d'aller à Bordeaux la semaine prochaine pour passer des commandes de livres.

— Dites-le-moi avant ou à Costedoit. Au fait, avez-vous lu le journal ? Vous êtes devenu un véritable héros. Tout arrive, vous voyez, lança-t-il l'air goguenard.

Je restai les bras ballants sur le trottoir. Sans voix. Moi, un héros ? C'était bien la première fois.

Chez le marchand de journaux qui était sur le chemin de la librairie, je ne fus pas accueillis avec la même indifférence que de coutume. Quelque chose s'était passé dans ma vie. Le visage de la commerçante s'illumina quand elle me reconnut.

— Monsieur Richard, on ne parle que de vous dans le journal. On va vous demander bientôt des autographes. Mon pauvre, vous avez dû avoir peur face au tueur en noir qui voulait vous écraser avec sa voiture. Ça a dû être terrible pour vous, mon pauvre monsieur !

J'acquiesçai sobrement, les yeux baissés, en laissant trente centimes dans le cendrier après avoir pris le journal sur le présentoir. En cheminant, je découvris l'article qui était à la une de *Sud-Ouest* sur près d'un quart de page : « Les trois meurtres d'Arcachon, le libraire parle enfin ! » Il était illustré par une photo prise dans le café et ainsi légendée : « Le visage marqué par les coups du tueur-agresseur, Christophe Richard raconte sa folle épopée… »

En marchant, je lisais mon histoire comme si je la découvrais. C'est fou comme la vie c'est mieux dans les journaux. Si rien n'était faux, le style condensé donnait le sentiment que toutes ces péripéties s'étaient enchaînées les unes à la suite des autres sans temps morts. Ce résumé faisait ressortir le côté spectaculaire de mon aventure en éliminant les attentes, le doute, la peur, la douleur. Ces lignes me présentaient comme un aventurier au caractère fonceur qui enchaînait aventure sur aventure. Un peu comme au cinéma. Rien n'était vrai, mais tout était exact !

Page trois, on pouvait découvrir une nouvelle interview de Prolongeaud. Il racontait que la police allait maintenant se pencher activement sur un quatrième homme Bien sûr, elle continuait ses investigations sur l'identité du troisième découvert assassiné. Il précisait aussi que la justice allait certainement vouloir revoir les deux voleurs de voitures en détention préventive afin d'en savoir davantage sur le braquage du Crédit agricole de Facture. Enfin, dans un petit encadré, le maire tenait à rassurer ses concitoyens sur la sécurité de sa ville en expliquant que ces derniers événements n'étaient pas le fait d'Arcachonnais, mais de représentants du grand banditisme venus de grands centres limitrophes. Ma lecture était pratiquement terminée quand j'arrivai à ma boutique.

Jamais autant de monde ne s'était pressé dans mes murs un samedi matin. Des visages connus qui venaient spontanément me serrer la main en me plaignant sur les moments difficiles que j'avais eus. Des visages inconnus venus me féliciter pour ma détermination face au tueur écraseur. D'autres étaient là pour me demander des conseils sur les livres policiers. A leurs yeux, j'étais le grand spécialiste du genre. Que devaient-ils acheter entre Simenon, Agatha Christie et Jean Bruce ? Des enfants me regardaient comme Bob Morane ou Michel Vaillant. Beaucoup, après avoir détaillé les coups sur mon visage, me suppliaient de leur narrer mes aventures nocturnes. Ils affichaient un regard effaré quand je leur racontais que le tueur voulait me couper, un par un, les dix doigts avec le couteau à anneau que quelqu'un lui planta par la suite en plein cœur. Pendant le récit, ils se tenaient les doigts des mains, la bouche vrillée par une douleur virtuelle. Au fil de la matinée, j'avais bien peaufiné mon histoire et musclé certains détails. Je lisais dans leurs yeux la progression de mes effets.

Entre midi et 13 h 30, la librairie ne désemplit pas, tandis que le téléphone n'arrêtait pas de sonner. Je ne savais plus où donner de la tête. Des journalistes de la RTF de Toulouse voulaient me filmer pour de futures actualités régionales. Un quotidien des Pyrénées souhaitait me rencontrer, de même que Radio-Monte-Carlo. Vers 13 h 45, je décidai de souffler un peu. Après avoir fermé la librairie, je poussai mes pas chez Yvonne. C'est Marianne qui était au comptoir.

— Oh, monsieur Richard, c'est vous, comment vous

allez ? Ça fait plaisir de vous voir sain et sauf. Vous devez terriblement souffrir de votre œil ?

C'était la première fois qu'elle me parlait autant. Hélas, Yvonne s'était absentée. Je demandai à Marianne si elle pouvait me préparer un sandwich. Elle extirpa deux épaisses tranches de jambon blanc du gros réfrigérateur placé derrière elle ainsi que du beurre. Le sandwich qu'elle me confectionna était deux fois plus long que de coutume. Je goûtais aux petits privilèges de la célébrité. J'étais la star d'Arcachon.

Après l'avoir difficilement avalé accompagné d'un demi et avoir laissé cinq francs dans la coupelle, je revins à la librairie qui ne désemplit pas de tout l'après-midi. Le libraire était devenu la curiosité du week-end d'Arcachon. On venait visiter sa librairie comme on allait voir la dune du Pilat, ou le Casino mauresque ou l'île aux Oiseaux. J'aurai dû faire payer à l'entrée.

Vers 18 heures, je passai un coup de fil au bureau régional de *Sud-Ouest* à Arcachon.

— Bonjour, c'est Christophe Richard, le libraire, est-ce que je pourrais compulser les archives des mois de mai et juin ?

— Oh, c'est vous monsieur Richard, je suis Mariette, la standardiste. Vous êtes devenu une vedette. Grâce à vous, nous avons accru nos ventes de 25 % en locale. Désirez-vous que Jean-Michel Bati, qui vous a interviewé, vous rappelle à son retour.

— Non, merci mademoiselle je voudrais simplement compulser les archives de mai et juin.

— Vous n'avez pas de chance. Nous avons refait l'agence il y a peu et nous avons dû déménager les archives que nous n'avons pas encore récupérées.

— Pas de chance, fis-je, contrarié, il est donc impossible de lire les archives en ce moment ?

— Pas chez nous, mais vous pouvez les consulter au siège

de notre journal rue des Cheverus à Bordeaux. En plus, là-bas, nous avons nos treize éditions. Il n'y a pas de problème, vous pouvez y aller tous les jours jusqu'à 18 h 30, sauf le samedi après-midi.

— Merci mademoiselle. Donnez mon bonjour à Jean-Michel Bati et dites-lui qu'il m'a décrit bien complaisamment. Beaucoup d'Arcachonnais pensent que je suis un héros de romans policiers, ce qui n'est hélas pas le cas. Au revoir.

En posant le téléphone, je réfléchissais à mon déplacement à Bordeaux. Lundi, jour de rentrée, il y aurait beaucoup trop de monde dans la librairie pour fermer. Mercredi, c'est mon père qui n'était pas libre. Restait mardi, qui serait le bon jour pour aller chercher des livres car mon magasin avait été dévalisé. J'aurais le temps d'aller chez mes distributeurs et de compulser les archives de *Sud-Ouest*. Il fallait que j'en sache un peu plus sur le braquage du Crédit agricole de Facture avant de dîner avec mon père. J'allais le faire prévenir en appelant sa voisine.

Le numéro était déjà presque achevé sur le clavier quand la porte s'ouvrit sur Prolongeaud dont la haute silhouette se détacha dans la lumière du jour encore vive qui éclaboussait la vitrine.

— Alors, Richard, tout va bien ?

Quelque chose allait encore me tomber sur le coin de la figure, pensai-je en soupirant.

— Que me vaut cette visite ? Nous ne nous sommes pas vus depuis ce matin et je vous manque déjà. Comment avez-vous pu vivre sans moi ?

— Richard, je vais m'absenter quelques jours pour retrouver ma famille, car si ça continue mes enfants ne vont plus me reconnaître. D'autre part, à travers le juge, je vais pousser mes investigations vers nos clients Bergès et Railloux. Mais je viens d'obtenir de nouvelles informations qui risquent de bouleverser totalement le cours de notre enquête…

— De nouvelles informations ? Vous n'allez pas me dire que vous me soupçonnez pour de bon, cette fois…

— Non, rassurez-vous. Face à la grosse pression du Parquet, ils ont travaillé vite et bien à Bordeaux. Il faut dire que notre client était déjà fiché à la Maison, ce qui a permis de gagner du temps, d'autant que nous avions sa photo. Je sais tout sur lui. Il s'appelle, ou plutôt il s'appelait, Joseph Piérangéli, âgé de quarante ans, un rapatrié d'Algérie. Un vrai dur.

— Formidable ! Grâce à sa piste, vous allez pouvoir retrouver le quatrième comparse. Le fameux Bob.

— Ce n'est pas si simple. Je dirais même plus, l'affaire se complique rudement. Piérangéli, savez-vous ce qu'il faisait le 31 mai dernier ?

Devant ma moue interrogative, Prolongeaud n'attendit pas ma réponse.

— Le 31 mai, il était déjà incarcéré à la maison d'arrêt de Gradignan. Il n'a pas pu participer au braquage du Crédit agricole de Facture. Ce n'est pas lui, le troisième homme…

Les mots de Prolongeaud m'assirent. Si Piérangéli n'était pas le troisième homme du hold-up, comment connaissait-il cette histoire ? Après avoir vicieusement goûté de son effet sur mon moral en berne, grand seigneur, il consentit à me donner une explication.

— Piérangéli était incarcéré à la maison d'arrêt suite à un petit braquage d'une station service en avril 1962 à Mimizan. Il est sorti de prison le 12 août dernier après avoir purgé une peine de neuf mois…

— Mais comment a-t-il su pour les 150 millions ?

— Cela semble assez simple, Piérangéli n'était pas seul dans sa cellule. Depuis le 6 mai dernier, son compagnon de cellule s'appelait François Bergès, l'un des deux hommes soupçonnés du hold-up du Crédit agricole.

— Mais se connaissaient-ils ? hasardai-je, cherchant à comprendre l'histoire qui ne me semblait plus très claire.

Pour moi, jusque-là, c'était évident, Piérangéli avait participé au braquage. J'avais encore tout faux. Et de mieux interpréter le sens de ses mots quand il m'avait dit : « Bob est, paraît-il, malin, mais je le suis autant que lui. » Ce « paraît » aurait dû me mettre la puce à l'oreille. Il ne le connaissait donc pas. Mais, à cause de la panique, je n'avais pas saisi toute leur finalité. Je n'osai pas avouer à Prolongeaud que j'avais omis le « paraît-il » qui lui aurait permis de gagner du temps dans l'enquête, et surtout évité de prendre une fausse piste. Piérangéli était étranger à cette affaire.

Prolongeaud me donna l'explication.

— Tous les truands ne se connaissent pas, mais ils parlent aussi beaucoup. Passer 24 heures sur 24 à deux dans huit mètres carrés incite à baver, et surtout à se confier. Bergès n'est pas un enfant de cœur. Il pense à tort s'en sortir avec pas grand-chose à son procès. Son temps de préventive aura couvert une partie de sa peine car nous n'avions que le vol de deux voitures à sa charge. Mais le juge, qui est retors, veut le faire plonger car il sait maintenant qu'il y une relation évidente et prouvée entre les deux hommes.

Prolongeaud feuilleta un livre pris sur une pile, regarda le prix sur la quatrième de couverture, puis le reposa vivement, comme s'il était radioactif. Il continua son explication.

— Pendant que Bergès était en cellule, son ou ses autres complices libres risquaient de venir piquer les sacs dans la villa des Ventadoux. Les voyous sont des loups entre eux. Ce sont d'abord des voleurs, et s'ils peuvent se voler entre eux, ils le font sans regret. Ils n'ont ni morale ni honneur, sauf au cinéma quand ils sont interprétés par Lino Ventura ou Jean Gabin.

En regardant le prix d'un autre livre, plus gros, il grimaça davantage.

— Je ne pensais pas que les livres étaient aussi chers ! De toute façon, je ne lis pas. De plus, son complice, Railloux, avec son casier plus léger que le sien, risquait de s'en tirer avec une peine moins lourde et de sortir avant lui. Chercher le fric et filer avec. Bergès a certainement pensé qu'il valait mieux avoir la moitié de 150 briques en les partageant avec quelqu'un que la totalité de rien.

Il semblait jubiler. Il alluma une cigarette.

— J'ai vu le casier de Piérangéli, c'est du solide. Richard, ce type qui venait de tuer deux personnes n'aurait pas hésité à vous égorger. En parlant d'égorger, il n'y avait aucune empreinte sur le couteau qui l'a tué. Son assassin portait des gants. De ce côté-là, rien de nouveau.

— C'est donc Bergès qui a raconté l'histoire du casse du Crédit agricole à Piérangéli, articulai-je en touchant la piqûre encore douloureuse de mon cou.

— Il lui a certainement proposé le marché suivant en lui expliquant où étaient planqués les sacs. Bien sûr, Piérangéli pouvait disparaître avec l'argent. C'était le risque à courir. Avant, Bergès avait dû prendre certaines garanties s'il le doublait. Les gens du milieu fonctionnent avec des codes bien à eux.

— En théorie, continua-t-il après un bref silence, il n'a pas pu prévenir son collègue Railloux détenu dans une autre maison d'arrêt. Il ne va pas apprécier. Il est certain que quand ces gens-là vont sortir, il va y avoir du rififi entre eux. Pour vous, ça ne change rien pour le moment. A nous et au juge d'interroger de nouveau Railloux, et surtout Bergès en lui laissant croire que Piérangéli l'a balancé. Mais connaissant l'homme, il ne va pas se mettre à table comme ça…

— Il comprendra bien que vous n'avez jamais vu Piérangéli vivant.

— On lui dira que c'est Piérangéli qui vous l'a dit, que c'est vous qui me l'avez dit et moi qui l'ai répété au juge.

C'est aussi simple que ça, ajouta Prolongeaud avec un drôle d'air qui me fit froid dans le dos.

— Si j'ai bien compris, après Bob, le fils Ventadoux, maintenant ça va être Bergès et Railloux qui vont vouloir me zigouiller à leur sortie de prison…

— Zigouiller, le mot est très excessif, mais Bergès doit certainement croire maintenant que c'est vous qui avez les fameux sacs. Ne vous inquiétez pas, Richard, Bergès n'est pas encore sorti, car il ne sera pas jugé avant au moins deux mois. D'ici là, il y aura du nouveau. Je vous dis un truc, et tout de suite, vous tremblez comme une vieille femme. Il faut vous reprendre.

Content de lui, il sortit. De nouveau, un grand vide me perfora l'estomac.

Je m'étais imaginé que mes ennuis avaient fini avec la mort de Piérangéli. Et maintenant un zigue nommé Bergès croyait aussi que j'avais piqué les sacs. Pourvu qu'il ne s'évade pas. C'était à souhaiter pour ma vie que la maison d'arrêt de Gradignan soit bien gardée !

XII

Les jours se suivaient et ne se ressemblaient pas. Ce dimanche matin, l'euphorie de la veille s'était estompée. Les propos de Prolongeaud m'avaient fait gamberger toute la nuit. J'avais le sentiment de m'enfermer dans un piège infernal. Fallait-il passer une annonce dans *Sud-Ouest* pour expliquer que je n'avais pas pris les 150 millions ? A ce sujet, la lecture de *Sud-Ouest dimanche* m'avait à peine remonté le moral. Sur quatre colonnes en haut de page, on lisait : « Le triple meurtre d'Arcachon, l'enquête continue ! » L'article ne révélait rien de nouveau car l'identité de Piérangéli n'était pas encore révélée. Soit elle était arrivée trop tard à la rédaction, soit ce renard de Prolongeaud ne l'avait pas lâchée pour gagner du temps et manipuler les complices.

En pages intérieures, il y avait un long reportage illustré par six photos dont la mienne sur l'émouvant hommage rendu aux Ventadoux à la basilique Notre-Dame avec la liste des personnalités présentes à la messe et au cimetière.

La matinée passa tout de même très vite car la librairie ne désemplissait toujours pas. Des curieux, mais aussi beaucoup de clients venus dévaliser le rayon des policiers.

Vers midi, quelques pétarades fusèrent devant la porte en réveillant le boulevard. C'est Panpan qui se garait à grands coups d'accélérateur au volant de sa nouvelle Panhard de couleur grise. Après un ultime coup d'accélérateur qui secoua violemment le capot et la vitre de la vitrine, il descendit en s'y prenant à deux fois pour bien fermer sa porte.

— Salut, tu as encore l'œil bien amoché, il ne t'a pas loupé ton mec ! Sacré camarade, tu m'as fait peur. Je suis vraiment content de te voir vivant, lança-t-il en me prenant dans ses bras. Tu n'as pas dû avoir une semaine facile, mon vieux Christophe. Ça a dû être pire que l'armée !

— C'est le cas de dire. Je vais fermer le magasin tant qu'il n'y a plus personne car il ne désemplit pas depuis mercredi. C'est étonnant comme le parfum du crime attire le monde. Ce serait bien qu'on aille déjeuner dans un endroit discret car je suis devenu l'attraction Arcachon.

— Si on allait à Gujan-Mestras, comme ça je te ferai essayer ma nouvelle Panhard ?

— Panpan, on ne dit pas « Mestra » mais « Mestrasss », tu devrais le savoir depuis le temps. Je préférais peut-être celle d'avant, elle était plus jolie en bleu qu'en gris. Sa couleur ressemble à celle du temps d'aujourd'hui.

— Oui, c'est vrai. Mais celle-là, c'est un modèle 56 avec des éléments de caisse en alu, elle est plus légère et possède une suspension surbaissée. Elle est équipée d'un moteur préparé avec des tubulures EPAF et un double-corps Zenith de 40. Il prend 7 000 tours et aurait couru au Mans sous le capot d'une DB en 1958.

Monté à ses cotés, je dus m'y reprendre à deux fois pour que ma porte daigne enfin se verrouiller.

— C'est normal sur les caisses alu dont les portes s'ouvrent parfois en virage, il faut bien les claquer, articula Panpan avant que sa voix soit couverte par le grondement saccadé de la mécanique qui fit grimper des vibrations jusque dans mes jambes et même un peu plus haut.

Dire que Prolongeaud disait que je n'avais pas de couilles !

Nous primes le cours Tartas pour rejoindre la sortie d'Arcachon. Les jours ne se ressemblaient pas, les dimanches non plus. Par rapport à la semaine précédente, Arcachon avait pris le visage d'une ville du Nord. Un ciel gris voilait de triste le Bassin en colorant ses vagues de la même couleur. Quelques pinasses se dandinaient vivement autour de leurs amarres. A gauche, la place Thiers aperçue furtivement dans la puissante accélération était vide.

Dès que nous quittâmes Arcachon, Panpan poussa les régimes. Dans une incroyable pétarade, le Panhard avala la petite route longeant la voie de chemin de fer qui menait à Gujan.

— La seconde monte à 90 et la troisième à 130, précisa-t-il en hurlant. En fait, je l'ai échangée avec l'autre qui était une 58 dont, je ne sais pas si tu te souviens, j'avais refait le moteur.

— Je crois même que tu l'avais refait plusieurs fois, fis-je en criant pour couvrir le vacarme du moteur.

— Arrête de te moquer, c'est normal sur les Panhard. A l'aller, j'ai tapé du 140.

Nous avalâmes une 203 qui semblait arrêtée, puis une Dauphine, avant de stopper devant un petit restaurant pas loin du château d'eau. Si la voiture s'arrêta, ce ne fut pas le cas de la mécanique qui, obstinément, voulait continuer à vivre en gigotant malgré le contact coupé...

— C'est normal, c'est le défaut de ces moteurs trop comprimés, il faut caler pour s'arrêter.

Pas grand monde dans le restaurant. Ce temps au parfum automnal qui faisait déjà voler quelques feuilles jaunes au pied des arbres semblait avoir effrayé les Bordelais qui étaient restés chez eux.

Comme d'habitude, Panpan commanda sa douzaine d'huîtres numéro 2, suivie de sa fidèle daurade. Je m'en tins au traditionnel poulet-haricots verts. Le tout arrosé d'un agréable petit vin blanc.

Je lui relatai en détail mon histoire, la villa, les deux cadavres, la fuite avec mes sacs de livres, la nuit au commissariat, l'agression de Piérangéli, ma folle poursuite dans la rue, son cadavre retrouvé assassiné sur la plage de l'Aiguillon, les doutes de Prolongeaud sur mon innocence, ma garde à vue, ma libération, mon agression à l'enterrement, avec, cerise sur le gâteau, la surprise du chef innocentant Piérangéli du hold-up mais faisant apparaître deux des protagonistes du braquage en liberté.

En avalant langoureusement ses huîtres qu'il avait soigneusement détachées de leur coquille, Panpan m'écoutait religieusement. Il m'interrompait parfois pour me poser des questions fort pertinentes. Ce qui m'était arrivé semblait l'envoûter. Il était pendu à mes lèvres. En les ouvrant, j'avais peur qu'il tombe sur mes haricots verts. Pendant qu'il découpait sa daurade avec la dextérité d'un chirurgien, il analysait mes réflexions. Je ne lui avais rien caché, sauf bien sûr l'existence de Bob. J'avais hésité car l'histoire me semblait moins évidente à comprendre. A la réflexion, je compris que cela ne changeait pas grand-chose, d'autant que je ne savais pas qui était ce mystérieux Bob.

Il m'observait avec une attention que je ne lui connaissais pas. Comment dire ? Avec un intérêt accru, comme si j'avais pris une dimension supérieure à ses yeux depuis le début de ces événements.

— Tu es une chèvre, me lança-t-il abruptement en tirant vivement une arête de sa bouche et en la posant sur le bord de son assiette décorée aux couleurs du restaurant.

— Une chèvre ?

— On appelle ça une chèvre. Les bergers se servaient d'une chèvre attachée à un poteau dont les bêlements attiraient les loups. Les bergers planqués attendaient le loup et le tuaient.

— Et la chèvre ? demandai-je inquiet, avec la fourchette en l'air sans oser avaler ce que j'avais dans la bouche.

— Hélas, ils arrivaient parfois trop tard pour la sauver.

Mais grâce à elle, en la sacrifiant, ils sauvaient le troupeau, ajouta Panpan, heureux de son effet devant mon regard désappointé. C'est certain, les flics se servent de toi comme d'une chèvre. Grâce à toi, ils pourront retrouver les deux complices des gars qui sont en prison. C'est pas un con, ton Jolomprot !

— Non, Prolongeaud, rectifiai-je agacé en tentant de fixer mon esprit.

— Il ne doit pas croire que tu as tué les trois personnes comme il te l'a dit en te mettant en garde à vue. Mais il pense certainement que c'est toi qui as piqué les deux sacs de pognon. Comme il ne sait pas où ils sont, il a besoin de toi en liberté. Il veut que tu le mènes à l'argent, surtout si tu as la pression des deux complices en liberté. Il te laisse prendre un sacré risque avec ces mecs qui te cherchent. D'ailleurs, je risque pas mal ma vie en te fréquentant, conclut-il avant de faire semblant de s'écrouler sur la table, le nez dans ses coquilles vides, victime d'une balle imaginaire dont il imita fort bien le claquement sec avec la langue. Bruit mat qui attira un regard étonné de la table d'à côté.

Il se releva vivant et continua.

— Il n'est pas impossible qu'ils te filent pour te surveiller, ajouta-t-il en faisant rouler ses yeux de droite à gauche, l'air soupçonneux. Tu vois le client seul, derrière moi, je suis sûr que c'est un flic qui nous file. Ton nom est Richard, Christophe Richard !

— Arrête tes conneries, Panpan, ça ne me fait pas rire, car entre la police et les truands, je manque un peu d'espace de vie.

— Mais reconnais que tu as connu une vie intense cette semaine, avec des choses qui n'arrivent à personne. Nous en avons souvent parlé. Tu te plaignais que le soir tu t'emmerdais. Tu t'emmerdais le matin aussi. Tu t'emmerdais la journée. Tu me le répétais encore dimanche dernier. Or, depuis lundi, avoue que tu ne t'emmerdes plus.

— Et ta cliente, l'autre soir au magasin ? coupai-je pour passer à autre chose de plus excitant.

— Ah oui, si tu avais vu sa paire de seins... incroyable. Comme ça, dit-il en me dessinant devant lui une poitrine imaginaire qui devait flirter avec un bon 130 bonnet D. On aurait dit Pascale Petit, en mieux. J'ai tenté de la baratiner, mais ça n'a pas marché. Dommage ! Au fait, je t'ai apporté mon vieux Teppaz car j'ai acheté le nouveau, avec baffles Spatio Dynamic, avec la réduction grossiste. C'est bath, on dirait qu'on est assis à côté du chanteur, avec les postillons en moins.

Au dessert, la discussion dévia sur la chanson, comme tous les dimanches, me faisant oublier mes soucis, mais pas l'angoisse qui m'enserrait la poitrine.

— J'ai reçu les annonces des nouveautés pour la fin de l'année. Des vedettes de cinéma vont sortir des disques et il va y avoir une grosse promotion autour de ces événements. Marie Laforêt et Brigitte Bardot.

— Brigitte Bardot se lance dans la chanson ?

— On a reçu leurs 45 tours de démonstration avec un seul titre. Si Bardot n'a pas beaucoup de voix, celle de Marie Laforêt est plus originale. Plus aiguë. Sa chanson intitulée, je crois, *Les Vendanges de l'amour* se retient bien, comme celle de Bardot signée Serge Gainsbourg. Je l'adore ce type. D'après eux, ces microsillons devraient faire de grosses ventes. C'est grâce à des gens comme ça qu'on gagne bien notre vie car les ventes d'Aznavour, Bécaud, Mariano et Brassens, ce n'est plus ça.

Selon un cérémonial bien rodé, nous payions l'addition chacun notre tour. C'était le mien aujourd'hui, et je laissai trente francs sur la table. Comme nous avions un peu de temps devant nous, car le dimanche je n'ouvrais pas avant 15 heures, nous allâmes nous balader à pied sur la jetée du Christ du port de Larros.

Un vent mouillé, venu du Bassin, léchait nos visages et volait nos paroles en les emportant avec lui. En descendant, l'eau laissait suinter des odeurs de vase, d'huître et d'iode qui remontaient en effluves fortes. Quelques crabes noirs couraient sur les algues avant de disparaître sous de petites pierres mouillées. Panpan s'amusa de leur façon de se mouvoir. Taches blanches sur fond sombre, au loin quelques aigrettes marchaient délicatement dans la vase, comme si elles avaient peur de salir leurs pattes. De l'autre côté, il devait pleuvoir sur Andernos recouvert d'un voile noir. Les dimanches se suivent et ne se ressemblent pas, songeai-je en me rappelant qu'il y a seulement une semaine nous sortions à peine du bain. C'était si loin. Aujourd'hui, c'est moi qui étais dans le bain.

— Tes aventures ont dû drôlement l'exciter, Anne, me demanda Panpan en examinant soigneusement les initiales gravées sur la croix du bout de la jetée.

— Tu parles, elle était tellement excitée par la tournure des événements qu'elle m'a dit qu'elle ne voulait plus me voir pendant quelque temps, pour ne pas dire définitivement. Ça m'a mis un coup au moral bien que je ne sache plus si je tiens vraiment à elle. En plus, je n'ose plus appeler son fils chez elle pour lui demander de tenir ma boutique.

Il plissa la bouche.

— Tu mérites mieux qu'elle, Christophe. Mais il faudrait que tu sortes de ta carapace.

Je n'étais pas un crabe. Que voulait-il que je fasse ?

Au retour, quand il prit le virage vers le pont de chemin de fer à 110, je serrai les dents puis les fesses. Sa voiture semblait collée au sol par une main géante.

Il resta avec moi jusqu'au milieu de l'après-midi. Nous eûmes peu le temps de parler car il y avait encore foule. Ce n'était pas des touristes comme tous les dimanches mais des

Arcachonnais. Panpan m'observait avec un regard amusé, étonné par ma nouvelle renommée, séduit aussi par la nouvelle image que j'exhalais auprès des gens qui me demandaient de leur raconter mes péripéties.

Vers 16 heures, après avoir sorti le Teppaz du coffre de sa voiture, il me laissa en me faisant promettre de faire attention à moi. Il m'assura néanmoins qu'il m'enviait.

M'envier, moi ! On avait essayé de me tuer, on m'avait mis en garde à vue, un flic me haïssait, son chef me croyait coupable d'un vol, je m'étais fait cogner dessus, j'étais une chèvre, et on m'enviait. Avant, je n'étais rien, on ne me frappait pas, on n'essayait pas de me tuer, mais on ne m'enviait pas. Allez comprendre !

Vers 18 heures, la librairie se vida comme Arcachon d'ailleurs car un vent aigrelet avait nettoyé le boulevard de la Plage. J'étais en train de compter mon stock, étonné de voir que j'avais vendu plus de cinquante livres aujourd'hui, soit le chiffre d'une bonne semaine, quand une jeune femme poussa la porte.

Son regard fit le tour de la librairie avant de se poser sur moi.

— Monsieur Richard ? J'ai suivi vos aventures dans le journal et même à la radio. Vous ressemblez à un héros de roman policier, souffla-t-elle en scrutant mon visage. Vous devez avoir terriblement mal à votre œil.

Elle était brune avec une coupe au carré, plutôt grande avec de longues jambes, âgée d'environ trente ou trente-cinq ans, vêtue d'un tailleur bleu fort élégant, chaussée d'escarpins bleus à boucle dorée, avec, en bandoulière, un sac à main en fin cuir bleu. Son séduisant visage aux pommettes hautes était mangé par de grands yeux marron soulignés de noir et une bouche un peu grande aux lèvres bien ourlées. Un beau bracelet en or décorait son poignet droit, et une jolie montre le gauche. Bref, c'était une très belle femme qui avait l'assurance tranquille de celles qui ont de l'argent. Son discret parfum se mêla à l'odeur du papier.

Après nous être dévisagés mutuellement, ses lèvres couleur sucre d'orge à la fraise remuèrent à nouveau, dévoilant de jolies dents nacrées bien rangées.

— Mon mari est parti à l'île aux Oiseaux avec des amis bien que le temps d'aujourd'hui ne s'y prête guère. C'est bientôt son anniversaire, je voudrais lui offrir un beau livre sur Arcachon, le Bassin ou l'île aux Oiseaux. Nous venons d'acheter une maison secondaire près de Péreire car il est fou de cette région…

— Il ne me reste plus grand-chose, excepté des petits livres pour les enfants, car ma petite aventure a, semble-t-il, décidé les Arcachonnais à lire. Je dois aller mardi à Bordeaux pour refaire mon stock. J'aurai de beaux albums avec de très jolies photos du Bassin, mais ce sera peut-être trop tard…

— Ce n'est pas pressé car nous ne devons fêter son anniversaire que samedi prochain avec des amis. Si vous m'assurez que vous aurez ce genre de livre, je peux repasser mercredi ou jeudi.

— Je les aurai d'ici…

— Si vous préférez, coupa-t-elle, je vous laisse mon nom et mon téléphone et vous m'appelez quand vous les avez.

— Promis, je vous appelle.

— Avec la vie passionnante et mouvementée que vous connaissez ces derniers jours, vous n'aurez certainement pas le temps, murmura t-elle avec une pointe d'ironie dans son regard sûr de son pouvoir de séduction.

— Je ne voudrais pas déranger…

— Pas du tout, n'ayez crainte. Mon mari est industriel à Bordeaux et je m'ennuie un peu dans la maison beaucoup trop grande, d'autant que je ne partage pas sa passion pour Arcachon. Je trouve cet endroit infiniment triste en septembre, surtout avec un temps de chien comme aujourd'hui.

Dimanche prochain, nous revenons enfin à Bordeaux. Meubler la maison et soigner la décoration, cela m'occupe fort heureusement pendant ces journées interminables.

— Vous avez tort. Arcachon est une ville magnifique à la couleur extraordinaire. C'est vrai qu'aujourd'hui on se croirait en automne. Mais je me suis encore baigné lundi, confiai-je en vérifiant dans ma tête car cela me semblait être dans une autre vie tant c'était loin.

— Si vous le dites. Je tâcherai de la regarder avec un œil neuf.

Elle me tendit souplement sa main aux ongles longs recouverts de rouge avec une carte de visite que je ne songeai même pas à lire.

— J'attends votre coup de téléphone et j'espère que vos ennuis sont terminés. Je lirai la suite de vos passionnantes aventures dans le journal. Rassurez-vous, je ne chercherai pas à vous tuer. Nous les femmes, nous avons d'autres arguments pour faire parler les hommes, chuchota t-elle avec un sourire énigmatique qui me fit monter une bouffée d'adrénaline.

Dans ma tête, une petite voix me criait : c'est la plus belle femme que tu aies jamais rencontrée. Puis une autre petite voix, qui la couvrit, me conseilla la prudence. Laquelle, allai-je écouter ?

XII

Il pleuvait sur Arcachon, ce lundi 16 septembre. Pas une de ces ondées du matin auxquelles nous sommes habitués. Des averses rapidement chassées par le vent venu de l'océan dès le début de la matinée. Pas un grain optimiste d'hôtelier annonciateur d'un temps qui se lève dans la matinée. Non, une pluie perçante, persistance, glaçante, qui ravivait l'orange des toits, le noir du goudron, le jaune orangé du sable et recouvrait de grisâtre le Bassin. Une pluie qui annonçait que l'été lâchait prise. Une pluie qui rendait hostiles des paysages qui ne l'étaient pas sous le soleil.

Arcachon avait pris son visage d'hiver, avec ses soirées qui ne veulent pas mourir et ses matins qui peinent à vivre.

Chez Yvonne, la clientèle habituelle du lundi matin était au grand complet. Sonore. Dissipée. Dans le petit sourire discret qu'elle me jeta en me voyant, on devinait une complicité qui n'existait pas auparavant. J'en fus flatté et la trouvai très en beauté pour un lundi. Maquillage très élaboré bien qu'assez débordant, robe verte laissant apercevoir bien plus que la naissance de ses seins, surtout quand elle se baissait. Ils aimantaient le regard de quelques habitués assis au comptoir.

Seul René, assis près du comptoir, ne semblait pas fasciné par ses seins, plongé non pas dans *l'Equipe,* comme on aurait pu l'imaginer, mais dans *Sud-Ouest.*

— Ah, monsieur Christophe, on parle encore de votre affaire ce matin dans le journal. Ils ont enfin trouvé l'identité de votre agresseur. Il paraît que c'était un gros dur !

Penché sur son épaule, pendant qu'Yvonne posait ma tasse de café sur le zinc, je découvris d'abord le titre: « Triple crime d'Arcachon, l'enquête avance. » On apprenait que les policiers, grâce à leur diligence, avaient pu retrouver l'identité de l'homme assassiné sur la plage. Un cheval de retour bien connu des services de police. En fait, pour le journaliste l'affaire était close au niveau arcachonnais puisqu'on avait trouvé assassiné l'assassin du couple Ventadoux. La boucle était bouclée. Restait à trouver celui qui avait tué d'un coup de couteau le dénommé Piérangéli. Mais à aucun moment on n'évoquait le mobile, les sacs bourrés d'argent. Certainement qu'en bons manipulateurs, Prolongeaud et son adjoint désiraient que la population oublie qu'autant d'argent se baladait dans la nature. En revanche, on ne parlait plus de moi. Mon heure de gloire était déjà finie. En bas, un petit encadré donnait rendez-vous aux lecteurs du mardi en annonçant un article intitulé « les crimes mystérieux », ce qui me fit sourire.

Après avoir avalé mon café, sucé ma cuillère, répondu de nouveau à quelques questions curieuses de la part de trois habitués assis près du juke-box qui débitait une chanson de Sylvie Vartan, je saluai tout le monde pour me rendre à ma librairie. Auparavant, Yvonne avait été prévenue que je me rendais le lendemain à Bordeaux. La pluie avait fait gonfler le bois écaillé de la porte qui eut du mal à s'ouvrir en raclant contre sol. Jour de rentrée scolaire, de nombreux parents et écoliers allaient envahir ma librairie. Les livres étaient déjà rangés par année scolaire sur un présentoir situé au milieu du magasin assombri par le ciel couleur ardoise. La meilleure façon pour le ciel de marquer la rentrée scolaire.

La visite de la jeune femme de la veille dont je retrouvai la carte posée sur mon bureau m'était revenue plusieurs fois à l'esprit. Sa carte sentait encore son parfum. A ce sujet, pensai-je, ce serait bien que Joël puisse me remplacer lors de mon escapade du lendemain à Bordeaux car il y aura encore pas mal de retardataires pour acheter les livres.

J'hésitai avant d'appeler Joël chez sa mère de peur que ce soit elle qui décroche. A 10 heures, elle devait être chez Renault. Je composai le numéro, le cœur suspendu. Après trois ou quatre sonneries, une voix endormie répondit. Je respirai, c'était Joël. Anne aurait pu s'imaginer que je la relançais.

— Bonjour Joël, c'est Christophe. Ça va ? Excuse-moi de m'y prendre si tard, et si tôt pour toi, mais est-ce que tu es libre demain car je dois aller à Bordeaux passer des commandes ?

— Pas de problème, Christophe, je ne reprends que le 2 ou le 3, et puis, avec le temps, il n'y a rien à faire. Je voulais décalaminer le moteur de mon Lambretta, mais je le ferai une autre fois. Comment va ton œil ? Je suis content de voir que tu as été relâché l'autre soir. Il n'avait pas l'air sympa, le deuxième inspecteur qui a bloqué la porte derrière toi. J'ai des copains qui ont eu affaire à lui, il paraît que c'est une vraie peau de vache.

— Merci Joël, je te laisserai ton argent dans une enveloppe dans le tiroir du bureau avec une petite prime car les affaires ont été bonnes ces derniers jours. Au fait, en parlant d'inspecteur, je vois arriver Costedoit dans la rue. Qu'est-ce qu'il va encore me dire ? Tu donneras le bonjour à ta mère…

En raccrochant, je regrettai ces dernières paroles. Anne allait imaginer que je désirais la relancer. Elle avait souhaité que nos relations connaissent une pause. Elle allait avoir une pause. Ah, si je pouvais ressembler à l'homme décrit par Jean-Michel Bati dans le journal !

Costedoit poussa la porte de la libraire.

— Bonjour Christophe, je vous ramène vos livres. Rien ne s'oppose à ce que vous les récupériez puisque nous n'avons trouvé que vos empreintes et celles du jeune Joël. En revanche, pour vos mocassins, il faudra attendre encore un peu. Ouf, je ne sais pas comment vous avez pu courir avec un tel poids au bout des bras !

Son ton enjoué, l'utilisation de mon prénom me firent sentir que la conversation serait amicale. Il posa les sacs près de la caisse, dans le passage.

— Mes livres pèsent très exactement dix-sept kilos. C'est le poids indiqué par le livreur des Transports aquitains lundi dernier, sensiblement à la même heure.

— Je me demande si 150 millions d'anciens francs pèsent aussi lourd ? lança-t-il avec une lueur maligne dans les yeux.

— Je ne sais pas, je n'ai jamais porté 150 millions. Vous parlez encore en anciens francs ?

— J'ai du mal à m'y faire, surtout pour les grosses sommes, répliqua Costedoit avec un petit sourire qui tendit le dessin de sa moustache.

Je préférai ne pas continuer sur son terrain.

— Je ne suis pas prêt de les vendre, fis-je en pensant au client de *l'Iliade* et *l'Odyssée* que je n'avais pas encore rappelé, emporté par les événements qui m'avaient secoué ces derniers jours.

— Nous maintiendrons une surveillance la nuit devant chez vous encore un ou deux jours. Si vous sortez, ne rentrez pas trop tard. Si vous n'êtes pas chez vous à 23 heures comme l'autre soir, on va venir me réveiller à l'hôtel Etchéa. Je déteste être réveillé dans mon premier sommeil. Cela dit, c'est très bien comme hôtel, et les prix sont très raisonnables. Ma chambre est à quinze francs avec un cabinet de toilette.

Il n'était pas venu seulement pour me parler de la qualité de l'hôtellerie arcachonnaise. La question qui tomba me le prouva.

— Vous avez prévu de vous absenter les jours prochains ?

— Oui, demain, je dois aller à Bordeaux. C'est Joël qui me remplacera à la librairie.

— Qu'est-ce que vous allez faire exactement à Bordeaux, Christophe ?

— Je vais commander des livres chez mes fournisseurs et dîner chez mon père à Pessac. Ça vous va ?

— Moi, tout me va, mais soyez prudent.

— Croyez-vous, inspecteur, que je risque encore quelque chose ?

— Sincèrement, je ne pense pas. Celui qui a planté Piérangéli a intérêt à se faire oublier. A moins qu'il soit persuadé, lui aussi, que c'est vous qui avez planqué les vrais sacs. D'ailleurs, Christophe, si vous aviez volé les sacs, c'est juste une supposition, vous les auriez cachés où ?

Sa question me surprit.

— Mmmm, je ne sais pas, j'aurais peut-être enterré l'argent sans les sacs dans le jardin ou alors je l'aurais planqué dans une consigne à la gare, comme je l'ai fait croire à Piérangéli. La consigne, ça me semble une bonne idée. Ils font ça dans tous les films.

— Le jardin, tout comme votre voiture, comme la gare, votre magasin, votre appartement, j'ai déjà vérifié. Vous n'auriez pas une idée plus originale. Chez Yvonne, par exemple ?

Son regard me troubla. Il avait vérifié ! Décidément, j'étais toujours suspect à leurs yeux, quoi qu'en dise son chef. Malgré son air sympathique, c'était un flic. Un flic, même sympa, reste un flic.

— Non, je n'ai pas beaucoup d'imagination, vous savez.

— Au fait, mon chef s'est absenté quelques jours. Si vous avez un problème, vous m'en parlez directement. Si vous passez par Tridoux c'est de nouveau le retour dans la cellule et la guillotine à 5 heures le matin après le dernier verre de rhum. Bonne journée, dit-il avec un petit sourire et en tirant fort sur la porte qui racla le sol.

Ses derniers mots me laissèrent un peu mal à l'aise quand le grelot du téléphone empêcha mon esprit de s'enfuir.

— Bonjour, vous êtes Christophe Richard ? C'est monsieur Peigneux au sujet de *l'Iliade* et *l'Odyssée*. Votre assistant m'avait dit que vous me rappelleriez pour m'en donner les prix.

— Excusez-moi, répondis-je en retrouvant ses coordonnés sur mon bureau. J'ai été un peu bousculé ces derniers jours.

— Je sais, j'en ai entendu parler. Une drôle d'affaire. C'est horrible pour ces pauvres gens assassinés dans leur cave. Quel est leur prix ?

— Heu, disons 150 francs.

— C'est bon, je les prends car c'est une édition rare. Ah, il y a un gros problème, je ne sais pas si votre assistant vous l'a dit, je suis paralysé et je ne peux pas me déplacer seul. Si vous pouviez me les livrer, ce serait gentil. Rassurez-vous, j'habite à côté, au Moulleau. Bien sûr, je vous paierai votre déplacement et votre temps. Disons 200 francs, ça va ?

— Oui, bien sûr, je peux vous les livrer.

— Demain soir, c'est possible ?

— Non, pas demain, je suis à Bordeaux. Mercredi, ce serait bien.

— Mercredi, je ne peux pas et je m'en excuse. J'ai de la visite et c'est si rare, car depuis mon accident je suis bien seul. Et ce soir, qu'en dites-vous ?

— Heu, ce soir ? Pourquoi pas, mais pas de bonne heure ! C'est aujourd'hui la rentrée scolaire et j'aurai du monde jusqu'à au moins 19 heures. Disons après 19 h 30. Mais...

— C'est trop gentil. Je vous attends vers 19 h 30. La maison est facile à trouver, c'est au bout du boulevard de l'Océan, à droite, une villa jaune aux volets marron foncé. Merci encore, monsieur Richard, de votre amabilité. A ce soir.

En raccrochant, mes jambes se mirent à trembler. Je venais de me rendre compte au fil de la conversation que le même scénario que lundi dernier était subtilement en train de se mettre en marche. Mon cerveau accéléra plus vite que la voiture de Panpan. C'était sûrement Bob !

Il s'agissait certainement d'un piège. Ce type n'était pas paralysé. J'échafaudai une histoire sans queue ni tête qui m'absorba longtemps. Si j'appelais Joël pour qu'il me raconte leur rencontre et savoir si ce type lui avait paru bizarre ? Au téléphone, sa gentillesse exagérée devait cacher quelque chose de pas clair.

A 14 heures, après avoir tourné l'affaire dans tous les sens, j'avais décidé de m'y rendre. A 15 heures, en regardant derrière la porte la pluie qui continuait à tomber, je voulais l'appeler pour repousser le rendez-vous. Dix minutes plus tard, je pensais prévenir Costedoit que le cerveau de l'affaire m'avait contacté. Quinze minutes plus tard, en trouvant son nom dans l'annuaire, je me traitai de mythomane. Et au bout de vingt minutes, c'est de lâche que je me qualifiais pensant à la réflexion d'Yvonne et surtout au jugement de Prolongeaud. Si je tremblais de peur à chaque livraison de livres chez des clients, autant changer de métier !

Mes bonnes résolutions furent vite chassées par de moins bonnes. Et si en rentrant dans la maison je trouvais monsieur Peigneux assassiné à coups de pelle et nageant dans une marre de sang ? On avait vu tous ça au cinéma. Ce pourrait être un film d'épouvante où tous les coupables d'un vol seraient assassinés un par un à coups de pelle par un mystérieux homme masqué. Tu parles d'une discrétion dans la rue, l'assassin à la pelle. Je me surpris à sourire de ma propre bêtise.

Vers 16 heures, une horde de gamins accompagnés par leurs parents, liste de livres à la main, empêcha mon esprit de dériver. Beaucoup évoquaient encore les incidents de ces derniers jours en me posant des questions auxquelles je tâchais de répondre. Ventes qui m'occupèrent activement jusqu'à 19h15, où je pris les deux gros volumes que je glissai dans un carton. Je n'allais tout de même pas les ranger dans les sacs de sport rangés dans le petit débarras où j'avais remarqué que les maillots et les serviettes avaient disparu. De toute façon, pour la baignade, c'était fini pour cette année...

Il faisait déjà bien sombre quand ma voiture s'arrêta à hauteur de la villa de monsieur Peigneux. Pendant le court trajets, j'avais pensé à faire demi-tour sous n'importe quel prétexte. Plus j'approchais, plus des barbelés me serraient le ventre. Il fallait surmonter cette épreuve pour me prouver que j'étais courageux. Si livrer des livres était une épreuve...

Le carton sous le bras, je sonnai à la porte délavée. Deux planches en bois coupées en coin pour hausser le portail au niveau du trottoir facilitant la circulation d'un fauteuil roulant me rassurèrent. Elles certifiaient que ce type était réellement paralysé. Sauf s'il avait monté lui-même cette mise en scène diabolique ? Au fait, pourquoi son ami, avec lequel il était venu, ne s'était pas déplacé pour venir chercher les livres ? Et si c'était un traquenard.

Je sonnai. Pas un bruit. Je sonnai de nouveau, le souffle court à cause de l'oppression qui me serrait les côtes. Une fenêtre s'ouvrit et une voix me cria :

— Monsieur Richard, c'est vous, prenez la peine d'entrer, je suis dans le salon à droite. C'est ouvert.

Je poussai la porte d'entrée et me retrouvai dans le hall, puis dans le salon à droite. Mes jambes chancelaient. Et si monsieur Peigneux était le fameux Bob, le cerveau du hold-up qui menait tout de sa maison sans se déplacer. C'est le genre de truc que j'avais vu dix fois au moins au cinéma, avec Charles Vanel je crois.

Il était là, face à moi, assis dans son fauteuil roulant, vêtu d'une robe de chambre bordeaux. C'était donc lui le fameux Bob que je dévisageais avec insistance. Il cachait bien son jeu, le salaud !

— Monsieur Richard, Marc Peigneux, merci d'être venu

chez moi. Vous êtes mieux que dans les journaux, me dit-il l'air doucereux en me tendant une main ferme qui faillit me faire chuter en avant.

Trempé de trouille, la bouche sèche, je vomissais un embrouillamini de mots en lui tendant vivement le carton qu'il posa sur ses genoux.

— Merci. Ce sont des livres de poids que je cherchais depuis longtemps. Je ne sais pas comment vous remercier d'être venu, surtout que je sais qu'en ce moment vous êtes très pris.

— Heu, non pas vraiment, mais c'est vrai qu'il m'arrive des choses auxquelles je n'étais pas préparé en tant que libraire.

Agé d'environ soixante-cinq ou soixante-dix ans, le crâne brillant avec des cheveux blancs seulement sur les côtés, une petite moustache poivre et sel recouvrant sa lèvre supérieure, ses joues rondes couperosées, il faisait songer à un juge en retraite. La poche droite de sa robe de chambre semblait contenir un objet assez volumineux. Un revolver certainement.

— Pour vous remercier d'être venu, puis-je vous offrir un apéritif ?

— Non merci, je suis très en retard. Je n'ai pas beaucoup de temps car je dois aller à Bordeaux.

— Demain, vous m'avez dit. Aujourd'hui c'est lundi, rétorqua l'homme avec un étrange sourire qui me fit froid dans le dos.

Je me retournai pour voir s'il y avait quelqu'un caché derrière moi dans le hall d'entrée faiblement éclairé. Il n'y avait personne.

— Non, je vous assure que je n'ai pas le temps…

— Tant pis, soupira-t-il en faisant avancer de ses bras puissants son fauteuil vers un buffet derrière lui, ce qui l'obligea à me tourner le dos.

Arrivé vers le buffet, il ouvrit un tiroir où il fureta quelques secondes. Mon cœur s'accélérait. Allait-il sortir un revolver ? Mes yeux visaient la fenêtre à droite pour m'enfuir. En tournant sèchement sur ses roues, il me fit face.

Dans ses doigts épais, il tenait deux grands billets de 100 francs qu'il me tendit avec un fin sourire lorsqu'il vit ma main tendue trembler comme une feuille au vent. Il y a des sourires qui tuent plus que des armes.

XIV

Si la pluie avait enfin cessé, Arcachon avait gardé un visage triste avec un ciel buté. Le soleil qui me dorait la peau lundi dernier me semblait si loin. En fait, c'est ma vie d'avant qui me semblait si loin.

En laissant Arcachon derrière moi, je croisai la R4 bariolée du journaliste de Radio-Luxembourg qui m'avait interviewé l'autre soir. Premier arrêt pour faire le plein chez Azur avant d'acheter *Sud-Ouest* que je compulsai fébrilement, assis au volant, moteur en marche, devant la maison de la presse.

L'affaire du triple meurtre était reléguée en page trois où on apprenait que la police continuait à mener l'enquête dans la région bordelaise. Mais on sentait que le journaliste n'avait aucune information nouvelle à se mettre sous la dent. En revanche, un encadré signé Aline Moreau titré « Les grandes énigmes criminelles » revenait brièvement sur les meurtres célèbres inexpliqués, notamment sur l'affaire Dominici et sur Marie Besnard. Il annonçait une série sur les crimes mystérieux dans une prochaine édition du dimanche.

La nationale 650 qui menait à Bordeaux était vide. En passant près de Facture, ma curiosité m'incita à faire un détour pour visualiser le Crédit agricole, mais comme le temps filait, je décidai de continuer. J'allumai l'autoradio. C'était mon cadeau de Noël 1962 ; une petite folie. Un superbe poste Firvox noir chromé à huit lampes avec touches présélectionnées. J'appuyai sur celle d'Europe 1 où la voix ensoleillée de

Gilbert Bécaud traversa le gros haut-parleur monté sous la planche de bord. Une nouvelle chanson que je ne connaissais pas. Belle mélodie, jolies paroles nostalgiques. Elles racontaient la rencontre à Moscou, sur la place Rouge, d'un Français avec une étudiante russe nommée Nathalie. Une chanson dont je conservais longtemps le refrain dans la tête après avoir éteint ma radio. Est-ce que je rencontrerais un jour ma Nathalie ? Si Bécaud venait chanter à l'Alhambra de Bordeaux, j'irais certainement l'applaudir. Vers l'Alouette, ma Dauphine, qui rebondissait sèchement sur les pavés dans un bruit sourd, rappela à mes reins martyrisés qu'il n'y avait pas que la batterie qui était en danger. Les amortisseurs aussi. Circuler dans Bordeaux paralysé par la circulation devenait de plus en plus difficile, surtout quand un bus rouge et jaune me coupa brutalement la route vers la place de Tourny avant qu'un Vélosolex hésitant à démarrer ne m'oblige à piler brutalement. Finalement, je dénichai une place rue Fondaudège, pas très éloignée de chez mon grossiste fournisseur.

Mon interlocuteur habituel de la Grande Librairie Bordelaise lisait *Sud-Ouest* et s'intéressait aux faits divers. Il n'arrêta pas de me poser des questions sur les trois crimes en me demandant si je me sentais menacé. Une question à laquelle je fus incapable de répondre car je n'imaginais pas que la police me filait à mon insu. C'est vrai qu'en poussant ma Dauphine à 110 sur la nationale pour bien faire recharger la batterie faiblarde, j'avais plusieurs fois jeté un coup d'œil dans mon rétroviseur.

Je fis une grosse commande de livres policiers dont le stock avait fondu. Mon vendeur me conseilla de prendre la collection complète de James Bond. Rééditée chez Plon, la couverture était désormais illustrée par le visage très stylisé de Sean Connery. Il m'assura que ces livres partiraient vite car l'acteur britannique avait depuis tourné *Bons baisers de Russie,* qui allait sous peu sortir sur nos écrans, avant de commencer l'année prochaine *Goldfinger*. Des films qui allaient faire exploser les ventes de ces livres écrits dans les années 50. Je n'oubliai pas de réserver une vingtaine de futurs Goncourt et de lui prendre une dizaine de beaux livres en couleur sur le bassin d'Arcachon pour ma cliente de dimanche soir.

Une bonne heure après, portant les livres sur Arcachon dans mes bras, retour à ma voiture. Midi allait bientôt sonner, j'en profitai pour rejoindre le centre où je tournai un peu entre la rue Sainte-Catherine et porte Dijeaux. Cours d'Alsace, soit non loin du siège de *Sud-Ouest,* rue des Cheverus, une place de stationnement me tendait les bras. Ça tombait bien, je me trouvais près d'un deuxième grossiste que je souhaitais visiter.

Dans un minuscule restaurant qui ne payait pas de mine, je m'offris un petit plaisir en dégustant une entrecôte à la Bordelaise, hélas moins savoureuse que celle d'Yvonne. A 14 heures, je me présentai au siège de *Sud-Ouest*. Un vieil immeuble cossu du XIXe siècle où à l'accueil on me fit attendre un peu avant de m'aiguiller vers le service archives. Rangées sur de hautes étagères, les collections reliées, classées par année et par édition depuis 1944, s'offraient à ma curiosité. Après avoir choisi celles qui m'intéressaient, je commençai par le quotidien du 1er juin. Mais il n'y avait rien sur le hold-up du Crédit agricole de Facture dans le journal dont la une était entièrement consacrée à l'agonie du pape Jean XXIII.

L'édition du 2 juin ouvrait toute sa une sur le pape qui luttait contre la mort. A l'intérieur, le casse du Crédit agricole était bien présent sur environ une demi-page avec une grande photo de l'extérieur de l'agence et un plan du trajet des voleurs. Des témoins racontaient qu'ils avaient vu sortir de la banque, autour de 17 h 30, deux hommes cagoulés, vêtus de noir et tenant chacun un sac de sport en skaï noir. Ils s'étaient engouffrés dans une 404 qui les attendait moteur en route à une dizaine de mètres le long du trottoir. A son bord, il y avait déjà une ou deux personnes selon les témoins, tous aussi affirmatifs. Il était précisé que les deux braqueurs avaient contraint le seul client présent dans le hall de la banque à s'étendre sur le sol avant de sauter sur le comptoir et de menacer les trois employés, dont le directeur qui n'avait pas fait fonctionner l'alarme le reliant à la gendarmerie.

La salle du coffre, qui n'était pas encore temporisée comme dans d'autres banques, contenait la paye des ouvriers qui allait être convoyée vers 17h45 à l'usine La Cellulose d'Aquitaine située à quelques kilomètres.

La lecture du paragraphe « L'électronique au service des truands » m'apprit que le directeur n'avait rien pu faire. Un des deux braqueurs masqués lui avait montré une photo de son épouse bâillonnée et en sous-vêtements. La photo avait été prise seulement une demi-heure plus tôt par un appareil photo révolutionnaire nommé Polaroïd capable de développer automatiquement une photo cinquante secondes seulement après la prise de vue. Cette photo l'affola, comme on l'imagine. Elle signifiait implicitement qu'ils tenaient sa femme en otage. Il la retrouverait saine et sauve s'il ne prévenait pas la gendarmerie, ne donnait pas immédiatement l'alerte et n'opposait aucune résistance. Ce qu'il fit.

Attachée dans la cave de sa maison, son épouse fut retrouvée indemne deux heures plus tard. Jamais kidnappée, elle expliqua que deux hommes masqués s'étaient présentés à son domicile vers 16h30. Ils l'avaient déshabillée, garrottée, photographiée avec un drôle d'appareil qui faisait bzzz, puis descendue dans la cave avant de partir vraisemblablement commettre leur forfait. Une formule qui évitait de prendre un otage tout en offrant sensiblement les mêmes résultats. Mais il n'y avait aucune estimation sur le montant de la somme volée.

L'édition du 3 juin annonçait toujours sur huit colonnes la lente agonie de Jean XXIII. Sous un titre en lettres grasses, « 1 million et demi de francs volés en quelques minutes au Crédit agricole », on lisait en page intérieure que deux des suspects avaient été arrêtés le 1er mai au matin vers 6 heures en sortie de Gujan-Mestras au volant d'une voiture volée. Mais qu'à ce stade de l'enquête, rien ne permettait d'affirmer qu'il s'agissait des auteurs du casse, bien qu'il y ait des indices graves et concordants.

Le journaliste avait réussi à décrocher l'interview du client braqué de la banque dont on voyait la photo. Il avouait avoir eu la peur de sa vie, croyant que l'homme qui le braquait avec un gros pistolet noir allait le tuer. D'après lui, son agresseur était plutôt grand et baraqué, alors que l'autre, plus épais, était de plus petite taille. Mais ils portaient des gants, un blouson et une cagoule noire qui masquait intégralement leur visage.

Il était précisé qu'il n'y avait aucune piste sérieuse et que rien n'avait été trouvé auprès des rares photographes vendeurs de ce nouvel appareil photo d'origine américaine nommé Polaroïd.

Le commissaire Dellile expliquait qu'il s'agissait de vrais professionnels qui avaient certainement bien préparé leur affaire depuis de long mois sans complicités extérieures. L'article concluait en rappelant qu'un ou deux complices couraient toujours, certainement avec l'argent du hold-up estimé à 1 million et demi de francs; la paye de mai des 2164 employés de la Cellulose d'Aquitaine.

Je continuai fébrilement ma recherche dans le silence de la grande pièce vide aux effluves de vieux papier.

Dans l'édition du 4 mai, dont la une était entièrement consacrée à la mort de Jean XXIII, on revenait page trois sur l'affaire du Crédit agricole. L'on apprenait que le casse n'avait pas fonctionné aussi bien que cela pour les braqueurs puisque la police avait retrouvé dans le chemin d'un bois, près de Facture, un véhicule Simca Ford en panne qui aurait dû assurer leur fuite une fois leur 404 abandonnée. Mais pas une ligne sur l'identité des deux personnes arrêtées par la gendarmerie, ni sur les fuyards.

Enfin, dans le court article consacré le 5 juin au braquage, on voyait leurs visages. Des photos certainement transmises par le SRPJ aux journalistes dans le but d'aider des témoins à les identifier. Dans un encadré signé Aline Moreau on relevait une petite interview de maître Dutreuil, avocat au Barreau de Bordeaux. Il s'élevait vivement contre la mise en détention préventive de son client, François Bergès, qui n'avait reconnu que le vol d'une seule voiture de type Renault R4 et niait fermement toute participation au hold-up. D'ailleurs, le 31 mai, à l'heure où la banque avait été braquée, il était à Mérignac chez des témoins de bonne foi en train de jouer aux cartes.

Il n'y avait plus rien sur cette affaire dans les cinq éditions suivantes. Je ne savais toujours pas s'ils étaient trois ou quatre dans la 404. Il était important pour moi de savoir si un ou deux hommes me recherchaient et à quoi ils ressemblaient.

Je quittai *Sud-Ouest* assez déçu par cette visite sur laquelle j'avais beaucoup trop investi, imaginant qu'elle m'aiderait à mieux connaître cette affaire. Autant en profiter pour rendre visite à un autre de mes fournisseurs près de la cathédrale Saint-André. Chez lui, je commandai surtout des livres pour enfants et quelques encyclopédies bien reliées et pas très chères faisant illusion sur l'étalage d'une bibliothèque.

Il était temps de rejoindre mon père à Pessac. A cette heure, la circulation était déjà épaisse et une bonne demi-heure fut nécessaire avant d'arriver dans sa rue. Je n'avais pas grandi là, mais dans un minuscule appartement situé au-dessus du tabac-presse que mon père avait vendu quand il avait pris sa retraite à la mort de maman en 1959. Je n'avais aucun souvenir d'enfant dans cette maison. Et c'était mieux ainsi.

C'était une petite échoppe de couleur crème tachée de plaques d'humidité qui ressortaient régulièrement malgré la peinture annuelle. Elle n'était pas bien vaste, mais c'était suffisant pour mon père qui vivait seul depuis. Devant, il y avait un petit jardinet de 30 m^2 et autant derrière, ce qui lui permettait de cultiver quelques légumes. A la boulangerie-pâtisserie située à une portée de fusil, j'achetai deux religieuses au café et deux cannelés qu'il adorait. La boulangère, qui m'avait doublement reconnu, me tint la jambe pendant quelques minutes, ponctuant régulièrement son propos de : « Quand je vais le raconter à mon mari ! » Ma nouvelle notoriété avait dépassé le cadre d'Arcachon.

Mon père vint m'ouvrir la porte, appuyé sur sa canne, signe que sa jambe le faisait souffrir. J'avais toujours vu mon père boiter. C'est d'ailleurs son boitement qui lui avait sauvé la vie en 1916 à Verdun quand il fut blessé par un éclat d'obus à la jambe gauche. Rapatrié derrière les lignes, il fut l'un des rares survivants de son régiment, presque tous ayant péri au front.

Réformé, avec l'aide d'une petite pension d'invalidité et quelques droits en plus, il avait acheté un bureau de tabac dès 1928, qu'il revendit au milieu des années 30 pour un tabac-presse à Pessac.

— Ah, c'est toi, tu es en retard, me dit-il en me tendant son poing fermé.

Mon père ne m'avait jamais embrassé et son geste symbolisait un peu plus qu'une poignée de main et certainement un peu moins qu'un baiser, car il était d'une génération où les hommes normaux ne s'embrassaient pas de peur de passer pour ce qu'ils n'étaient pas, et surtout pour ce qu'ils n'auraient pas voulu être.

— Bonjour papa, je t'avais dit vers 7 heures, répondis-je en l'embrassant sur le front et en le suivant dans le salon où la télé était allumée.

— Tu as acheté une nouvelle télévision, l'écran est très grand !

— Oui, c'est un nouveau poste, un Ducretet Thomson 110 degrés avec un écran de cinquante-quatre centimètres. Il est déjà programmé pour recevoir la deuxième chaîne l'année prochaine.

— Tu as dû la payer cher. C'est un très beau poste.

— 150 000 francs, enfin 1 500 francs si tu préfères, mais j'ai revendu l'autre à Marcel, tu connais mon copain Marcel. Il a fait une bonne affaire car il était presque neuf. Dommage qu'ils ne passent que des conneries, j'aime pas ce feuilleton qui est idiot. Je préférais *Janique aimée* au début de l'année, ou *Le Temps des copains* avec celui qui imite de Gaulle, tu sais. Tisot, Henri Tisot, c'est ça !

Je m'assis dans le canapé pendant qu'il dressait la table dans le salon.

— On dirait que ta jambe te fait mal, papa !

— Quand le temps est humide, comme en ce moment, ça me lance. J'aurais dû déménager à la mort de ta mère pour partir dans le Midi, c'était mieux. Maintenant, c'est trop tard.

— Tu sais, dans le Midi, il pleut aussi. En plus il y a du mistral !

— Alors drôle, tu as eu de sacrées histoires la semaine dernière ! Ton arcade est encore bleue. Il t'a bien dérouillé, le gonze. Tu n'as pas pu te défendre ? On m'a posé pas mal de questions sur toi dans le quartier.

— Oui, je sais, j'ai vu la boulangère tout à l'heure, elle m'a tenu la jambe pendant dix minutes. Au fait, je t'ai pris des cannelés car je sais que tu les aimes. Le gars qui m'a menacé avait un couteau et moi je n'en avais pas, ajoutai-je pour ne pas passer pour une lavette à ses yeux.

Au fond de moi, je savais bien qu'avec ou sans couteau, c'était du pareil au même.

— Tu leur as dit aux flics que tu n'y étais pour rien ?

— Bien sûr papa, répondis-je avec un sourire amusé, mais tu sais, c'est une affaire qui en regroupe plusieurs et je suis le lien qui leur a permis de les relier.

— Et ce type qui voulait t'écraser avec sa bagnole, qu'est-ce que tu lui avais fait ?

— Rien, mais il croyait que je m'étais enfui avec des sacs remplis de billets. C'est lui qui a tué les pauvres Ventadoux. Pendant un moment, la police a cru que c'était moi. Je t'avoue que je n'ai pas brillé à ce moment-là.

En quelques minutes, je lui fis le récit de l'affaire en éludant beaucoup de ses mystères. Il ne fallait pas l'inquiéter. Il se leva deux fois pour vérifier la cuisson des pâtes et jeter de temps en temps un coup d'œil sur sa télévision. Il avait fait la même recette que d'habitude ; pâté Lou Gascoun en entrée, des pâtes avec une petite escalope un peu trop cuite. Je venais pour lui, pas pour bien manger.

Une question me démangeait les lèvres depuis longtemps. En poussant une mie de pain avec mon couteau dans mon assiette sans oser lever les yeux, je me lançai :

— Papa, pourquoi maman ne m'aimait pas ?

— C'est quoi cette connerie ?

Je m'enhardis.

— Papa, avant de mourir, maman m'a dit qu'elle ne m'avait jamais aimé, répondis-je en levant les yeux sur les siens qu'il baissa.

— C'est des conneries tout ça. Je ne l'ai pas entendu le dire…

— Si papa, c'est avant que tu n'arrives dans sa chambre. Juste avant de mourir, elle me l'a répété deux fois, fis-je, la gorge étranglée.

— T'as mal entendu ! Ta mère ne savait plus ce qu'elle disait car elle était sous morphine…

— Papa, maman savait ce qu'elle disait. Pourquoi ?

Mon père baissa la tête dans son assiette et je vis une grosse larme rouler sur son menton, puis tomber dans ses pâtes. Je préférai arrêter là. Je n'avais plus la force.

La fin du repas fut muette. Mon père s'était muré dans un silence pesant. Vers 21 heures, je le quittai après l'avoir embrassé sur le front. Il ne me tendit pas son poing.

— Au revoir, papa, je t'appelle, ta télé est magnifique…

— Au revoir, drôle, fais attention à toi.

Dans la nuit déjà épaisse, je traversai Pessac, puis attaquai la route d'Arcachon vide de toute circulation. Son long ruban noir ciselé d'une haute forêt de pins qui semblait vouloir toucher le ciel se diluait dans la pénombre. Sans prévenir, la pluie se mit à tomber violemment. Elle moira immédiatement la route de gouttelettes blanches qui dansaient en rebondissant dans la pâle lueur jaunâtre des phares. Elles martelaient violemment le toit de ma voiture en couvrant le ronronnement du moteur et le couinement lancinant des essuie-glaces.

Je n'allumai pas la radio car je repensais à la discussion avec mon père. Je ne l'avais pas vu pleurer depuis la mort de ma mère. Pourquoi ce silence autour de ma mère qui ne m'aimait pas ? S'en était-il rendu compte pendant mon enfance ? Les idées allaient et venaient dans ma tête au rythme des essuie-glaces. Puis la pluie s'arrêta aussi rapidement qu'elle était arrivée, faisant apparaître une chaussée sèche.

A la sortie de Marcheprime endormie, en tournant la manette d'éclairage sur plein phare afin de mieux entrevoir la route, le voyant vert de charge de la batterie s'alluma. En même temps, le pinceau jaune des phares sur la route mourut doucement. Le trou noir. Le moteur se fit brutalement silencieux. Je me retrouvai dans la nuit noire. Je tentai de le relancer en rentrant un rapport. En vain.

Dans un silence profond, je laissai filer ma Dauphine aveugle et muette sur le bas côté droit de la chaussée recouvert d'herbe coupée. Aucune habitation en vue hormis la forêt menaçante, devant, derrière, sur les côtés. Pourquoi une forêt fait peur la nuit ? Une longue ligne droite devant et derrière moi. C'était la catastrophe. Heureusement que la pluie avait cessé. Il ne me restait plus qu'à revenir à pied sur Marcheprime pour tenter de trouver un habitant encore éveillé qui fasse taxi ou bien dénicher un téléphone pour appeler Arcachon. Je me préparai à partir quand deux phares trouèrent le noir épais derrière moi.

Me plaquant contre la porte de ma voiture pour ne pas me faire écraser, je levai un bras pour demander de l'aide. Les phares qui grossirent m'éclairèrent, me dépassèrent en m'enfermant de nouveau dans l'obscurité. C'était une 2 CV Citroën.

Dans un grincement de freins qui l'écrasa sur son train avant, elle s'arrêta à une quinzaine de mètres de moi. J'étais sauvé. Je courus jusqu'à la 2 CV.

— Je suis en panne, pouvez-vous m'emmener ?

La portière s'entrouvrit légèrement. Malgré la nuit noire, la silhouette d'une jeune femme m'apparut au volant.

— Heu, ça dépend, vous allez où ?

— Arcachon, mais si pouviez m'avancer, ce serait déjà bien.

Elle sembla hésiter.

— Je vais au Pyla, montez !

Je grimpai à ses cotés. Dans l'habitacle, je distinguai les contours de son visage encadré de cheveux blonds légèrement remontés sur les côtés. Vêtue d'un blouson en daim, d'un pantalon corsaire clair, elle devait être âgée d'une trentaine d'années.

— Merci. C'est sympathique de vous être arrêtée car à cette heure, surtout en cette saison, il n'y a plus beaucoup de monde. Il faut que je sois chez moi avant 23 heures.

— 23 heures ! C'est comme Cendrillon mais avec une

heure d'avance. Hélas, votre carrosse s'est déjà changé en citrouille. Qu'est-ce qui lui est arrivé ?

— La batterie. Elle montrait déjà des signes de fatigue depuis quelques jours. On est peu de chose, vous savez.

Elle sourit. Malgré le manque d'éclairage intérieur, on pouvait imaginer qu'elle devait être jolie. Dans l'agglomération suivante, quelques réverbères zébrant de furtives lignes jaunes son visage me le prouvèrent. Devant moi, le grand vide-poches du tableau de bord accueillait un joyeux foutoir : des blocs, un cahier d'écolier, des lunettes noires, une trousse à toilette avec une fermeture Eclair, une lampe de poche.

De l'un des divers papiers qui dépassaient, on distinguait l'en-tête d'une facture d'un garage de Bordeaux. La raison sociale écrite en grosses lettres bleues m'apparut quand un rayon de lumière la frappa : garage Saint-Christophe.

La banquette de derrière offrait le même visage, avec plusieurs *Sud-Ouest* éparpillés, une valise en cuir, une petite machine à écrire portable grise.

— Vous habitez Arcachon, comment vous appelez-vous, me demanda-t-elle sans dévier les yeux de sa route.

— Christophe, Christophe Richard. Et vous ?

Un brutal et violent coup de frein me projeta en avant, la tête dans le pare-brise, et immobilisa la 2 CV au milieu de la chaussée heureusement déserte.

— Vous freinez toujours aussi fort, vous savez que vous n'êtes pas obligée. Il suffit d'appuyer progressivement sur la pédale, dis-je un peu éberlué par son mode de conduite.

— Ça alors, ce n'est pas possible ! Il y a quatre jours que je vous cherche. Je vous ai appelé plusieurs fois à votre librairie, vous n'étiez jamais là. Je me présente, je m'appelle Aline Moreau et je suis journaliste à *Sud-Ouest*.

Son nom me disait quelque chose. Ah oui, c'est elle qui avait signé quelques papiers, dont celui de ce matin sur les énigmes criminelles. En guise de réponse, je n'eus pas une phrase très brillante. J'en regrettai vivement sa colossale platitude dès qu'elle fut lâchée.

— Le monde est petit !

Heureusement, elle ne vit pas le rouge monter à mes joues. Je comprenais maintenant mieux tous les journaux, les papiers, la machine dans la 2 CV dont le moteur jappait joyeusement.

— Je veux vous rencontrer pour vous interviewer. C'est formidable, car j'ai beaucoup de questions à vous poser.

— Je ne voudrais pas vous décevoir, mademoiselle Moreau, mais la police ne souhaite pas que je parle à la presse sans son contrôle, précisai-je sur la défensive.

— Ah, vous me parlez de Prolongeaud, je l'ai déjà eu au téléphone. Il se prend un peu au sérieux celui-là. Il veut bien qu'on lui file des tuyaux, mais il ne renvoie pas l'ascenseur.

— Vous savez, il y a pire, je fréquente depuis peu l'inspecteur Tridoux qui, lui, veut carrément me faire guillotiner.

— Votre formidable histoire passionne nos lecteurs. Je prépare une série sur les crimes de sang non résolus. Il faut absolument que vous me racontiez ce qui vous est exactement arrivé dans la maison et avec Piérangéli.

— Votre collègue, Jean-Michel Bati d'Arcachon, m'a déjà largement interviewé sur ce sujet. Quant à formidable, ce n'est pas le mot que j'emploierais, surtout pour moi.

Elle hocha la tête.

— Formidable c'est pour les lecteurs. Ne me parlez pas de Bati car nous ne sommes pas copains. En fait, je suis là incognito, c'est pourquoi je couche au Pyla et pas à Arcachon. Notre rédacteur en chef n'est vraiment pas content de son boulot.

— Pourtant il me semble le faire très bien !

— Certainement, mais d'après lui, il écrit dans l'instant, sans recul, aux ordres de Prolongeaud qui lui dicte les mots. Moi, on m'a demandé un article plus fouillé pour l'édition de dimanche. Il ne veut plus de papier à la gloire systématique de la police.

Dans un bruit assourdissant, la 2 CV filait sur Arcachon. Aline Moreau n'aimait visiblement pas la police.

— Franchement, si Prolongeaud était si bon que cela, il aurait déjà arrêté le tueur ! Et puis, les journalistes en agence, les localiers comme Bati, souffrent toujours d'un complexe. Ils n'aiment jamais que des gens venus du siège marchent sur leurs plates-bandes. A ses yeux, personne n'est habilité à parler d'Arcachon sauf lui.

— Je comprends sa réaction.

— Je ne prépare pas un papier sur Arcachon mais sur les meurtres. Surtout, ne lui dites pas que je suis là si vous le voyez car il me tirerait la gueule.

— Promis. C'est vrai que ce flic tire les ficelles de cette histoire. Il se prend pour Dieu le Père. J'ai déjà lu votre article de ce matin. Ce sera qui dimanche ?

— Je ne sais pas encore, ça dépend du rédacteur en chef qui choisit entre ceux déjà écrits. Ce devrait être l'affaire Dominici. J'ai prévu d'écrire au calme et j'ai loué une petite chambre au Pyla à l'hôtel de la Corniche. Avec le temps qu'il fait, je ne serai pas embêtée. Il faut absolument qu'on se voie, Christophe, ajouta-t-elle d'un ton pressant.

Elle m'appelait déjà par mon prénom.

— Ça ne va pas être facile car la police me surveille. Elle croit qu'un des deux autres complices du hold-up va entrer en contact avec moi. Ils imaginent que j'ai pris l'argent. Je dois être chez moi avant 23 heures car mon appartement est surveillé. Ils vont s'inquiéter.

Son ton se fit plus pressant encore.

— Je resterai discrète, ne vous inquiétez pas, j'ai l'habitude de travailler avec la police au journal. J'ai déjà écrit sur vous et je crois bien connaître votre histoire. Je suis aussi bien renseignée par certains policiers qui sont aussi des indicateurs de presse, je sais peut-être des choses que vous ignorez ?

Elle avait mis le doigt où il fallait pour exciter ma curiosité. Qu'est-ce qu'elle pouvait savoir que je ne connaissais pas ? Je la laissai doucement venir.

— Je sais bien que vous ne vous êtes pas tiré avec les 150 millions. Je sais aussi que Prolongeaud pense qu'il y a un faisceau de coïncidences concordantes qui vous entoure. Il ne faut pas se laisser impressionner par ces policiers, Christophe.

La 2 CV revenait à la civilisation en rentrant dans Arcachon. Le halo orange des réverbères éclairant l'étroit habitacle m'autorisait enfin à mieux la découvrir. Elle n'était pas jolie, elle était mieux que ça, subtile alchimie entre une vraie femme et une pure jeune fille. Ses traits me faisaient penser à une jeune actrice que ma mémoire ne parvenait pas à identifier.

— Vous me faites penser à une nouvelle actrice de cinéma, mais je n'arrive pas à savoir qui, glissai-je en me rendant de nouveau compte de la platitude de mes propos.

Elle se tourna vers moi en souriant.

— Je sais, on me le dit souvent depuis peu. Je ressemble à Pauline Carton !

Mon regard la fit éclater d'un rire clair.

— Non, c'est une jeune qu'on commence à voir beaucoup sur les écrans. Ce doit être Catherine Deneuve, mais elle est beaucoup plus belle que moi. Et bien plus jeune aussi. En plus, je ne fréquente pas Roger Vadim et nous n'avons pas les mêmes yeux. Les miens sont bleus, les siens marron. Vous, en revanche, vous ressemblez beaucoup à Christophe Richard. On a souvent dû vous le dire. Cela dit, on dirait que vous êtes passé sous un bulldozer. Piérangéli ne vous a pas loupé !

Nous éclatâmes de rire à la même seconde. J'étais bien assis très proche d'elle. Nos cuisses se touchaient presque.

J'avais aussi oublié que c'était aussi étroit une 2 CV ! J'aurais souhaité qu'Arcachon soit encore à une heure de route, rien que pour continuer à sentir la tiédeur de son corps contre ma jambe gauche.

— Je vous laisse où ?

Elle m'arrêta à 200 mètres de mon appartement pour ne pas éveiller les soupçons du gardien dans la 203 qui devait en avoir assez de planquer devant chez moi. Je n'avais pas envie de sortir de la voiture. C'est elle qui se jeta à l'eau.

— Vous êtes discret sur moi, je suis discrète sur vous. On se voit demain. Pour dîner, ça vous irait ? C'est moi qui invite car j'ai droit à des notes de frais. Bien sûr, on ne se donne pas rendez-vous au Repetto devant la jetée. Ce n'est pas ce qu'il y a de mieux en matière de discrétion. Venir à mon hôtel au Pyla vers 20 heures serait idéal et discret. Est-ce que votre voiture sera réparée ?

— Je pense, il n'y a que la batterie à changer. D'accord pour demain. Mais je ne veux pas vous décevoir. La police m'a conseillé de…

— Ecoutez Christophe, lâcha t-elle, vous êtes un grand garçon. Quel âge avez-vous ?

— Heu, trente-trois ans, pourquoi ?

— Comme moi ! A trente-trois ans, on n'a plus à vous dire ce que vous devez faire. On se voit demain soir à 20 heures et vous me raconterez ce que vous voulez, conclut-elle avec en petit sourire carnassier avant d'enclencher la première.

Je restai quelques secondes sur le trottoir pour voir disparaître sa voiture jusqu'au bout de la rue. Les mains dans les poches, je marchai sans me hâter vers mon appartement. Mon corps semblait plus léger, comme si ce n'était plus moi qui marchais mais un nouvel individu dont nous n'avions que le même nom en commun. Christophe Richard.

XV

Ce matin, c'est à pied que j'allai à la librairie en refaisant à une allure tranquille le chemin effectué l'autre soir au pas de course alors que j'étais poursuivi par Piérangéli. Dans la lumière naissante du jour, le paysage semblait moins hostile que l'autre nuit, malgré beaucoup de maisons fermées et déjà des feuilles jaunes qui jonchaient le pied des arbres. Une grosse griffure à la base des cinq marches d'escalier qui m'avaient sauvé la vie me rappela cette folle poursuite. De peur de croiser Anne au garage Renault, j'allai au Garage Moderne avenue du Général Leclerc pour leur demander s'ils pouvaient aller dépanner ma voiture laissée à Facture. Le chef d'atelier, qui me reconnut pour m'avoir vu dans la presse, m'assura qu'elle serait prête à 18 heures. Le tout avec un sourire très sympathique. Les effets de ma petite notoriété.

Puis mes pas me portèrent chez Yvonne, dont le bar était déjà déserté par la clientèle du matin car 9 heures allaient bientôt sonner. Yvonne semblait heureuse de me voir et j'étais heureux de la voir. Après lui avoir rendu ses clés, je lui racontai rapidement mes deux derniers jours. Il n'y avait rien de nouveau au niveau de l'enquête, mais d'après Panpan, la police m'utilisait comme une chèvre pour attirer les truands en cavale. Pas un mot évidemment sur Aline Moreau vis-à-vis de son collègue d'ici et surtout de la police.

Elle me conseilla d'être terriblement prudent et m'assura que si j'avais un souci, elle serait toujours là. Cette femme avait le cœur sur la main. Après avoir sucé ma cuillère, départ à la librairie où je vaquai à mes occupations habituelles. La carte de visite au nom de monsieur et madame Tipler laissée l'autre soir par ma cliente était posée sur mon bureau. Il fallait l'appeler pour repousser le rendez-vous d'aujourd'hui à cause de ma voiture en panne. Au téléphone, de sa voix posée, elle me proposa jeudi soir à l'heure de l'apéritif, ce qui me satisfaisait mieux. Décidément, mes soirées n'avaient jamais été aussi prises. Depuis que j'étais arrivé à Arcachon, je ne me souvenais pas d'avoir connu deux soirs dans la semaine où je m'étais absenté de chez moi. Ma vie ne me ressemblait plus.

A midi et demi, je poussai chez Yvonne où je retrouvai Marianne au bar, toujours aussi peu loquace. Yvonne n'était pas là, et elle me fit comprendre par un regard dirigé vers l'appartement qu'elle ne pouvait pas la déranger. Je lui demandai de me faire un sandwich pour aller le manger en me baladant sur la jetée. A sa taille, je compris que j'étais revenu dans ma vie d'avant.

En sortant de chez Yvonne, dans la petite rue, je reconnus la R4 bariolée du journaliste de Radio-Luxembourg. Un sourire m'éclaira le visage. Je venais de comprendre qu'Yvonne était en train de dévorer un nouvel amant. Un sentiment de jalousie me traversa vivement le cœur. Je ne voyais pas ce qu'elle lui trouvait. Mais sa vie privée ne me concernait pas.

En avalant mon sandwich, je déambulai sur le trottoir vide devant la plage. C'est en feuilletant la veille un des livres sur Arcachon chez mon fournisseur que j'avais appris qu'il devait son nom à un maire d'Arcachon, James Veyrier Montagnères. Si les baigneurs avaient déserté l'eau, trois ou quatre irréductibles étaient étendus sur le sable malgré le ciel gris et une température inférieure à dix-huit degrés. Les drapeaux du début de la jetée Thiers claquaient sèchement au vent triste venu de l'océan. En face, on avait l'impression qu'on aurait pu toucher Andernos tant il semblait près. Du Bassin, venait le bourdonnement de moteurs des plates des ostréiculteurs et de quelques pinasses laissant une saignée blanche dans l'eau.

C'était étonnant, on pourrait rester des heures à regarder le Bassin aux mille visages, car il n'était jamais pareil.

Je déambulai sur le trottoir vierge des chaises longues que le plagiste avait rangées jusqu'à l'année prochaine. Les bancs de bois rouge sur lesquels il était impossible de trouver une place il y avait encore une semaine étaient inoccupés. De nombreuses places vides trouaient l'enfilade des Ami6, Dauphine, Aronde, 404, DS et 2 CV garées en épis le long du trottoir.

En apercevant les hautes flèches d'ardoise du Casino, à proximité du garage Renault, je fis demi-tour. La crainte de croiser Anne allant travailler me faisait peur. Crainte n'était pas le mot exact. Dépit serait plus approprié. Pas un coup de fil depuis une semaine.

Dire que dans l'après-midi je ne songeai pas deux ou trois fois à mon rendez-vous du soir serait mentir. Et je reçus une nouvelle visite de l'inspecteur Costedoit qui me rappela que l'affaire suivait son cours.

— Bonjour Christophe, je suis venu vous dire au revoir.

— Vous partez déjà, pourtant l'enquête n'est pas finie ?

— Elle est finie au niveau d'Arcachon. Vous savez ma hiérarchie vérifie scrupuleusement mes frais de déplacement. A ce sujet, nous arrêtons la surveillance devant chez vous, mais pas nos rondes nocturnes dans Arcachon. L'enquête nous ramène davantage vers Bordeaux, vers Bergès et Railloux. Le juge les a convoqués de nouveau. Ils ont tout nié en bloc et ne connaissent évidemment pas votre fameux Bob.

Je posai ma lourde pile de livres pour mieux l'écouter.

— C'est leur intérêt de laisser croire qu'ils ne le connaissent pas car ils auront toujours l'occasion de partager leur pognon à leur sortie. Cela dit, le fameux Bob doit être très grognon de s'être rendu compte qu'un de ses complices a tenté de le doubler en se servant de Piérangéli.

— Que peut-il dire ?

— Pas grand-chose. Il ne peut pas trop l'ouvrir car il est à la merci des deux autres. Ils peuvent le balancer au juge quand ils le désirent. Tous savent que dans ce cas, ils perdraient l'espoir de partager l'argent à leur sortie. Dans cette histoire, tout le monde se tient par la barbichette.

Il prit un livre policier sur une pile, le feuilleta, puis le reposa comme s'il lui avait brûlé les doigts. Décidément tous les flics se ressemblaient !

— Hélas, tout n'est pas aussi simple que dans les polars. Nous ne trouvons pas toujours le coupable à la fin. De votre côté, êtes-vous sûr de nous avoir tout bien répété ? Des bribes de mots qui vous auraient échappé lors de votre discussion ne vous seraient pas revenues à la mémoire ?

— Avec un couteau sur la gorge, on pense plus au couteau qu'aux mots, confiai-je.

— C'est vrai. Par ailleurs, c'est peut-être Piérangéli qui vous a baladé avec ce prénom. Ou bien vous avez mal entendu car vous étiez assez stressé, ou bien vous ne nous avez pas répété le vrai prénom…

Mon haussement de sourcil le fit sourire.

— Bien sûr, je plaisante, Christophe.

— Alors l'enquête n'a pas beaucoup avancé ?

— Pas beaucoup, c'est vrai. Nous avons fait une recherche sur des prénommés Robert au gros casier et travaillé sur des noms de personnes commençant comme Bob. Aucun résultat concret.

— On ne se verra plus, inspecteur Costedoit. Dommage, je m'étais habitué à vous. Vous êtes beaucoup plus sympathique que vos collègues.

— Merci. Mais rassurez-vous, de se revoir, ça ne tient qu'à vous. Par exemple si vous vous souvenez où vous avez caché les 150 briques, soyez gentil de me prévenir avant, glissa-t-il avec un petit sourire dont je ne parvins à percer l'humour.

Il savoura son effet en continuant à surfer sur l'ambiguïté.

— Je vous comprends. Même moi je ne sais pas ce que j'aurais fait si j'avais trouvé les 150 briques. Quelle aurait été ma réaction ? On peut partir pour une nouvelle vie avec. Même avec 75 millions, si l'on partage avec quelqu'un, on peut faire beaucoup de choses. Moi, avec une telle somme, je quitterais immédiatement la police. Et vous ?

— J'avoue que je n'y ai jamais pensé, soufflai-je un peu étonné par sa question.

— Si vous avez un gros souci ou une révélation, ne prévenez surtout pas Tridoux. C'est un naze. Appelez-moi directement au SRPJ de Bordeaux. Mais discrètement. Vous voyez ce que je veux dire ?

Je ne voyais pas du tout ce qu'il voulait dire.

Il tira la porte, puis se retourna avec un grand sourire.

— Un conseil, si vous assassinez d'autres personnes à coups de pelle, choisissez en une avec le manche en bois car les empreintes ne marquent pas. Je plaisante, bien sûr.

Il était déjà dehors quand je me rendis compte que j'avais oublié de lui demander quand on me restituerait mes chaussures. Je les aimais bien mes mocassins Iowa alors que ceux que je portais aux pieds étaient complètement avachis. Que voulait-il signifier par discrètement ? Il avait l'air de savoir que je savais. Mais savoir quoi ?

Je fermai exceptionnellement ma boutique à 18 h 30 pour aller chercher ma voiture au Garage Moderne. Le chef d'atelier me signala qu'il m'avait monté une batterie Fulmen renforcée facilitant les démarrages l'hiver et qu'il m'enverrait la facture à ma librairie.

Pour mon dîner, je soignai ma tenue mieux que d'habitude. C'est là que je me rendis compte que je ne possédais pas grand-chose de propre à me mettre sur le dos. Je voulais me faire beau pour Aline Moreau.

Arcachon était déjà dans l'ombre. Le bar d'Yvonne était fermé, mais la R4 bariolée était toujours garée dans la petite rue adjacente. Quelle santé ! Je longeai Péreire en pensant à mon rendez-vous de jeudi soir et en me retournant pour voir si mon carton de livres sur Arcachon était toujours sur la banquette. En faisant ce mouvement, il me sembla deviner le halo jaune d'un phare dans la nuit. Il réapparut dans la longue ligne droite avant de disparaître définitivement. Je devenais paranoïaque. Si chaque fois qu'une voiture me suivait, c'était le tueur, j'avais des soucis à me faire.

La vue du Moulleau me rappela la trouille de l'autre soir. Il fallait que j'apprenne à me dominer. Le marchand de glaces Au Cornet d'Amour avait fermé ses portes jusqu'à l'année prochaine. L'été, parfois, pour me faire un petit plaisir après le travail, je poussais jusque-là pour déguster les meilleures glaces du Bassin au chocolat et à la pistache. Complètement noyé dans l'obscurité, le Pyla-sur-Mer se dessina à mes yeux, suivi de la longue ligne droite bordée d'une forêt de pins qui accueillait de rares mais imposantes villas. Au bout, dans le grand virage grimpant à gauche de la Corniche, j'arrêtai ma voiture, vraisemblablement à côté de celle de la journaliste.

Dans la salle éclairée du restaurant, dînaient seulement trois couples. Assise à une petite table à la nappe rouge, elle m'attendait en lisant *Paris-Match*. Sous la lumière vive du restaurant, elle était encore plus séduisante que dans la pénombre de sa voiture. C'était la première fois de ma vie qu'une femme aussi belle m'attendait dans un restaurant. C'était tout simplement la première fois qu'une femme aussi belle m'attendait quelque part.

Ses yeux bleus pétillèrent comme une coupe de champagne.

— Bonjour, vous êtes pile à l'heure, dit-elle en regardant la montre à son poignet, une Cartier tout en or.

— Vous avez une montre superbe !

Elle baissa les yeux, comme étonnée en mordant ses lèvres pas maquillées.

— Vous êtes très observateur. Vous feriez un bon journaliste. Hélas, ce n'est pas avec mon salaire à *Sud-Ouest* qu'on se paye une montre comme ça. C'est un cadeau d'un homme qui n'est plus là, souffla-t-elle pendant qu'un voile de tristesse passait dans son regard. Il faudrait que je fasse enlever un maillon car le bracelet est trop grand. Elle tourne autour du poignet.

— Je suis désolé, répondis-je en lui montrant ma Kelton rayée dont on ne distinguait pas les aiguilles.

— Etre à l'heure avec une montre aussi peu lisible, c'est un véritable exploit. Merci d'être venu, dit-elle en fermant son *Match*.

Elle baissa ses yeux sur mes chaussures avant d'éclater d'un rire clair !

— Excusez-moi de rire comme cela, je n'ai jamais vu de telles chaussures. On dirait des chaussons aux pommes…

— La police a pris mes chaussures comme pièce à conviction, répondis-je un peu piqué par sa moquerie avant de rire moi aussi en les regardant.

C'est vrai qu'elles étaient sérieusement avachies. Aussi larges que longues.

Elle demanda les cartes au garçon très stylé qui les lui apporta.

— J'ai eu mon rédacteur en chef au téléphone qui m'a accordé encore trois jours au Pyla et des notes de frais illimitées, surtout quand je lui ai dit que j'avais décroché un rendez-vous avec vous. Je prends le menu le plus cher, à vingt-trois francs. C'est *Sud-Ouest* qui paye, surtout ne vous privez pas.

Elle compulsa soigneusement la carte en prenant son

temps pour choisir des huîtres avec une sole. J'avais l'impression de dîner avec Panpan. Mais elle était infiniment plus désirable que lui.

Elle devait avoir quand même un peu plus d'une trentaine d'années. Habillée jeune, ou du moins sport, comme on imagine une journaliste, avec blouson en daim, pantalon corsaire à petits carreaux Vichy, d'adorables ballerines dorées. Aline n'était certainement pas une vraie blonde – on apercevait quelques fines racines noires – comme Catherine Deneuve, mais comme elle, elle ne devait pas dépasser cinquante kilos pour un mètre soixante.

Après avoir à mon tour commandé, je tenais à mettre les choses au point.

— La police m'a déconseillé de parler à la presse. Si je le fais, elle me menace de me foutre en garde à vue. J'ai tout dit à votre collègue Bati. Je ne vois pas ce que je pourrais ajouter, Aline.

— Ne vous inquiétez pas, c'est un article de fond sur les crimes mystérieux au sein d'une série où je démonte l'enquête de la police qui n'a pas abouti. Prolongeaud devrait la jouer pavillon bas. Il n'a encore rien trouvé. Croyez-moi, il ne passe pas pour un génie aux yeux de son commissaire divisionnaire ni du proc.

— Pourtant devant moi, il joue au grand policier qui tire les ficelles. Ça commence à m'agacer d'ailleurs. Avez-vous déjà travaillé sur votre article aujourd'hui ?

— J'avoue que je n'ai pas fait grand-chose, reconnut-elle avec une moue d'enfant pris en faute. Mais j'y ai beaucoup pensé. J'ai merveilleusement bien dormi, puis j'ai fait une longue promenade sur la plage à partir du blockhaus, déjeuner à 13 heures suivi d'un peu de recherches dans ma chambre et vous étiez déjà là.

L'apparition d'un petit bloc sorti de son sac durcit mon regard. Elle s'en rendit compte.

— Mais il ne faut pas avoir peur comme ça ! Prolongeaud, il va pas vous tuer parce que vous me parlez. Vous en avez le droit. D'ailleurs, je vais vous dire une chose, Christophe, parce que je sais que je peux avoir confiance en vous. Ces flics, ils ne sont pas clairs !

— Pas clairs, que ce que vous voulez dire par là ?

— C'est difficile à expliquer. Nous les journalistes, comme je vous l'ai déjà dit, on marche main dans la main avec la police. Elle nous balance les informations qui nous font vendre des journaux et, en revanche, nous ne parlons pas de ce qui fâche. Les bavures dans les commissariats avec les Nord-Africains, leurs accidents de voiture, leurs méprises, etc. C'est comme ça !

— C'est du donnant-donnant, comme dit Prolongeaud.

— Exact. La police se sert beaucoup de nous car elle sait que les truands lisent la presse. Ils nous font écrire des choses fausses pour qu'elles provoquent chez eux des réactions. Du style l'enquête est sur le point d'aboutir alors qu'ils sont en plein cirage. Ce genre de propos affole généralement le type qui commet une erreur fatale en imaginant qu'il est sur le point d'être pris.

— Je m'en doutais un peu, mais dans l'affaire qui nous intéresse, est-ce que je suis manipulé ?

— Prolongeaud ne veut certainement pas que vous racontiez tout ce que vous savez. C'est le cas, Christophe ? questionna t-elle en plantant ses yeux bleus au fond des miens.

Cette fille me faisait quelque chose. Mais j'étais un grand garçon.

— Mmmm certainement, avouai-je doucement en pensant qu'elle ne croyait tout de même pas que j'allais lui dire tout ce que je savais.

— Il se fait que nous travaillons avec des indicateurs de police. Des gardiens en uniforme, inspecteurs, qui, contre un peu d'argent, nous renseignent. Dans votre histoire, il semble que ces deux officiers de police bordelais aient caché pas mal de choses à leur hiérarchie.

— Mais quel est leur intérêt?

Ma question la fit sourire.

— Vous êtes décidément un grand naïf, Christophe. Il y a quand même 150 millions anciens dans la nature. Où sont-ils? Qui les a pris? Vous croyez que si l'un de ces trois flics les avait trouvés dans une cave, sans témoin, il irait les restituer gentiment au Crédit agricole? Cet argent a déjà tué trois personnes et il pourrait encore tuer. Tous les flics ne sont pas à vendre, mais beaucoup sont à acheter.

Tout en dégustant avec beaucoup d'élégance ses huîtres, ce qui était généralement un exercice périlleux, elle continua:

— Elles sont délicieuses, j'adore les huîtres, et comment est votre terrine de saumon?

— Formidable, dis-je en relançant la conversation avec de nouveau une fabuleuse platitude.

Je ne m'étais jamais senti aussi nul que ce soir. Je tâchai de rectifier le tir avec une formidable analyse corroborant sa mise en garde.

— J'avoue qu'il y a un flic nommé Tridoux qui ne me fait pas bonne impression. On dirait qu'il veut me coffrer pour m'éliminer du circuit.

La moue qui se dessina sur ses lèvres me fit comprendre que j'étais encore tombé à côté de la plaque.

— Ecoutez, je ne peux pas trop en dire, mais je crois que ce type est un second couteau sans imagination. Méfiez-vous surtout des deux autres qui sont des vicieux. Ils pensent qu'ils peuvent la jouer perso en se servant de vous.

— J'ai un copain qui dit que je suis une chèvre, une expression que je ne connaissais pas.

— Elle est connue, je crois que c'est exactement le rôle que vous jouez dans cette affaire. C'est pourquoi j'ai souhaité cette discrétion. Ne m'appelez ni ici, ni au journal, ne nous voyons pas à Arcachon non plus. C'est bien possible qu'ils vous fassent suivre pour vérifier si vous n'avez pas une planque secrète ou voir si les autres complices ne cherchent pas à vous contacter.

— Mais c'est fou, je n'ai pas cet argent !

— Mais pour eux vous êtes le meilleur chemin pour les mener à lui. Soit parce que vous les avez, soit parce que Piérangéli vous a dit des choses que vous n'avez pas répétées. Si les flics trouvent l'argent sans témoin, il n'est pas certain qu'ils le restitueront à leur hiérarchie. Ce sont des flics ripoux, comme on dit dans la police. Des pourris en verlan. Vous, vous ne serez plus là pour le dire. Comme par hasard, on vous retrouvera assassiné. Meurtre qui sera mis sur le dos des truands, évidemment.

J'étais effondré, maintenant la police voulait me faire tuer. Il fallait que je me garde de Costedoit, visiblement trop sympathique avec moi, et ses derniers mots me revinrent en mémoire : je ne le verrais plus.

— Dites-moi, quelle impression vous a fait le fameux Piérangéli ? demanda-t-elle en me resservant un verre de vin.

— Il n'aurait pas hésité à me tuer, dis-je en montrant la croûte rouge qui griffait mon cou et mon index. Il voulait me couper les doigts un par un. Regardez ! J'avoue que je n'ai pas compris ce qu'il voulait au départ, et lui ne comprenait pas ce que je faisais là. Surtout, il ne saisissait pas comment j'avais appris que les sacs étaient cachés sous le charbon, expliquai-je sans citer Bob. C'est François Bergès qui était incarcéré avec lui qui l'a envoyé chercher les sacs.

Elle était belle, gaie, intelligente, fine, adorable mais elle était journaliste. Je restais sur mes gardes.

— J'ai déjà travaillé sur des affaires avec maître Dutreuil, l'avocat de Bergès. Un excellent avocat. On aimerait avoir un procès rien que pour le plaisir de l'entendre plaider.

— Je sais, j'ai lu votre interview dans les archives de *Sud-Ouest*.

— Vous avez été lire les archives ? Il m'a dit que son client François Bergès avait un solide alibi le jour du hold-up, en dépit de ce que prétend Prolongeaud. Ce n'est pas impossible qu'il s'en tire avec seulement six mois pour vol de voiture, qu'il aura déjà fait en préventive. Si Bergès n'est pas un assassin, c'est un vrai dur qui a collectionné les délits en vingt ans. Dès sa sortie, il va se mettre en chasse pour retrouver les sacs auprès de son ou ses complices restés en liberté. Je vais vous dire, ça va flinguer sec et vous risquez d'être au milieu de tout ça, Christophe…

— J'ai lu tout ça dans les articles portant sur le Crédit agricole lundi à Bordeaux avant de tomber en panne, ajoutai-je.

— Cette affaire n'est pas terminée, loin de là. Car il reste un troisième et peut-être un quatrième homme en liberté qui vont tenter de trouver l'argent, c'est la première question. La deuxième est où sont ces fameux sacs ?

— Aline, vous ne pensez pas que j'ai pu prendre les sacs dans la cave. Prolongeaud m'a pratiquement traité de lâche en m'expliquant que je n'étais pas assez courageux pour faire une chose pareille.

Elle repoussa son assiette. La flamme de la bougie qui mourait dansait nerveusement dans ses yeux piqués de jaune.

— Il a dit cela pour vous provoquer. D'abord, je trouve que vous n'avez pas du tout l'air d'un lâche. Honnêtement, imaginez que vous ayez trouvé les sacs et que personne ne les demande. Ne les auriez-vous pas gardés ?

Les yeux aimantés par la flamme vacillante de la bougie, je réfléchissais quelques secondes avant de répondre par l'affirmative.

— Voyez Christophe, nous sommes tous des voleurs en puissance. L'argent, c'est le pouvoir, une nouvelle vie, de nouvelles rencontres, des hommes, des femmes, du sexe. C'est tout cela l'argent. Tout le monde aime l'argent. Les voleurs bien sûr, les libraires, les journalistes et aussi les fics.

— Je ne comprends pas encore tout dans cette affaire. Pourquoi on n'a pas retrouvé sa DS ?

— Parce que son tueur voulait gagner du temps. En sortant de prison, Piérangéli a acheté une voiture. Il ne l'a pas volée pour ne pas replonger de nouveau. Avec son immatriculation, une heure après la police aurait su qui il était. Il leur a fallu deux jours. Et encore, parce qu'il était fiché. Ce délai laissait le temps à son assassin de se planquer je ne sais où, et surtout d'embrouiller l'enquête. Il laissait croire que cet homme faisait partie de la bande du hold-up. Il n'y a pas de doute, celui qui l'a tué n'est pas un imbécile.

— Vous devriez être détective !

— J'y pense sérieusement. Ne vous moquez pas, mais à force de travailler avec la police, on raisonne, on pense comme eux. J'aimerais avoir une agence de détective. Mais pour cela, il faut de l'argent.

— Avez-vous idée de qui est son assassin ?

— Il ne doit pas habiter loin d'Arcachon. Il y vit peut-être, et c'est ce qui explique qu'il ne soit pas parti de la villa avec les deux autres. Dès qu'il a su que le couple Ventadoux avait été assassiné, il a fait taire définitivement Piérangéli trop dangereux. Une autre preuve de sa proximité. Le connaissait-il ? Vous a-t-il rencontrés tous les deux ? C'est le mystère.

La bouteille de vin blanc était vide bien avant le dessert. Je sentais que ce n'était pas raisonnable que nous en redemandions une autre, surtout que nous étions les derniers clients dans le restaurant. Il était largement plus de 23 heures et le personnel attendait, en bâillant, notre départ. Jamais une soirée n'avait filé aussi vite.

Nous n'avions même pas réellement commencé l'interview. C'était le prétexte idéal pour se revoir le lendemain, même endroit même heure. Elle se leva, un sourire fit briller ses yeux. Elle me tendit la main en m'assurant qu'elle serait heureuse de continuer cette discussion le lendemain soir. Rien que pour la revoir, j'aurais inventé du nouveau.

La tête légère, le corps aérien, les pieds en coton, je sortis du restaurant qui plongea immédiatement dans le noir. J'étais bien. Un peu gris peut-être. L'air était doux, mais chargé d'humidité. En bas, on entendait le ressac de l'océan. Le regard baissé pour voir où je mettais les pieds dans l'obscurité, je poussai mes pas jusqu'à ma voiture. Un mouvement de panique me dégrisa. Une épaisse silhouette sombre m'attendait appuyée contre la portière. Trop tard pour m'enfuir. J'étais paralysé. La forme massive du fils Ventadoux me rassura presque. Qu'est-ce qui allait encore m'arriver ?

— Je vous cherchais, Richard. Il faut qu'on se parle, dit-il d'une voix assurée mais forte qui résonna dans la nuit.

Mis en confiance par son attitude pacifique, je tentai de l'amadouer.

— J'aimais bien vos parents, c'étaient des gens charmants et…

— Mes vieux, ils sont morts. Des égoïstes. Ils ne voulaient pas m'aider. Avec eux, je pouvais crever.

— Je vous présente mes sincères condoléances, vous savez que…

— Je sais, c'est pas toi qui les as assassinés. J'ai lu ça dans le journal, c'est l'autre type.

Ouf, j'étais rassuré. Il ne me croyait plus coupable de leur mort. Que me voulait-il ?

— Je suis content de voir que vous allez mieux. Il est tard, il faut que je rentre.

Il ne se poussa pas de la portière de ma voiture. Ça se compliquait. En m'approchant, je sentis son haleine chargée. Ce type n'avait pas bu que de l'eau des Abatilles.

— Où as-tu mis l'argent ?

— L'argent ? répétai-je comme si j'avais mal compris la question.

Lui aussi croyait que j'avais pris les sacs. Quand allait s'arrêter cette histoire ?

— Monsieur Ventadoux, vous savez bien que je n'ai pas volé les sacs, sinon la police m'aurait arrêté.

— Je sais que c'est toi qui as l'argent, je veux ma part. Cet argent était chez moi. C'est donc à moi.

— Mais monsieur Ventadoux, réfléchissez un peu. Je n'ai pas les sacs. En revanche, vous allez devenir riche car vous héritez de la villa. Elle doit coûter pas mal d'argent.

— Tu parles, il y a des millions de travaux à faire dessus. De toute façon, je m'en fous. Ce que je veux, c'est ma part tout de suite. J'ai besoin d'argent aujourd'hui. Pas demain !

Nous tournions en rond. J'avais peur à tout moment que sa colère le submerge brutalement. C'était un sanguin. Un alcoolique de surcroît.

— Il faut que je rentre chez moi car la police me surveille pour me protéger. Ils vont s'inquiéter si je ne rentre pas.

— C'est quoi, ces conneries !

— Ce ne sont pas des conneries. Suite à l'agression de Piérangéli, la police, qui a peur que l'autre complice du casse s'en prenne à moi, me protège.

— La police, je m'en branle. C'est tous des incapables.

Il se déplaça légèrement. J'avais gagné mais il ne fallait pas le brusquer.

— On va se revoir bientôt. Je vais aller tout casser dans ta librairie si tu me dis pas où est mon argent. C'était chez moi. C'est à moi.

Son expression avait la même intensité qu'à l'enterrement de ses parents. On aurait dit que ses yeux perdaient toute mobilité pour demeurer étrangement fixes. Il marcha vers sa moto située à quelques mètres. Il alluma le phare et la démarra. Dans le vacarme de son échappement, qui dut réveiller tout l'hôtel et même le Pyla, elle disparut vers le haut, du côté des plages de l'océan. J'avais eu chaud. Merci la police.

Ce mercredi fut terriblement long malgré une librairie remplie des habituels retardataires de la rentrée scolaire. Mes pensées allaient d'Aline à Abel Ventadoux. Outre Bob, dont je n'avais pas de nouvelles, ce dont je me passais fort bien, et les flics, il y avait maintenant le fils Ventadoux qui croyait que j'avais l'argent. Pourquoi pas aussi le quatrième complice du casse, s'ils étaient quatre ? Ça faisait beaucoup de monde sur le dos d'un pauvre petit libraire.

Entre deux clients, notre discussion de la soirée me revenait à l'esprit. D'apprendre que Costedoit et son chef n'étaient pas des anges m'avait troublé. Dans cette histoire, il ne fallait décidément faire confiance à personne. Les sources d'Aline étaient-elles fiables ?

Avant d'aller à mon rendez-vous du soir, je pensai aller m'acheter une nouvelle paire de chaussures. De longs mocassins noirs à bout carré vus dans une vitrine du boulevard. Mais les clients qui se pressaient dans mes murs ne m'en laissèrent pas le loisir. Vers 19h30, je fermai enfin ma librairie pour rejoindre le Pyla.

Elle était là, à la même table que la veille. Aussi belle. Aussi souriante. Aussi craquante.

Le dîner passa en un éclair. Nous avions tant de choses à nous dire. Je lui contai évidemment ma petite aventure de la veille à la sortie du restaurant. Visiblement, l'attitude d'Abel Ventadoux la contraria. Elle s'inquiétait pour moi.

De son stylo Bic, elle nota toute mon histoire depuis ce fameux lundi 9 septembre. Elle me coupait souvent la parole pour vérifier un détail par-ci, une anecdote par-là. Bien sûr, pas un mot sur Bob. Je n'oubliais pas qu'elle était journaliste.

Au fil du temps et de la bouteille de blanc qui se vidait, la discussion prit un ton plus badin et surtout plus intime. Elle me parla enfin d'elle. Son métier de journaliste bien sûr, son enfance en région parisienne, puis son déménagement à Bordeaux il y a trois ans pour suivre l'homme qu'elle aimait. Il était mort peu après en Algérie dans un attentat. C'était le grand amour de sa vie. Depuis, elle n'avait plus jamais aimé. Des larmes piquaient ses yeux lorsqu'elle évoquait ce type que j'enviais. Envier un mort !

Elle m'avoua sa grande passion pour le cinéma. Elle avait vu cinq fois *West Side Story* en 70 mm. Sa fascination pour l'actrice Audrey Hepburn dont elle voyait tous les films. Elle avait pleuré en regardant *Diamants sur canapé.* Elle avait chialé en écoutant la musique. Elle aurait tant voulu ressembler à Audrey Hepburn avec ses immenses yeux de biche mangeant un visage sculpté par la main de Dieu. Si j'aimais beaucoup cette actrice américaine, je n'osai pas lui dire qu'elle n'avait aucun regret à avoir. Elle était aussi belle et aussi désirable qu'elle.

— Assez parlé de moi. A vous maintenant. Avant de trouver des gens assassinés chez eux et de vous faire courser dans la rue, vous étiez marié ?

— Non, je suis un vieux garçon, comme on dit, ça se voit à la façon dont je suis habillé et surtout chaussé.

Elle sourit tendrement. Je l'aurais au moins fait sourire avant de me faire assassiner !

— Vous avez une femme, une fiancée, pas un ami j'espère ?

— Non, j'ai une amie, ou plutôt j'avais une amie. Mais depuis que j'ai été pris dans cette incroyable histoire, elle ne veut plus me voir car elle dit que c'est dangereux. Elle ne veut pas être mêlée à cela.

— Je vous plains car elle ne vous mérite certainement pas. Il faut la larguer. Vous êtes un type bien, Christophe, ça se voit.

— Hélas, à trente-trois ans, personne ne s'en est encore aperçu.

— Dommage que vous vous habilliez comme cela, sinon vous seriez plutôt joli garçon. Vous êtes un écorché vif. Vous me faites penser à un animal domestiqué qui ne veut plus rentrer dans sa cage car son instinct l'appelle ailleurs depuis qu'il a découvert la liberté.

Je me rendis compte qu'elle m'avait bien analysé. Depuis lundi dernier je trouvais que ma vie avait pris une autre dimension. J'étais partagé entre retrouver le calme d'avant et l'excitation de ce qu'elle pouvait m'apporter autant en bon qu'en mauvais. Dîner avec elle, c'était du bon. Rencontrer Piérangéli, c'était du mauvais. Je me surpris à répondre :

— Hélas, je suis quelqu'un de très banal.

— Vous avez quelque chose d'obscur en vous. Un chagrin, je ne sais pas. On dirait que vous êtes comme brûlé à l'intérieur.

Brûlé à l'intérieur ? C'était étrange.

Comme la veille, j'eus un mal fou à la quitter. Les bâillements du personnel qui attendait encore que nous quittions la table nous obligèrent à nous lever. Nous sortîmes tous les deux devant le restaurant. Il faisait plus frais que la veille et elle frissonna dans son petit blouson. J'avais envie de la prendre dans mes bras pour la réchauffer. Aline voulut m'accompagner jusqu'à ma voiture. Comme pour me protéger d'un nouvelle mauvaise rencontre ! Heureusement, Abel Ventadoux ne m'attendait pas devant la porte. Pour ne pas qu'elle s'en aille, je la saoulai de paroles. Elle s'en rendit compte mais ne parvint pas à masquer son bâillement. J'étais lourd.

— J'ai passé une soirée formidable, Christophe. Vous êtes un type pas banal. J'espère que nous nous reverrons bientôt. Grâce à vous, je vais écrire un papier formidable, j'en suis sûre. Je vais y travailler tout demain.

En levant les yeux, elle ajouta :

— Vu les nuages, il ne fera pas bien beau. J'espère que je pourrai aller faire une balade sur la plage. Ici, c'est magnifique. Si j'ai du nouveau, je vous appelle à la librairie. N'oubliez pas, de la discrétion.

Elle ignora ma main tendue et, en s'approchant de moi, me fit un petit baiser sur la joue.

Je rentrai chez moi. Pas au volant d'une voiture mais d'un tapis volant. Je flottais. C'était décidé, je ne me laverais plus la joue pour garder la trace de son baiser. Je n'étais pas assez idiot pour tomber amoureux d'une fille que je ne verrais peut-être plus jamais de ma vie. Non, mais !

XVI

— Tu as l'air bien lointain ce matin, remarqua Yvonne en me servant mon café.

Décidément, cette femme voyait en moi.

— Non Yvonne, mais j'ai eu une assez mauvaise nuit après une formidable soirée.

— T'as de la chance si tu as eu une bonne soirée, car moi, ça n'a pas été terrible.

Elle poursuivit en baissant la voix.

— Ton journaliste de Radio-Luxembourg, c'est pas une flèche !

Devant mon regard intrigué, elle continua.

— Il parle bien, mais pour le reste... Il devrait prendre des fortifiants. Je l'ai viré ce matin à 4 heures. Moi, j'aime les hommes qui sont des hommes. Ton gars, il n'a rien dans le pantalon.

Et moi, est-ce que j'étais un homme qui était un homme ? Pourquoi l'appelait-elle mon gars comme s'il était à moi ? C'était bien une femme...

René émergea de son *Equipe* comme s'il avait entendu notre conversation, mais préféra se replonger prudemment dans sa lecture sans piper un mot.

Cette journée fut encore plus interminable que celle de la veille. Ma librairie avait retrouvé son visage habituel fait de patientes attentes entre deux clients, pas très nombreux ce jeudi. Ma vie d'avant ne me plaisait plus. Comment avais-je pu supporter pendant des années ces interminables après-midi ? Sans cesse le visage d'Aline Moreau me revenait. J'avais beau me crier de ne pas m'emballer, c'était plus fort que moi.

La sonnerie du téléphone réveilla la fin de matinée qui sommeillait.

— Bonjour Christophe, c'est Aline Moreau, vous vous souvenez de moi ?

Mon cœur se mit à battre fort. J'avais secrètement espéré ce coup de téléphone depuis le matin. Du calme, il ne fallait pas s'emballer. Je n'étais plus un adolescent.

— J'ai trouvé quelque chose de très important en relisant mes notes. Personne n'y a pensé avant moi. Je sais, je suis géniale. Tout le monde s'est trompé depuis le début. Mais je vous le raconterai ce soir.

— Ce soir ? répondis-je.

Si elle avait vu mon cœur, elle aurait vu un grand sourire à l'intérieur. L'idée de dîner de nouveau avec elle me séduisait terriblement. J'allais appeler tout de suite madame Tipler pour repousser le rendez-vous.

— Oui, mais pas avant 23 heures. Il faut attendre que les gens dorment car nous allons partir pour une chasse au trésor.

— Que les gens dorment, répétai-je déçu.

Chaque fois que cette fille me parlait, je répondais des banalités. En plus, elle s'en rendait compte.

— Oui, que les gens dorment Christophe ! Rendez-vous ce soir à 23 heures dans une petite rue discrète au-dessus de l'avenue Gambetta. Vous voyez ? Prévoyez des gants et gardez vos chaussures car si elles sont moches elles ont au moins la qualité d'être silencieuses. N'en parlez surtout à personne. Ce soir, nous serons peut-être millionnaires !

J'allais répéter encore son dernier mot, mais je l'arrêtai à l'instant où il allait franchir mes lèvres. Millionnaire ?

Elle raccrocha, me laissant avec des milliers de questions.

Qu'est-ce qu'elle voulait dire avec millionnaire ? pourquoi si tard alors que j'avais espéré dîner avec ? pourquoi des gants en septembre ? pourquoi chasse au trésor ? Cette fille me connaissait à peine depuis soixante-douze heures et elle m'offrait comme ça de devenir millionnaire. Dans quelle aventure allait-elle m'entraîner ?

Tout le reste de l'après-midi j'échafaudai des histoires sans queue ni tête, allant jusqu'à oublier mon rendez-vous avec madame Véronique Tipler. C'est sans me changer que je fermai ma librairie alors que j'avais imaginé repasser chez moi pour enfiler mes habits du dimanche. Pour lui faire davantage d'effet.

Elle habitait à Péreire une immense et belle villa aux volets bleus à étage avec un toit en pignon et une grande véranda. Dans le vaste parc était garé un cabriolet Floride bleu clair dégoulinant d'accessoires chromés. Une villa comme cela devait coûter une petite fortune. Tout comme le canot automobile Riva bâché monté sur une remorque garée à côté du garage fermé.

Evidemment, quelques questions étaient venues frapper à la porte de mon cerveau au cours du bref trajet. Des questions du même tonneau que l'autre soir en allant au Moulleau. Si à chaque livraison de livres, je devais soupçonner mon client d'être le fameux Bob, il fallait vraiment changer de métier.

Sans être paranoïaque, ce serait mentir de prétendre que ce doute ne m'avait pas de nouveau assaillit. Elle pouvait être l'épouse, ou plutôt la maîtresse du fameux Bob. Après tout, monsieur Tipler n'existait peut-être pas. Plus j'y pensais, moins j'étais à l'aise. Décidément, le nouveau Christophe Richard avait du mal à se faire à son nouveau statut de dur. Mais au moins, je faisais des efforts.

Avec mon carton sous le bras, je sonnai à la belle porte en fer forgé. Elle l'ouvrit dans un beau sourire. Cette femme était sûre de son charme sur les hommes, il n'y avait aucun doute.

— Vous enfin, monsieur Richard, je n'y croyais plus. Vous vous faites désirer comme une femme.

— Excusez-moi, madame Tipler, mais je suis tombé lundi en panne de voiture et…

— Elle va mieux dirait-on, quoiqu'elle ait beaucoup de taches de rousseur sur l'aile avant, constata-elle avec humour en jetant un coup d'œil vers ma vieille Dauphine 57 garée devant le portail.

Le salon dans lequel elle me fit pénétrer n'était pas encore complètement meublé. Mais chaque pièce déjà présente devait coûter le prix de tous les meubles de mon appartement et de celui des voisins.

— Excusez le désordre, je n'ai pas grand-chose à vous offrir. Un Lilet, un Bartissol ?

Ce fut le Bartissol qui me rappela le fameux feuilleton *L'Homme des vœux* écouté à la radio. Je posai mon carton sur une petite table tandis qu'elle partait dans la cuisine. Elle en revint deux minutes plus tard avec un plateau, les deux apéritifs, deux verres, et de l'eau minérale. Elle posa le plateau sur la table, puis s'assit face à moi. Véronique Tipler était rompue à l'art du croisé de jambes, qu'elle avait interminables et magnifiquement galbées.

Pour éviter de trop lorgner dessus, je tentai d'animer la conversation.

— Je suis étonné que vous ne vous plaisiez pas à Arcachon, votre villa est superbe. Vous m'avez dit que votre mari aime. Il n'est pas là, au fait ?

— Non, il n'est pas là. Charles travaille à Bordeaux où il dirige une entreprise d'accessoires automobiles dont vous voyez un sinistre aperçu sur ma voiture. Il a un conseil d'administration et ne rentrera que demain soir pour le week-end où nous fêterons son anniversaire. Nous sommes seuls, vous n'avez pas peur au moins ? murmura-t-elle, amusée.

Le curieux sentiment que ce n'était pas la vérité me traversa l'esprit. Je mettais cette intuition sur mon angoisse et ma phobie de trouver Bob partout où j'allais. Elle feuilleta rapidement les livres sur le Bassin et choisit le plus beau.

Mes tentatives pour lui expliquer la beauté de la région ne semblaient guère la passionner. Ses longs doigts manucurés tirèrent d'un paquet de Kool une cigarette qu'elle alluma avec un gros Dupont en or posé sur la petite table.

— Alors monsieur le libraire, que vous est-il arrivé depuis dimanche ? Est-ce qu'un méchant tueur vous a poursuivi avec son grand couteau pointu ? Racontez-moi, me demanda-t-elle en rejetant la fumée par la bouche avant de poser sa cigarette sur le cendrier.

Le cercle laissé par son rouge à lèvres sur le filtre hypnotisa mon regard car il me sembla terriblement érotique.

— Vous ne pensez pas si bien dire. J'ai été menacé par le fils des gens qui ont été assassinés et…

— On n'a pas encore retrouvé l'assassin du couple de retraités. C'est peut-être vous ? Je suis peut-être seule dans cette grande maison avec le fou sanguinaire qui terrorise Arcachon depuis quinze jours. Pour une fois qu'il se passe quelque chose ici !

Cette femme avait de l'humour et l'art de la séduction. Mon regard fit le tour de l'appartement pour tenter de dénicher un cadre avec la photo de son mari pour me rassurer, car j'étais sur mes gardes.

— Vous avez perdu quelque chose, murmura-t-elle en avalant une gorgée de Lilet.

Sans sujet solide de discussion, je me sentais assez mal à l'aise et profondément ridicule. Si Arcachon ne l'intéressait pas, je tentai ma chance du côté de Bordeaux. C'est ça, Bordeaux ! En principe, les Bordelais aiment Bordeaux.

— Vous habitez Bordeaux ?

— Oui, vers le centre, où je m'ennuie terriblement comme à Arcachon que nous quittons dimanche soir. Je ne suis pas de la région et je ne comprends pas son regard de veau lorsqu'il regarde le coucher du soleil sur le Bassin. Cette petite ville vieille et démodée est affreusement bourgeoise. Ma grand-mère me disait une belle chose à son sujet. Arcachon, c'est tout en long, il y a plus de cons que de maisons ! Elle avait raison : tout le monde s'emmerde ici. C'est d'un ennui fou. Comment faites-vous l'hiver ?

— Je regarde le temps passer.

— Je préfère le regarder à Cannes ou Nice. Je suis plus pour l'action. Comme vous, monsieur le libraire !

— Christophe, c'est mon prénom.

— Je sais, est-ce que ça vous excite d'avoir peur ?

Sa question me troubla mais je ne l'éludai pas.

— Franchement oui. Je sais qu'un soir, après avoir vu pour la première fois les gens assassinés, j'avais…

— Aviez-vous envie de faire l'amour plus fort que d'habitude ?

— Oui, heu, c'est à peu près ça, dis-je en rougissant.

Je savais que ce n'était pas cela qui m'avait réellement excité. D'ailleurs je ne voulais pas le savoir.

— Il rougit le petit chéri. Il est timide le petit libraire. Moi ça m'excite terriblement de savoir que vous avez participé à des meurtres et failli vous faire égorger.

— Participé, n'exagérons rien, constaté des meurtres plutôt. C'était horrible, tout ce sang.

— Il y a longtemps que vous n'avez pas fait l'amour, Christophe ?

Cette femme avait le chic pour poser des questions directes que je ne voulais pas me poser. Je ne cherchai même pas à lui mentir, peut-être par fanfaronnade. Et puis je ne voulais pas qu'elle imagine que j'étais un mendiant du sexe.

— Un peu plus d'une semaine avec mon amie. Depuis, elle ne veut plus me voir car elle a peur pour sa réputation d'honnête femme.

— Nous sommes faits pour nous entendre car si mon mari est riche, il est aussi un peu plus vieux que moi, et surtout terriblement absent, souffla-t-elle en vrillant ses yeux dans les miens. Je suis en manque aussi de ce côté-là. Une semaine, c'est terriblement long, surtout pour un grand garçon comme vous en pleine force de l'âge. Il ne faut pas rester comme ça. C'est dangereux pour votre santé !

Je me préparais à lui sortir une nouvelle banalité, mais elle ne m'en laissa pas le temps. D'un mouvement souple, elle ondula vers moi. Ses mains s'attaquèrent directement à mon pantalon qui glissa sur mes chaussures. Puis elle tira mon slip en poussant un feulement rauque qui me fit peur. Cette situation était terriblement nouvelle pour moi.

En m'arrachant la chemise dans un geste brutal, elle me poussa du bout des mains en arrière sur le canapé. En un éclair, elle fit tomber sa jupe et son chemisier, libérant des seins somptueux. Des seins généreux et ronds aux larges aréoles bistres. Puis, tenant mon sexe tendu entre ses longs doigts, elle m'enfourcha et s'empala brutalement avec un grognement venu de la gorge. De plonger brutalement dans son intimité brûlante provoqua en quelques secondes ma jouissance, à mon grand dépit. Certainement aussi au sien.

Entre deux halètements, alors qu'elle bâillonnait violemment ma bouche avec ses seins qu'elle tenait en coupe sous ses mains, elle s'en rendit compte assez rapidement. Elle lâcha des obscénités que je n'aurais pas imaginé venir de lèvres aussi distinguées. Elles me firent l'effet d'une boule de feu au creux de mes reins et provoquèrent de nouveau furieusement mon désir. Elle se désarçonna de mon sexe mort pour glisser sur le tapis face à moi. Entre mes jambes. Ses lèvres gourmandes l'avalèrent entièrement pour lui redonner la vie.

On ne m'avait jamais fait ça ! Je savais Panpan très amateur de cette pratique. Il m'en avait parlé. La vision de son visage entre mes jambes, du travail appliqué de ses lèvres, du bruit de succion, de ses grands yeux levés sur moi implorant mon excitation provoquèrent de nouveau une brutale stimulation.

Cette fois, c'est moi qui me rua sur elle en la repoussant sur le canapé. Les cuisses largement écartées, elle dévoila à mon regard une large toison pubienne brune barrée d'une épaisse fleur rouge. Je la pénétrai avec violence. Je n'avais jamais fait l'amour avec une si belle femme, et surtout avide d'autant de sexualité, qui laissait sa jouissance s'extérioriser en longs hurlements. De la pénétrer brutalement en me jetant de tout mon corps était certainement une façon de manifester toute ma violence refoulée. Je n'allais tout de même pas penser à Tridoux en faisant l'amour à cette femme qui exultait des grognements de plaisir. Mais à travers mes violents coups de reins qui secouaient son corps et faisaient trembler ses seins, il y avait une forme de brutalité que je ne me reconnus pas. Après avoir explosé, je tombai contre ses seins moites qui étouffèrent mon râle de jouissance. J'étais vidé.

— Monsieur le libraire, vous cachez bien votre jeu, murmura-t-elle après avoir repris son souffle tout en se dégageant doucement de mon corps avachi et humide. Vous êtes une vraie bête sexuelle. J'avoue que je n'en espérais pas autant. Désirez-vous un autre Bartissol pour vous remonter ?

Je repris ma respiration tout en rajustant ma chemise et mon pantalon sur mon corps qui suintait l'odeur de l'amour. Elle fit de même et enferma ma vision de ses seins opulents dans un chemisier qui n'en cachait pas le volume. Elle enfila sa jupe, laissant son petit slip blanc, telle une fleur, au milieu du tapis rouge.

— Ce fut un moment très agréable, Christophe. Je ne sais pas s'il se reproduira, quoique je doive revenir à la Toussaint, précisa t-elle.

Je rangeai les livres dans le carton, lui laissant celui qu'elle avait choisi sur la petite table où l'un des deux verres vides était marqué d'une trace de rouge à lèvres.

— C'était formidable, lançai-je sans trop savoir quoi dire par manque d'habitude dans ce genre de situation.

J'allais m'avancer vers elle pour atteindre ses lèvres dans un dernier baiser, mais la main qu'elle me tendit me repoussa à bonne distance.

— Rendez-vous à la Toussaint, où j'achèterai peut-être un autre livre pour mon cher mari, mon petit libraire préféré, clôtura-t-elle en ouvrant la porte.

La lueur remarquée dans ses yeux au début de notre rencontre s'était éteinte. Un léger sourire s'ébaucha sur ses lèvres qui avaient permis à mes fantasmes de ne plus être des fantasmes. Mais son rouge à lèvres couleur fraise avait disparu avec.

La fraîcheur de la nuit sur mon corps moite me fit frissonner alors que je marchai en direction de ma voiture. L'heure déchiffrée péniblement à ma montre me montra que j'avais tout de même le temps de passer chez moi pour me changer et prendre un peu de repos avant le mystérieux rendez-vous avec Aline. C'est en traversant Arcachon endormi, que je me suis rendu compte qu'elle ne m'avait pas payé le livre. Bon anniversaire, Charles !

Arcachon est une petite ville où tout le monde se connaît à la morte saison. Il est difficile de passer inaperçu, surtout dans les rues vides où le moindre passant attire le regard suspicieux des riverains. J'avais la tête en fusion et le corps éreinté par l'histoire qui venait de m'arriver. Quand je raconterai ma soirée à Panpan, il n'en reviendra pas ! Moi même, je n'en revenais pas. En roulant vers mon rendez-vous nocturne, je me demandais ce qu'allait me proposer Aline Moreau, si mystérieuse au téléphone.

Quelques minutes après m'être garé en roue libre allée

José Maria de Hérédia prolongeant sur les hauteurs de la Ville d'Hiver l'avenue Gambetta, sa 2 CV, phares éteints, se laissa glisser devant mon véhicule. Elle descendit souplement, portant une sorte de sac en bandoulière. Mon Dieu, comme elle était belle ! Comment font les femmes pour être si différentes et pourtant pareilles ? Par comparaison avec la pulpeuse Véronique Tipler, on aurait dit qu'Aline sortait d'un pensionnat de jeunes filles. En même temps qu'elle, son léger parfum pénétra dans ma voiture.

— Bonsoir, vous allez bien ? Excusez-moi de vous filer un rancard si tard, mais j'ai eu une idée formidable. Je crois que j'ai la solution. Ça sent comme une drôle d'odeur de parfum dans la voiture. Vous avez eu un rendez-vous avec une femme ?

Une négation inintelligible sortit de ma bouche. J'étais abasourdi par son don d'observation et sa déduction rapide. Mais je n'étais pas au bout de mes surprises.

— J'ai lu et relu ce que vous m'avez dit, ce que Bati a écrit dans *Sud-Ouest,* mes propres articles, les déclarations de Prolongeaud. Je crois que nous nous sommes trompés d'endroit, affirma-t-elle en me regardant droit dans les yeux.

Son visage était là à quelques centimètres de mon visage. Son parfum, son odeur corporelle, la douce chaleur de son cou dénudé par des cheveux ramenés sur le dessus me pénétraient. Le creux de sa nuque semblait destiné à accueillir uniquement des baisers. Décidément, cette fille me chavirait. Hélas, elle ne pensait pas du tout à la même chose que moi en ce moment.

— Vous m'écoutez ? En détention, Bergès a certainement décrit la villa à Piérangéli, son emplacement par rapport à l'avenue Gambetta. Il y a peu de chance pour qu'il lui ait donné le numéro. Eh bien, il s'est trompé de villa quand il est venu chercher les sacs. Il est allé chez les Ventadoux alors qu'il aurait dû se rendre dans la maison d'à côté. C'est là où il y a les 150 millions !

J'aurais pu répondre un truc comme « ça alors, c'est pas possible », ou style « bon sang, mais c'est bien sûr », comme l'inspecteur Bourrel. Rien, je restai muet. J'avais un QI de moule du banc d'Arguin.

— Que dites-vous de ma théorie, me lança-t-elle les prunelles brillantes. Ça vous en bouche un coin ?

Je tentai de comprendre en répétant à haute voix.

— Piérangéli s'est trompé de villa d'après vous. Voilà pourquoi quand il m'a entendu sonner, il s'est planqué dans la villa contiguë qui était inoccupée. C'est pas possible ?

— Si c'est possible. C'est dans la villa des voisins que l'argent a été caché dans la soirée du 31 mai.

— Non, il y a une faille dans votre raisonnement Aline, la villa des Ventadoux avait été forcée le 31 mai, ce qui est une preuve que les truands sont rentrés dedans et non dans celle d'à côté.

— Pas du tout ! Elle a pu être forcée par quelqu'un d'autre le 25 ou le 29 mai, ou n'importe quel jours où ils étaient absents. Vous savez que les résidences vides d'Arcachon sont beaucoup visitées. Quand sont rentrés les Ventadoux ?

— Le 2 ou le 3, m'a dit Prolongeaud, je ne m'en souviens plus exactement.

— Des centaines de villas d'Arcachon, du Moulleau, du Pyla, se font cambrioler tous les ans. Il s'agit simplement d'un hasard. On ne sait pas si la villa voisine était inoccupée à la date du hold-up, mais il y a de fortes chances. En passant devant, j'ai vu que les propriétaires ne doivent pas y venir souvent car elle n'est pas bien entretenue. De toute façon, ça ne coûte rien d'aller vérifier !

— D'aller vérifier, vous n'y pensez pas, Aline. Vous êtes folle ?

— Oui, mon petit Christophe, on va aller faire un petit tour dans la villa voisine de celle des Ventadoux. Ce n'est pas sorcier pour pénétrer à l'intérieur car le portail en fer n'est pas très haut. Pour le reste, j'ai mes petits outils, ajouta-t-elle en tapotant sur son sac.

— Vous êtes complètement déraisonnable, je n'irai jamais. On va se faire arrêter par la police qui fait des rondes.

— Ma parole, vous êtes un vrai trouillard, Christophe. Si vous ne voulez pas venir avec moi, j'y vais toute seule. Je n'ai pas besoin de vous !

Cette fille était sacrément gonflée.

— Imaginez, Christophe, que nous trouvions les deux sacs planqués dans la cave. On se tire avec. Un pour vous, un pour moi. Personne ne le saura jamais et nous serons riches. Adieu *Sud-Ouest*. Au revoir la librairie. Bonjour la grande vie.

Je n'étais pas du tout convaincu par son propos. Disons-le, j'avais la trouille.

— Réfléchissez bien, Christophe. J'y vais seule. On dirait que l'argent ne vous intéresse pas ? Seriez-vous une poule mouillée ?

Les propos de Costedoit, et surtout ceux de Prolongeaud, me fouettèrent de nouveau. Maintenant, c'est Aline qui me les servait. Ça se voyait tant que cela que j'étais un trouillard. J'y allais, mais à reculons. Davantage pour ne pas passer pour un type veule à ses yeux que pour moi.

Nous quittâmes la voiture pour descendre discrètement le long de l'avenue Gambetta où la circulation était nulle. Les rares maisons occupées avaient déjà éteint leurs feux. En longeant la maison des Ventadoux, nous vîmes les chaînes fermant le portail et les scellés. Je ne brillais pas, tournant sans cesse la tête pour vérifier si personne ne nous observait. L'air frais qui me fit frémir me poussa à balancer une dernière lâcheté.

— Costedoit m'a dit qu'il y avait des rondes.

Ma remarque ne sembla pas l'émouvoir. A hauteur du portail, beaucoup moins haut que celui des Ventadoux, elle me demanda de lui faire la courte échelle. Dans la main que je levai à hauteur de ma taille elle glissa son pied, ce qui lui permit de prendre appui avec l'autre sur mon épaule pour escalader souplement le portail.

— A vous, me souffla-t-elle, grouillez-vous !

Elle en avait de bonnes. Personne ne me faisait la courte échelle, moi ! En regardant si personne ne me surveillait, je réussis à prendre appui contre la porte. J'avais les jambes molles. D'un coup de rein, je parvins à m'agripper en haut du portail. J'étais en nage. Mes muscles martyrisés par ma course nocturne et mes récents ébats avec Véronique se tétanisaient. En m'accrochant, je réussis à l'escalader et à sauter à l'intérieur.

— Chut, vous faites du bruit, murmura-t-elle. Il faudra vous entraîner car le souffle ce n'est pas ça !

Elle était jolie certes, mais elle commençait à me les briser. J'étais libraire, pas acrobate.

En allumant sa grosse lampe chromée, elle marcha jusqu'à la maison qui avait sensiblement la même architecture que celle des Ventadoux. Elle se distinguait seulement par ses ornements en bois décorés qui auraient eu besoin d'un sacré coup de peinture. De son mystérieux sac, elle sortit une sorte de petit tournevis à la lame très fine qu'elle engagea en tournant dans la serrure de la porte d'entrée. D'où tenait-elle ces outils ?

— Ni la porte ni le portail n'ont été forcés, cela prouve que les braqueurs ne se sont pas introduits dans la villa le 3 mai, fis-je remarquer afin de la dissuader de continuer.

Le nouveau Christophe avait aussi peur de ce parc noir aux ombres fantasmagoriques que l'ancien Christophe. On ne se refait pas en quinze jours.

— Ça ne prouve rien. Depuis, les propriétaires sont certainement revenus et ont fait changer les serrures sans porter plainte vu qu'on ne leur a rien volé, rétorqua finement Aline en s'appliquant. Trente secondes plus tard, elle était venue à bout de la serrure. De sa main gantée, elle poussa doucement la porte d'entrée.

Le cercle jaune de sa lampe éclaira le hall presque vide, la porte de la cuisine à gauche et une porte à droite qui ressemblait à celle d'une cave. Je n'avais pas envie de descendre. Elle l'ouvrit avec un sang froid qui me sidéra. La vision des escaliers descendant en bas me rappela l'horrible vision des Ventadoux baignant dans leur sang.

— Aline, vous ne croyez pas que c'est dangereux ?

— Christophe, vous êtes vraiment un trouillard. Que voulez-vous qu'il nous arrive à part que les flics nous surprennent ! On prendra un mois avec sursis car je connais un excellent avocat bordelais. Les propriétaires de cette maison ne vont pas surgir de la cave comme des zombies. Audrey Hepburn n'aurait pas peur, elle !

Dans le halo de la lampe, je la suivais pas à pas en regardant où je posais les pieds afin de ne pas laisser d'empreintes. Mais il n'y avait pas de traces de charbon sur les marches, ni sur le sol.

La grande cave voûtée était presque vide. Il y avait des casiers à bouteilles et une grosse citerne rouge donnant sur un vasistas protégé par des barreaux. Pourquoi y avait-il une grosse citerne rouge ? Parce que la chaudière à côté fonctionnait tout simplement au fuel domestique. Il n'y avait jamais eu de charbon dans la cave. Il n'y avait jamais eu non plus de sacs remplis de billets de banque dans cette cave ! Nous avions tout faux.

— Ma théorie était complètement fausse, avoua-t-elle l'air abattu et la lèvre boudeuse…

— Piérangéli ne s'était pas trompé de maison. A moins que ce soit l'autre maison plus loin au-dessus, tentai-je de plaisanter.

Si son beau regard bleu avait lancé des couteaux, à l'heure où je vous parle, je serais mort transpercé de part en part.

— J'y croyais beaucoup, murmura-t-elle l'air déçu.

Nous ressortîmes rapidement en faisant attention de ne laisser aucune trace sur le sol ni dans le jardin. Après avoir franchi plus facilement le portail que nous ne l'avions fait de l'extérieur, nous nous retrouvâmes dans la rue. Sans un mot nous regagnâmes nos voitures respectives. Silencieuse, elle semblait bouder comme un enfant pris en faute. Je tentai de la consoler.

— Ce n'était pas une mauvaise idée. Dommage. C'est trop tard pour aller boire un verre car tout est fermé.

— J'ai envie de quelque chose de fort, vous n'avez rien à boire chez vous ?

Sa proposition me désarçonna, mais elle était formidablement séduisante. J'étais sous son charme. Pourtant, elle ne faisait rien pour me séduire. Au contraire. Elle me suivit en voiture jusqu'à mon appartement, mais comme elle n'avait pas oublié la leçon, elle se gara dans la rue adjacente.

En cherchant dans le placard, il restait seulement du rhum dont je remplis deux petits verres. Nous nous assîmes sur le lit.

— Je suis déçue de vous avoir entraîné dans cette aventure, Christophe. J'ai cru sincèrement que j'avais trouvé la clé du mystère. Il me manque un indice qui me permettrait de tout comprendre. Le plus terrible, c'est que c'est certainement vous qui l'avez, cet indice.

Elle se coucha sur le lit et envoya valdinguer ses chaussures en l'air en ajoutant :

— C'est le bordel chez vous ! Comment se fait-il que Piérangéli n'ait pas trouvé l'argent, ni vous non plus, ni la police. Il y a une raison. A moins que lorsque les flics sont revenus à la villa la première fois, ils aient piqué eux-mêmes les sacs qui étaient encore sous le charbon.

— C'est possible car il restait environ une tonne de charbon que Piérangéli n'avait pas eu le temps de pelleter avant qu'il ne se fasse surprendre, glissai-je en m'étendant à côté d'elle.

— C'est vrai que Prolongeaud et Costedoit sont revenus peu après sur les lieux du crime pendant que vous étiez en cellule. C'est bien ça ?

— C'est vrai, confiai-je, ils ont peut-être compris que l'assassin cherchait quelque chose sous le charbon. Ils ont pelleté le reste du charbon et trouvé les sacs qu'ils ont pris. Ils auraient décidé de ne rien dire et de continuer à faire semblant de les chercher.

— Les enfoirés ! Quand je vous disais que Prolongeaud et son complice Costedoit n'étaient pas clairs, j'avais raison, proféra-t-elle en se servant une autre rasade de rhum. Même quand elle faisait des gestes ordinaires, ce n'était pas une fille ordinaire. Elle montrait une grâce folle dans tous ses mouvements. Elle se retourna sur le ventre me laissant apercevoir un joli fessier bien galbé où l'on percevait les coutures de son slip. Malgré ma dose récente de sexe, sa vue me fit un bien fou…

— Ces deux enfoirés ont dû penser tout de suite au hold-up du Crédit agricole. Après, ce qu'ils ont dû chercher à faire, c'est de vous mettre l'affaire sur le dos pour laisser croire que c'était vous qui aviez pris le fric.

Elle se retourna sur le dos en me retendant son verre. Hélas, il n'y avait plus de rhum. Tout en faisant la moue, elle continua à exprimer à haute voix le cheminement de sa pensée.

— Non, c'est idiot. Je crois que les deux flics c'est une fausse piste. Ils ne sont pas venus seuls à la villa. D'après ce que vous m'avez répété, il y avait aussi l'Inspection judiciaire de Bordeaux avec eux. Donc, Prolongeaud et Costedoit n'ont pas eu le temps de pelleter le charbon et voler les sacs. C'est pourquoi ils les cherchent toujours.

— C'est vrai. De toute façon, ils n'auraient pas eu le temps.

— Le bizarre dans l'affaire, c'est que les deux autres complices en fuite aient attendu autant de temps pour revenir chercher l'argent. Car les barrages à l'entrée de Gujan ont dû être levés au bout de quarante-huit heures maximum.

— Oui, mais les Ventadoux sont rentrés chez eux le 3, ce qui laissait aux deux complices moins de deux jours pour récupérer les sacs.

— Mais ils auraient pu venir par le Bassin en passant par le Ferret, vous n'aviez pas pensé à ça Christophe, dit-elle en étouffant avec grâce un bâillement.

Sa logique féminine était bouleversante, mais elle avait une faille.

— La police et la gendarmerie avaient mis des barrages aux embranchements entre les deux routes menant à Arcachon mais aussi de l'autre côté.

— Je crois que je viens de comprendre ! Rappelez-vous, Bergès et Railloux ont été arrêtés le matin du 1er à Gujan. Les deux autres complices se seraient fait remarquer s'ils étaient restés à Arcachon. Cela signifie qu'ils ont dû quitter Arcachon le jour même ou au petit matin, mais pas par la route. Il n'y a qu'une seule solution pour quitter Arcachon. Le bateau pour le Ferret où ils sont restés planqués. C'est aussi en bateau qu'ils sont revenus chercher les sacs.

— Ça semble plausible.

— Christophe, je vais vous dire une chose que je viens de comprendre. Nous avons tout faux.

— Tout faux sur quoi ? soufflai-je en tentant de retenir moi aussi un bâillement.

— Tout faux ! Les deux autres complices ont dû revenir à la villa dès le 2.

— Ils sont revenus les prendre le lendemain ?

— Le 9 septembre, il y avait un moment que les deux sacs de billets n'étaient plus dans la cave.

Forte de cette conclusion définitive, elle s'endormit au milieu du lit.

Plus question d'analyser son raisonnement. Je la regardai dormir. Son souffle soulevait sa douce poitrine. Elle avait un visage d'ange avec ses cheveux sagement remontés sur les côtés.

Epuisé, je m'étendis à côté d'elle. J'allais dormir près de la plus jolie femme du monde. Je crois que c'est la première fois que j'ai pensé que j'étais heureux de vivre.

XVII

— Bonjour vous !

Deux yeux bleus étaient penchés sur moi.

— Vous dormiez si bien !

Aline Moreau était penchée sur moi. Je n'avais jamais vu de si beaux yeux.

— Quelle heure est-il ? articulai-je en me frottant les yeux.

J'avais dormi tout habillé. Elle aussi.

— Bientôt 7 heures, il va falloir que je me rentre. Je crois que j'ai un peu trop forcé sur le rhum, hier soir. Vous n'avez rien pour déjeuner ?

— Moi aussi j'ai un peu trop bu. Il y a du Banania.

— Chic, j'adore ça, j'en buvais quand j'étais petite.

Elle se leva du lit dans un geste gracieux et alla s'arranger les cheveux dans le miroir de la chambre.

— J'ai l'air d'une folle. D'ailleurs, vous devez penser que je suis folle avec ce que je vous ai fait faire hier soir.

Tout en faisant chauffer le lait, je la regardais du coin de l'œil, assise sur le lit. Cette fille avait quelque chose que les autres n'avaient pas.

— Nous avons pas mal avancé sur notre affaire, je trouve, hier soir en parlant. Nous sommes pratiquement sûrs que les sacs de billets ont été récupérés avant le retour des Ventadoux avec un bateau venu du Ferret.

— C'est un cas de figure auquel je n'avais pas pensé, dis-je mal réveillé, que les sacs aient été récupérés dès le 2 juin. Même la police n'y a pas pensé. Elle a pris une fausse piste à cause de Piérangéli qui est venu le 9 septembre.

— Surtout ne parlez pas de cela à Tridoux ou à Costedoit, Christophe !

Nous avions avancé, c'est vrai. Mais nous étions partis pour une chasse au trésor et non plus pour une interview, comme c'était prévu au départ. C'était plus excitant. Plus dangereux aussi.

L'arôme du Banania embauma la chambre. Elle trempa ses lèvres dans le bol. Un sourire d'enfant illumina son visage. D'un bref petit coup de langue pointue, elle fit disparaître la mousse marron qui soulignait sa lèvre supérieure en forme de cœur.

— Que c'est bon, ça me rappelle mon enfance. Je comprends pourquoi vous me faites penser à un grand enfant.

Puis son regard se voila.

— Demain matin, je retourne à Bordeaux car mon rédacteur en chef ne va pas m'offrir des vacances au Pyla toute ma vie. Aujourd'hui, il faut que j'écrive car je n'ai pas beaucoup avancé. Vous voulez qu'on se voie ce soir pour qu'on se dise au revoir ? Ça me ferait plaisir. Disons autour de 19 heures. Même endroit.

L'idée de ne plus la voir m'était déjà insupportable.

— Salut, il faut que je parte, dit-elle en se penchant vers moi.

Je tendis ma joue.

— C'est pour vous remercier, souffla-elle en visant ma bouche d'un baiser parfumé au Banania. Au contact de ses lèvres chaudes contre les miennes, mes yeux se fermèrent et mon cœur s'accéléra. Le Banania ne m'avait jamais semblé aussi bon.

Ses yeux me caressèrent d'un regard très doux.

— Oh, on dirait que ça vous fait de l'effet le baiser au Banania. Au fait, maintenant qu'on se connaît mieux, on pourrait peut-être se tutoyer ?

Elle poussa la porte et disparut gracieusement dans le jour qui hésitait à se lever.

Je restai longtemps assis sur le lit avec au fond des yeux sa dernière image et les effluves chocolatées dans le nez. Une vague d'euphorie me transportait. Il ne fallait surtout pas que je perde pied. Je nageai très mal !

Ce vendredi ne fut pas un jour comme tous les autres. J'avais la tête ailleurs. La tête ailleurs chez Yvonne, la tête ailleurs à la librairie, la tête ailleurs en lisant *Sud-Ouest* où l'on ne parlait plus du triple meurtre.

Je n'allais plus voir Aline. Bien sûr, Bordeaux n'était qu'à une heure de route. Mais ne plus la voir, ne plus l'entendre parler, rire, cette idée m'était soudain devenue insupportable. J'étais amoureux. Je n'avais jamais ressenti le même sentiment à l'égard des autres femmes. Anne en particulier. Je savais maintenant que je n'aimais pas Anne. Je ne l'avais jamais aimée ! Ces mots me firent frissonner.

La sonnerie du téléphone dégonfla ma rêverie.

— Salut Christophe, c'est Panpan, j'ai un problème pour dimanche, le moteur de ma voiture a cassé !

— Déjà, mais tu l'as depuis quelques jours à peine.

— Le moteur n'était pas neuf. C'est normal sur les Panhard. Ça va, toi ? A-t-on encore tenté de t'assassiner ?

Je lui racontai brièvement les menaces de Ventadoux fils, et surtout mes aventures amoureuses. Disons sexuelles avec Véronique. Il ponctuait chacune de mes phrases d'un : « C'est pas possible ! » Si c'était possible. Je lui relatai aussi ma rencontre avec Aline et la nuit que nous avions passée ensemble sagement endormis l'un à côté de l'autre.

— C'est pas possible !

— Je ne marche plus, je flotte. Je n'arrive pas à ne pas y penser. C'est un sentiment que je n'ai jamais ressenti.

— Toi, t'es amoureux. Il ne manquait plus que ça. Tu vas sacrément morfler, je te préviens.

Nous raccrochâmes au bout de dix minutes de conversation avec la promesse de se voir à Bordeaux lors de ma prochaine visite chez mon grossiste.

L'après-midi s'étira en longueur, comme s'il voulait m'éloigner de l'instant où j'allais enfin retrouver Aline. Les aiguilles de l'horloge semblaient avoir de la peine à gravir les chiffres de gauche. Bien entendu, j'y avais pensé. Je l'avais retourné la question dans tous les sens, pesant le pour et le contre. Est-ce que j'allais lui parler de Bob ? Je tentai d'analyser lucidement la situation. D'abord est-ce que cette fille était intéressée ? Oui, c'était évident. D'abord par un bon article. Mais surtout par l'idée de piquer 1 million et demi de francs. Cela dit, elle m'avait spontanément proposé de les partager alors qu'elle n'y était pas contrainte. Ensuite cette histoire lui plaisait, d'abord comme un jeu, ou plutôt une chasse au trésor ! Elle aimait le danger et jouer à la détective. C'est d'ailleurs pour une de ces raisons qu'elle avait choisi ce métier. Mais la question était : est-ce que j'avais l'étoffe d'un aventurier ?

Une autre sonnerie stridente me tira de mes pensées vagabondes. C'était mon père.

— C'est toi, drôle, tu vas bien ?

— Oui papa, tu as un problème ?

— Non, quand c'est que tu viens me voir ?

— Je ne sais pas car je ne vois plus beaucoup Joël, le jeune qui me tient la librairie. Mais je peux venir dîner un soir si tu veux ?

— Oui, il faut que je te parle, drôle.

— T'es pas malade au moins papa ?

— Non, mais j'ai mal à ma jambe à cause du temps. Mardi soir, je t'attends.

Son coup de fil me laissa perplexe. Avec le climat du dîner de l'autre soir, j'imaginais qu'il allait me faire le nez quelques jours. J'avais trouvé qu'il avait l'air fatigué. C'est vrai, ça lui faisait déjà soixante-dix ans.

Ma boutique fermée un peu plus tôt pour foncer vers le Pyla par le boulevard de l'Océan me fit passer devant la villa de Véronique Tipler. A côté de sa Floride était garée une DS. Mon sang ne fit qu'un tour. Une DS noire. La fameuse DS noire.

Mon pouls s'accéléra brutalement pendant que je ralentissais. Impossible de reculer sans être vu de derrière les fenêtres. De l'arrière, on ne distinguait pas l'avant de la DS. Etait-il endommagé suite au choc contre les marches de l'escalier ? Il avait aussi pu la faire réparer chez un carrossier.

Moteur en marche, les mains moites sur le volant, la machine à penser se mit à fonctionner dans ma tête. Quel rapport y avait-il entre Piérangéli et Charles Tripler ? Si ce dernier l'avait tué, il ne se pavanerait pas avec sa DS dans Arcachon. Et si Tipler était le cerveau ? Et si sa femme s'était servie de moi ? Bien sûr, Piérangéli ne possédait pas la seule DS noire au monde. Décidément, cette affaire n'était pas finie. Elle continuait à me rendre paranoïaque en imaginant que chacune de mes rencontres était téléguidée par un mystérieux cerveau nommé Bob.

Après être reparti, j'en eus de nouveau la preuve quelques minutes plus tard en longeant les abords du Pyla-sur-Mer, où un écho de moteur de moto parvint à mes oreilles. Je freinai, j'accélérai. Rien. Si c'était Abel Ventadoux qui me suivait à moto ? Je coupai le moteur trois minutes pour mieux entendre. Que du silence.

En arrivant à l'hôtel de la Corniche, mon cœur eut un raté. Sa 2 CV n'était plus là. Si elle était partie sans me le dire ? J'eus envie de pleurer comme un enfant, assis dans ma voiture sans réaction, n'osant même pas aller la demander à l'accueil. Aline était partie

J'avais la tête posée sur le volant quand le bruit familier d'une 2 CV parvint à mes oreilles Quand sa voiture apparut et se gara, j'en aurais crié de bonheur. Elle en descendit souplement, toujours vêtue de son blouson en daim au col relevé et d'un pantalon rose qui moulait tendrement son petit ventre et sa jolie croupe ronde. Je n'avais jamais vu une femme marcher avec autant de grâce.

— Tu es déjà là ! Je suis allée faire une course, confia-t-elle dans un gracieux sourire avec une poche à la main. Pas facile de trouver un magasin ouvert. Tu en fais une drôle de tête ?

Elle m'embrassa comme une sœur. Pas de baiser sur les lèvres comme ce matin. Femme varie...

— Tu veux qu'on aille se balader en bas sur la plage avant que la nuit tombe.

Après avoir descendu les abrupts escalier de bois, longé un gros blockhaus, nous marchâmes en silence le long de l'océan gris métallisé sur un sable aussi dur que du béton. Si dur que mes chaussures ne laissaient aucune empreinte.

— Je pars demain matin, Christophe. Je suis un peu déçue car je croyais que j'avais une bonne piste au sujet des sacs.

— Mais Aline, qu'est-ce qui t'attire dans cette histoire, le scoop journalistique ou l'argent ?

— Je me suis posée la question, confia-t-elle en ramenant une mèche de cheveux que le vent plaquait sur ses yeux. Au départ, c'était pour sortir un scoop. Mais quand je me suis rendue compte que même les flics étaient intéressés par l'argent, je me suis dis pourquoi pas moi ? Avec cette somme, on peut vivre toute une vie, Christophe.

— J'ai calculé que je pourrais acheter 50 librairies avec, mais comme je gagne peu d'argent avec une, avec 50 je n'en gagnerais guère plus !

Ma théorie lui arracha un léger sourire triste. Elle me regarda avec beaucoup de tendresse dans les yeux, des yeux parfois balayés par une mèche vagabonde.

— Tu n'es pas un gars comme les autres, Christophe. On

dirait que tu n'attends plus rien de la vie. Comme si c'était trop tard pour toi. Tu n'as que trente-trois ans.

— Pas du tout, depuis que je t'ai vue, je sais que ce n'est jamais trop tard.

Elle s'arrêta, me regarda, me fixa droit dans les yeux et murmura :

— C'est vrai, moi aussi je l'avais pensé.

Puis elle continua à avancer. Je tentai de comprendre le sens de sa phrase. Je remontai sur elle en me retournant face au vent pour que mes mots ne partent pas dans l'océan doré qui avalait doucement le soleil orange. Tant pis si je me trompais, je me lançai !

— La police m'avait demandé de ne pas raconter la totalité de mes propos avec Piérangéli. Il m'a cité un nom, ou plutôt un prénom que j'avais gardé pour moi. Est-ce que tu penses que ça pourrait t'aider dans nos recherches ? Jusqu'à présent, les policiers n'ont rien trouvé !

Ses yeux fixés sur moi me faisaient songer à un objectif d'appareil photo. Le vent claquait durement à mes tympans.

— Comme tu veux, Christophe. Avant-hier, j'aurais cru que c'était la chose la plus importante au monde. Ce soir, je ne sais plus. Tu me le dis si tu en as envie. Mais si tu ne le fais pas, ça ne changera rien entre nous.

Elle avança vers la plage.

Je me lâchai comme on saute dans le vide.

— Ce nom, c'est Bob !

— Bob ?

— Il m'a dit en me menaçant à peu près cette phrase : « Est-ce que ce n'est pas ce connard de Bob qui t'envoie ? » Il ne comprenait pas par qui j'avais appris l'existence des sacs sous le charbon. La police m'a expliqué qu'on comptait plus d'un million de Robert en France et des milliers parmi les fichés au grand banditisme. Bref, ça n'a rien donné.

— Christophe, à ta place je n'écouterais pas trop ce que

disent les flics. Ils ont peut-être déjà repéré ton Bob à l'heure actuelle. Rien ne nous dit que c'est lui qui a l'argent. On rentre, j'ai froid, murmura-t-elle en se pressant contre moi.

Instinctivement, mon bras entoura son cou tiède. Je continuai :

— En me parlant de Bob, il avait ajouté « paraît-il ». Ce « paraît-il » m'avait complètement échappé. Il faut dire que j'étais paniqué. Il signifie qu'il ne le connaissait pas. Au départ, la police avait cru que c'était le ou l'un des complices du hold-up. Elle a appris qui c'était seulement après avoir trouvé ses empreintes.

— Ce qui est pénible, c'est qu'on ne sait pas s'il y a un ou deux complices. Où crèche ce fameux Bob ?

Au moment où Aline me posait la question, une vision fugitive du dialogue entre Piérangéli et moi fit rejaillir un autre mot à mon esprit. Ou plutôt une phrase oubliée qui émergea brutalement. Une phrase négligée que je n'avais pas dite aux flics… Je ne voulais pas qu'elle parte.

— Aline, il y a une autre phrase complètement oubliée qui me revient et dont je comprends l'importance aujourd'hui. Il faut dire que je pensais surtout à sauver ma vie ce fameux soir.

— Mon pauvre chéri, murmura-t-elle en me regardant et en touchant mes lèvres salées par les embruns.

Malgré l'obscurité qui avait doucement envahi la plage, je compris à sa voix qu'elle ne plaisantait pas.

— Il m'a dit à peu près ça en parlant toujours de Bob : « Il ne va pas faire la traversée tous les jours pour surveiller la villa. » Il croyait que c'était moi qui vérifiais d'Arcachon l'absence des Ventadoux pour aller dans leur maison.

En grimpant l'escalier pentu, elle s'arrêta devant moi, me toisant du haut de son mètre soixante.

— Cela veut dire que Bob vit certainement autour du Cap-Ferret, sur le Bassin. S'il était de passage, il se serait vite fait repérer car la gendarmerie et la police étaient sur les dents. A la réflexion, il y avait peu de chance pour que les auteurs du hold-up vivent dans des villes séparées par mille kilomètres. Ils ont dû beaucoup repérer les lieux et ne pouvaient habiter que dans la région bordelaise. C'est tellement évident que les flics doivent le savoir !

— Ils ont même enquêté auprès des anciens de l'usine de cellulose et des employés du Crédit agricole et des revendeurs d'appareils photo de type Polaroïd. Mais la police ne sait pas ce que m'a dit Piérangéli. Là, nous avons de l'avance sur eux.

— Si on allait dîner, j'ai une de ces faims !

Il n'y avait que deux clients à l'hôtel de la Corniche ce soir. Comme l'avant-veille, le dîner était succulent. Mais l'ambiance n'était plus la même. J'aurais dû être follement gai, et j'étais follement attristé. La petite lumière qui brillait dans ses yeux s'était éteinte. Que se passait-il dans nos vies ?

— Demain, je suis envoyée sur une autre enquête vers Périgueux pendant trois jours et…

— Je ne vais plus te voir, murmurai-je.

— Non. T'inquiète pas, murmura-t-elle en me tendant les doigts que j'embrassai. Bordeaux n'est pas loin d'Arcachon, et Arcachon n'est pas si loin de Bordeaux.

— Je pense tout le temps à toi, Aline.

Elle ne répondit pas « moi aussi », comme je l'attendais.

— A Bordeaux, je vais tenter de voir avec des indicateurs discrets si Bob est le diminutif d'un Robert qui habiterait au Cap-Ferret, voire Andernos ou Arès, et surtout s'il a un casier. Pour monter un coup aussi gros, ce n'est pas un débutant. C'est moi qui te rappelle. Surtout ne téléphone pas au journal, car je n'y suis pas et le chef n'aime pas les coups de fil privés et toutes les conversations téléphoniques professionnelles sont enregistrées. C'est trop dangereux.

— Promis, je ne t'appelle pas, mais tu vas me manquer.

Elle ne répondit pas « moi aussi », comme je l'espérai.

— Méfie-toi de Prolongeaud et de sa clique qui te surveillent certainement. Sois discret et fais attention à toi !

C'est moi qui l'invitai ce soir et elle avait eu la prévenance de ne pas prendre le menu à vingt-trois mais à seize francs. C'était déjà l'heure de se quitter, mais nous n'avions pas envie de nous quitter. Aucun des deux ne voulait prendre l'initiative de se lever en premier pour clore la soirée. C'est elle qui prit l'initiative. Comme d'habitude !

— Veux-tu prendre un rhum dans ma chambre ? C'est ce que je suis allée chercher tout à l'heure quand tu m'attendais sur le parking.

Je la suivis dans sa chambre aux murs blancs crépis à la chaux.

Elle versa un peu de rhum dans les deux verres qu'elle avait pris sur la table du restaurant.

— Je ne t'en mets pas beaucoup, car il faut garder notre esprit vif et notre corps en forme, dit-elle en enlevant son blouson.

Son mouvement sculpta deux petits seins qui pointaient hardiment sous son chemisier. Elle n'enleva pas que son blouson, mais également son chemisier et son pantalon, mais elle conserva ses sous-vêtements. Je détournai les yeux, presque gêné, ne m'attendant pas à ce rapide effeuillage. Je me faisais penser à un voyeur. Ses sous-vêtements noirs terriblement érotiques juraient par rapport à sa tenue vestimentaire plutôt sage et l'idée que je me faisais de cette fille. Je l'aurais imaginée avec une culotte Petit Bateau toute blanche et toute simple. Là, elle m'exhibait des dessous avec dentelles et des motifs délicatement brodés laissant deviner le pubis et l'aréole des seins. Le mince tissu transparent laissait apparaître sa peau ambrée. Je n'avais jamais vu de tels sous-vêtements, sauf au cinéma.

— J'adore les beaux dessous. Mais je me ruine car j'y passerais ma paye, murmura-t-elle en m'attirant sur le lit avec un regard trouble.

Mes lèvres embrassèrent doucement le tissu noir qui exhalait son parfum intime. Pendant que je me demandais si le monsieur mort en Algérie lui offrait aussi d'aussi beaux dessous, elle me laissa lui enlever le soutien-gorge qui libéra une petite poitrine ferme mais ronde dont j'embrassai délicatement les bouts pointus roses foncés. Elle se mit à haleter doucement pendant que ma main faisait glisser son slip le long de ses jambes.

Je découvris avidement son corps. J'embrassai chaque millimètre de sa chair qui fondait sous mes doigts. Ses seins, son ventre légèrement renflé, son bas ventre teinté de sombre, ses bras, ses aisselles. A chaque baiser, chaque coup de langue, son corps se tendait dans un halètement langoureux. Elle me murmura à l'oreille de la prendre. Je jetai à terre mon pantalon et ma chemise et la pénétrai tout en douceur tandis qu'elle écartait bien les jambes pour que son sexe humecté par le désir puisse mieux engloutir le mien. Je sentais ses mamelons dressés rentrer dans mon torse. Des bouts aussi pointus ne pouvaient que me percer le cœur !

Ma bouche fusionna avec la sienne. Elle mit la main dans mes cheveux qu'elle tira pendant qu'elle me couvrait goulûment de baisers.

— Plus loin, cria-t-elle en se mordant violemment les lèvres.

Elle se pressa fermement contre moi pendant que j'allais et venais en savourant un plaisir qui m'empêchait d'ouvrir les yeux. Je les soulevai l'espace d'une seconde car je m'étais rendu compte qu'elle conservait les siens ouverts, comme perdus dans le vague. C'était troublant.

— Baise-moi fort, souffla t-elle, pressante.

Je fis durer longtemps son bien-être, en prenant mon temps, en accélérant la cadence selon le rythme de ses soupirs et en ralentissant quand j'étais sur le point d'exploser ou que sa respiration s'emballait dans un long gémissement ininterrompu. Ses yeux immobiles me supplièrent enfin de lui donner le plaisir. Son orgasme fut une véritable explosion qui secoua son corps de spasmes violents pendant près d'une minute. Puis je la pris dans mes bras moites, sa tête contre ma poitrine, en lui caressant le dos. Je me mis à sangloter. C'était du bonheur. Simplement du bonheur.

Nous fîmes et refîmes encore deux fois l'amour. Elle se révéla moins passive et beaucoup plus attentive à mon plaisir en me laissant explorer son corps tendre au toucher. L'aube du petit matin nous retrouva épuisés. Bob, le hold-up, *Sud-Ouest,* la librairie, nous n'en étions plus là. Nous avions fusionné. Notre séparation fut terriblement difficile. Je pleurai. Elle pleura. Nous pleurâmes. Elle me jura de m'appeler dès qu'elle le pourrait en séchant tendrement mes larmes de sa langue. Je sus à ce moment-là que je l'aimais.

C'est un fantôme épuisé qui rentra chez lui au petit jour baigné par une lumière froide. J'éclatai encore en lourds sanglots sur mon lit. Si c'était ça le bonheur, autant être malheureux.

Un bruit sourd tapait dans ma tête. Quelques secondes me furent nécessaires pour comprendre qu'il venait de la porte d'entrée.

— Ouvrez Richard, c'est Ventadoux !

Je regardai l'heure : 6 heures du matin. J'avais à peine une heure. Je tentai péniblement de me lever.

— Si vous n'ouvrez pas, j'enfonce la porte, tonna la grosse voix dehors.

Comme un zombi, je marchai vers la porte ! Je l'ouvris. Ventadoux se tenait dans l'encoignure. J'avais oublié qu'il était si grand. J'avais oublié qu'il était si gros. A vue de nez, il n'avait pas avalé du Banania pour son petit déjeuner.

— Alors Richard, vous n'avez pas répondu à ma proposition de l'autre soir.

Réveillé tout à fait, je lâchai :

— Qu'est-ce que vous voulez que je vous dise, Ventadoux. Je n'ai pas pris l'argent. C'est dans votre tête tout ça !

— Je n'ai pas vu beaucoup de policiers pour vous surveiller devant la maison contrairement à ce que vous m'aviez dit.

— Ils ont arrêté leur surveillance hier. Un problème d'effectif.

— Vous vous foutez de ma gueule, dit-il en balançant un coup de pied sous la table, laquelle éjecta les deux bols sales qui se brisèrent par terre.

Il me regarda avec un drôle de sourire dont j'aurais dû me méfier. D'un revers de main, il fit tomber tous les verres posés sur le buffet. J'eus l'impression que le bruit allait réveiller le quartier.

— Ça va pas, vous êtes malade. Faut vous faire soigner ! hurlai-je.

Je n'aurais pas dû lui parler ainsi.

En me prenant au col de ma veste de pyjama, il me décolla carrément du sol.

— Je suis malade, tu vas voir si je suis malade !

De sa grosse pogne, il me balança une gifle qui me fit voir des étincelles. Il me posa sur le sol sans tendresse.

— Richard, si j'allais dire aux flics que toi et ta petite copine, vous allez visiter les maisons le soir ? Qu'est-ce qu'ils diraient d'après toi ?

Je m'enfonçai sur le lit. C'était plus sa révélation que le choc de ses poings. Il nous avait vus !

— Qu'est-ce que vous dites ?

— Mercredi soir, j'avais décidé de te rendre une petite visite pour qu'on discute entre amis. Par hasard, je suis tombé sur toi et ta copine à la 2 CV en train d'escalader le portail de la maison d'à côté de la mienne. Si tu veux pas d'histoires avec la police, il me faut tout de suite 10000 francs. Sinon je balance tout aux flics.

— Mais je n'ai pas 10000 francs à vous donner. Un million, c'est une somme que je n'ai pas.

— Comme tu voudras ! J'ai une dette de jeu avec un gars pas facile de Mimizan. Je vais lui dire que c'est toi qui as le pognon. Il va venir le chercher lui-même. Je te préviens, c'est pas un romantique. On l'appelle le Boucher dans le milieu du jeu.

Son regard fit le tour de l'appartement comme s'il cherchait encore quelque chose à casser. Pas le Teppaz de Panpan ! Il s'arrêta dessus. Il le prit, le souleva et le jeta par terre. Il éclata en mille morceaux dans un bruit sinistre. Quelque chose monta en moi. Une sorte de boule de feu me transperça le corps.

Dans un éclair, je bondis sur lui en hurlant d'une voix que je ne reconnus pas. Pourtant c'était la mienne. J'en avais ma claque d'être humilié, traité de lâche, de ravaler mes vexations. J'en avais assez d'avoir peur !

Je me heurtai à un bloc de béton, mais je réussis à lui serrer la gorge des deux mains en hurlant.

— Je vais te crever. Je vais te crever !

Décontenancé, le regard ahuri, il se libéra en tirant violemment mes mains. De vraies tenailles. Il y parvint et me repoussa durement sur le lit.

Il avait perdu de son assurance. On aurait dit qu'il me voyait pour la première fois. Il recula mais se reprit vite.

— Je reviens lundi. Si tu n'as pas la somme, j'appelle mon copain le Boucher. Je crois pas que tu iras répéter notre conversation à la police.

Sa haute stature franchit le seuil de la porte.

Couché sur le lit, en nage, un rire nerveux mais douloureux me secoua brutalement. Je m'étais étonné moi-même.

Peu à peu, les battements de mon cœur se calmèrent. La décharge d'adrénaline passée, quand le cerveau reprit le dessus, ce fut autrement moins euphorisant. A la liste de ceux qui me cherchaient pour me faire la peau il fallait ajouter le Boucher ! J'avais beau me convaincre tous les jours que je préférais ma nouvelle vie à celle d'avant, le passage de la petite à la grande école avait été un peu trop rapide pour un brave petit gars comme moi.

Pas question d'aller à la police évidemment. Ventadoux le savait bien. Que faire ? Prévenir Aline. Il était 6 h 45. Pourvu qu'elle n'ait pas encore quitté son hôtel ! Elle m'avait dit qu'elle partirait autour de 8 heures. Le plus rapide, c'était d'aller lui téléphoner de la librairie.

Dix minutes plus tard, je me garai le long du boulevard désert devant ma boutique.

Au standard de l'hôtel, la femme de chambre qui préparait les cafés me répondit. Aline n'était pas encore partie. On alla la chercher dans sa chambre. Cinq minutes après, j'entendis sa jolie voix au téléphone.

— Qu'y a-t-il, Christophe, je te manque déjà au bout de quatre heures d'absence. Je suis laminée. Tu sais que tu es une bête de sexe.

Je lui racontai la visite de Ventadoux et sa tentative de chantage.

Cette fille m'épata. Elle ne s'affola pas et resta très calme, totalement maîtresse d'elle-même. Tout ce que je n'étais pas.

— C'est embêtant. Mais je ne crois pas que ce type ira à la police. Ce n'est pas son genre. S'il y va, elle croira qu'il était saoul. Par contre, il n'est pas impossible qu'il essaie encore de te faire un peu peur. Ne panique surtout pas. C'est pas un vrai méchant ! S'il te sent agressif comme tu l'as été, il partira de lui-même. Il faut que tu lui montres que tu n'as pas peur. Mon amour, j'ai confiance en toi. Il y a beaucoup d'argent pour toi et moi et c'est normal qu'il y ait du danger.

150 millions valent le coup de se battre et de se faire des petites peurs. Je t'aime. Je t'appelle dès que je peux.

En trois petites minutes, Aline m'avait calmé et surtout redonné une formidable confiance en moi. Quand Abel Ventadoux reviendrait, je lui montrerai de nouveau qui je suis. J'avais d'ailleurs ma petite idée.

XVIII

La rentrée d'Yvonne attira l'attention des quelques personnes en train de déjeuner. Une chevelure écarlate témoignait de son passage récent chez le coiffeur. Ses boucles d'oreilles en forme d'anneau n'étaient pas ce qu'il y avait de moins voyant chez elle. Son tailleur vert pistache très ajusté autour de sa silhouette lié à sa jupe moulante lui donnait une amplitude de marche mesurée. Mécanisée. Elle était posée sur des talons incroyablement hauts qui laissaient imaginer à chaque petit pas brisé par le tissu de sa jupe serrée trop haute sur les genoux qu'elle allait basculer soit vers l'avant, soit vers l'arrière.

Pourtant, le corps cambré, croupe rebondie et seins en avant, avec son sac sous le bras droit tandis que l'autre levé lui servait à maintenir son équilibre, elle réussit sans anicroche à traverser la grande salle et à atteindre ma table en chaloupant. Elle semblait fière de son effet sur les clients attablés à la Rascasse devant la plage où je l'attendais depuis une dizaine de minutes.

— Mon petit Christophe, tu ne sais pas le plaisir que tu me fais en m'invitant à déjeuner ici. Je n'y étais jamais venue. C'est très chic, mais si on avait eu un peu plus de temps devant nous, j'aurais bien voulu aller au Casino mauresque. Mais tu as vu, je me suis mise sur mon trente et un : coiffeur et tout le toutim. Qu'en penses-tu ?

Je n'osai lui répondre qu'à mon sentiment, elle était un peu trop voyante au niveau des couleurs et beaucoup trop fardée. Mais qu'elle ait accepté mon invitation destinée à la remercier de m'avoir hébergé me faisait très plaisir.

— Christophe, j'aimerais aussi que tu demandes l'addition à la fin du déjeuner. Mais d'une voix assez forte pour que tout le monde t'entende et sache que c'est toi qui paye et pas moi. Je ne veux pas qu'ils croient que j'invite mon gigolo à déjeuner.

Elle vérifia une dernière fois son maquillage dans un petit miroir doré et, d'un doigt, enleva un peu de rouge à lèvre sur ses dents avant de choisir longuement dans le menu. Des huîtres. Elle adorait les huîtres.

— Alors, tu en es où ? Je vois que la presse n'écrit plus rien sur ces meurtres horribles. Le journaliste de *Sud-Ouest* qui t'a interviewé l'autre soir m'a dit qu'il n'y avait rien de nouveau et que la police piétinait. Au café, presque plus personne n'en parle.

Je lui racontai sans m'étendre sur les détails mes rencontres avec ma cliente acheteuse d'un livre sur le Bassin et surtout celle avec Aline.

— Sacré Christophe, là, tu m'épates. Avec ton air de pas y toucher, tu sautes sur tout ce qui bouge. Ce qui est séduisant chez toi, c'est ta fragilité. On a d'abord envie de te consoler. Attention au mari de la nana de Péreire. Les cocus, c'est ce qu'il y a de plus dangereux !

Avec Aline, je lui expliquai que ce n'était pas qu'une simple histoire de sexe, mais plutôt une sorte de coup de foudre réciproque. Son front se plissa.

— Fais pas le con, tu as vu cette fille deux, trois fois et c'est déjà le grand amour. T'emballes pas. Tu es un garçon fragile !

Ça se voyait tant que cela. Elle continua :

— Es-tu vraiment sûr qu'elle ne fait pas ça pour te faire parler au sujet des sacs disparus ? Car au début, juste après les crimes, il se murmurait parmi les clients que c'est toi qui avais pris les 150 briques chez les Ventadoux.

Comment lui expliquer que nous n'en étions plus là et qu'il y avait désormais un lien bien plus fort entre nous deux.

— Il y a le cœur et la raison, poursuivit-elle. La raison est là pour empêcher le cœur de faire des conneries !

— Yvonne, je ne suis plus un enfant et…

— D'accord, Christophe, je respecte ton amour. J'ai eu pas mal de coups de foudre dans ma vie !

— Comme ça, on n'aime qu'une fois dans sa vie !

Son sourire ne me plut pas.

— Parmi tous les hommes que j'ai rencontrés, j'ai eu quelquefois des coups de foudre violents mais sincères. Hélas, ça n'a jamais duré. Une nuit que je ne dormais pas, au lieu de compter les moutons, j'ai cherché à compter les hommes de ma vie et je me suis arrêtée à plus de cinquante. Au fait, tu n'as pas reçu d'autres menaces ?

— Si, du fils Ventadoux, car il croit que j'ai pris les sacs chez ses parents. Il veut me faire chanter et exige 10000 balles. Quant au fameux type qui a vraisemblablement tué Piérangéli, il s'est mis au vert pour une raison très simple d'après moi. C'est lui qui avait déjà pris l'argent quelques jours après le hold-up. Il a certainement tué Piérangéli pour avoir la paix et brouiller les pistes. S'il a l'argent, il n'a plus de raison de s'en prendre à moi.

Ce n'était pas l'exacte vérité, mais je savais qu'elle voyait beaucoup de monde dans son commerce où l'on parlait beaucoup.

Elle sortit un objet de son sac en cuir vert qu'elle posa sur la table à côté de son verre de vin blanc qu'elle vida d'un trait.

— Qu'est-ce que c'est ? questionnai-je en regardant une espèce de gros anneau de métal large de cinq centimètres environ et hérissé de quatre grosses excroissances pointues sur la tranche supérieure.

— C'est ce que tu m'as demandé pour te défendre si

Ventadoux s'attaque à toi. Ça s'appelle un coup de poing américain. On le glisse entre ses doigts. Quand tu balances un coup de poing, le gus se le prend en pleine tronche avec les piquants en prime. En principe, ça devrait tempérer son agressivité à ton Ventadoux, qui n'est pas un mauvais bougre sauf quand il a bu. Je l'ai viré une fois ou deux de mon café, avec la queue entre les jambes !

Je le fis glisser entre mes doigts pour l'essayer.

— Frappe d'abord. Tu discuteras ensuite avec lui. Porte-le sur toi, proche de ta main.

Je glissai le coup de poing américain dans la poche de droite de poitrine de mon blouson pendant qu'Yvonne se resservait un verre de vin blanc largement maculé par son rouge à lèvres.

— C'est justement un Américain qui me l'a donné. Un soir, avec, j'ai mis KO un client complètement saoul qui ne voulait pas payer ses dix tournées. Christophe, il faut te battre. Ne plus subir mais agir.

— Je sais, Yvonne. Mais c'est pas facile d'être un héros.

— C'est rudement bon ici, tu ne t'es pas fichu de moi. Et il n'y a pas d'enfant qui hurle.

— Justement, une question me turlupine depuis longtemps, Yvonne, pourquoi tu ne t'es jamais mariée. Tu ne pouvais pas avoir d'enfant ?

Sa fourchette s'arrêta à un centimètre de sa bouche striée de fines ridules. Elle se crispa.

— C'est intime comme question, Christophe, tu sais.

— Intime, tu viens de m'avouer que tu as connu plus de cinquante types dans ta vie !

— Oui, mais ça ce n'est pas pareil. Ça c'est du cul, ce n'est pas de l'amour. Toi, avec ta petite journaliste, si blonde, si belle, si pure, vous n'en êtes encore qu'au cul. Pas à l'amour.

— Non, sincèrement, je ne crois pas, Yvonne.

— Je n'ai aimé qu'une fois. Aimé si fort que je me suis mariée avec.

— Toi, mariée ? Je n'ai jamais pensé que tu avais été mariée.

— Ne me coupe pas tout le temps, chuchota-t-elle en posant ses couverts soigneusement contre son assiette. C'était un type formidable, beau comme un dieu. Un militaire. Nous nous sommes mariés à Bordeaux il y a presque trente ans. En 1935. Nous avons eu une petite fille juste un an après que nous avons appelée Jacqueline.

— Tu as eu une enfant, tu ne m'en as jamais parlé !

— Elle était blonde comme son père avec des yeux couleur huître comme moi. C'était la plus belle enfant du monde.

Une larme roula doucement contre sa joue, qu'elle s'empressa d'essuyer en se tamponnant avec sa serviette.

— Un jour, plutôt un dimanche d'août 1939, nous sommes partis en promenade avec des amis qui possédaient une automobile. Nous étions aller pique-niquer près d'un lac. Jacqueline, qui avait presque trois ans, jouait à côté de l'eau. Puis un moment, elle a disparu. Nous l'avons cherchée partout en criant. Son corps a été retrouvé deux jours après dans le lac. Ce fut terrible. J'ai cru que j'allais mourir de chagrin. Je suis restée enfermée dans ma chambre une semaine dans le noir. Hélas, on ne meurt pas de chagrin.

Elle s'essuya de nouveau les yeux avec la serviette qu'elle replia.

— Son père a fait partie des premiers tués lorsque la guerre a éclaté ! La « drôle de guerre » qui n'avait rien de drôle. En quelques semaines, j'avais perdu mon mari et ma fille. Après, je n'ai plus jamais vécu, j'ai survécu.

— C'est terrible, tentai-je de répondre bouleversé.

Je n'avais jamais imaginé que cette femme pétulante et dynamique cachait un tel drame dans sa vie.

— La nuit, quand je ne dors pas, je ne pense pas qu'aux hommes qui sont passés dans mon lit. Je pense tout le temps à Jacqueline. Ce n'est plus une petite fille car je l'ai fait grandir dans ma tête au fil des années en nous inventant une vie. Je la revois le jour de la rentrée des classes, le jour de sa première communion, le jour de son mariage. Elle aurait aujourd'hui vingt-sept ans et serait une grande jeune fille blonde aux yeux verts qui m'appellerait toujours maman.

Elle avala un peu d'eau et continua son histoire. Des larmes coulaient sur ses joues.

— Elle serait peut-être dactylo ou infirmière. Célibataire ou mariée, avec un enfant peut-être. Je m'imagine quelquefois au bar avec un petit garçon ou une petite fille qui viendrait me tirer la jupe par derrière et qui m'appellerait grand-mère.

Ses lèvres tremblaient, elle poursuivit en les serrant.

— Parfois, dans ma tête, je parle à ma fille et elle me répond. Aujourd'hui, je suis vieille, seule, sans amour, sans enfant, bientôt moche. J'arrête avec mes histoires car elles plombent le repas, articula t-elle en sortant son poudrier doré pour rajuster le maquillage qui avait coulé autour de ses yeux verts où toute étincelle de vie avait disparu.

Je lui pris la main sur la table. Une main aux ongles rouges mais aussi une main ridée, piquée de marron, usée d'avoir rincé tant de verres et serré tant d'éponges. Je ne trouvai rien à lui dire, mais je compris qu'elle avait senti que dans mon geste se cachaient des milliers de paroles que je ne savais pas exprimer. J'aurais tant souhaité que ma mère m'aime comme cela.

Pour la faire sourire, je demandai haut et fort l'addition pendant qu'elle se remaquillait. Puis nous partîmes ensemble, elle vers son café, moi vers ma librairie en nous disant à lundi. Je la regardai s'éloigner, juchée sur ses échasses qui torturaient ses fines chevilles. Yvonne avait toujours des jambes superbes. Mais ce qu'elle avait de plus beau en elle ne se voyait pas. C'était son cœur.

XIX

Un dimanche matin, voir Tridoux autour de 11 heures dans la librairie n'annonçait rien de bon.

— Bonjour Richard, j'ai des nouvelles pour vous.

Je laissai venir. Tendu.

— Bonnes ou pas bonnes ?

— Ça dépend pour qui. Avez-vous idée pourquoi je suis là ?

Il fallait réfléchir vite mais bien. Ventadoux lui avait-il répété notre escapade dans la villa d'à côté ? Il fallait d'abord masquer l'angoisse qui me perforait l'estomac et ensuite nier. Nier effrontément.

— Non, aucune idée. Vous avez du nouveau au sujet de Bob ?

Tridoux me scruta dans le blanc des yeux. On aurait dit deux chats qui s'observaient, oreilles baissées, avant de se jeter l'un vers l'autre en hurlant

— Ce matin, nous avons trouvé le corps sans vie d'Abel Ventadoux.

Ma bouche, où avait disparu toute salive, vraisemblablement remplacée par un buvard, parvint à rétorquer après un gros effort.

— Abel Ventadoux ! Il est mort ?

— Il est bien mort.

— Mort ?

— Oui, d'une chute de moto !

— De moto ? répétai-je pour tenter de gagner du temps et permettre à mon cerveau d'analyser.

On aurait dit qu'il fonctionnait au ralenti.

— Oui de moto ! Ça a l'air de vous étonner ?

Je rassemblai mes esprits.

— Non, je ne trouve pas ça étrange puisqu'il avait une moto.

— Oui, une grosse anglaise avec laquelle il roulait trop vite et sans casque. Il a loupé un des rares virages sur la route peu avant Biscarosse, certainement en rentrant chez lui. Il s'est écrasé la tête contre un pin. Il ne s'est pas loupé !

— Un pin, répétais-je avec certainement un air crétin qui n'échappa pas à Tridoux.

— Vous avez un air bizarre, Richard. Vous n'imprimez pas ce matin. Ce n'était pas un ami à vous que je sache ?

— Non, mais je suis un peu sous le choc. Après les parents, c'est le tour du fils. C'est étrange comme destinée.

Tridoux me regarda dans les yeux, l'air visiblement agacé.

— S'il y a des choses que je trouve étranges, c'est chez vous, pas chez Abel Ventadoux. Il avait simplement trop bu. A 8 heures du matin, d'après le légiste, il avait encore plus de 2,5 grammes d'alcool par litre de sang, et hier soir, il a été viré d'un bar d'Arcachon à 22 heures où il avait bu plus de dix Ricard sans manger. C'était un alcoolique. Un militaire qui l'a trouvé sur le bord de la chaussée en allant à 5 heures à la base aérienne a failli lui rouler dessus. Mais il n'a pas pu éviter sa moto qui débordait sur la chaussée.

— C'est regrettable pour lui, mais c'est vrai que ce n'était pas un intime.

— Vous l'avez revu depuis. Vous a-t-il suivi ?

J'arrêtai mes mots juste au sortir de ma bouche. Je les ravalai. Des mots qui allaient lui dire que j'avais eu parfois le sentiment d'être suivi par une moto. Je les remplaçai par d'autres infiniment moins dangereux.

— Sa moto faisait un tel raffut que s'il m'avait suivi, je l'aurais d'abord entendu. Je sais qu'il ne m'aimait pas bien.

Mais de là à se réjouir de sa mort. C'est gentil être venu me le dire.

— Ce n'est pas de la gentillesse. Comme vous, il était un des acteurs de notre affaire du triple crime. J'y travaille toujours. J'avance. J'avance mais je rame.

— A force de ramer, vous allez vous retrouver sur la plage, lui assenai-je, apaisé mais vachard.

La mort accidentelle de Ventadoux simplifiait grandement ma vie les jours prochains. Le hasard fait parfois bien les choses. Il fronça les sourcils. Avec lui, il valait mieux ne pas plaisanter. Il poursuivit de son phrasé lent.

— Il n'y a pas grand-chose de nouveau, c'est vrai, du côté de notre affaire. Bergès et Railloux, c'est silence radio. Ils attendent de sortir pour aller chercher leur blé. Si c'est vous qui l'avez, ils sauront vite vous trouver. Je ne donne pas cher de votre peau.

J'avais échappé à la guillotine, j'avais échappé à Bob, j'avais échappé à Ventadoux et au Boucher, tout ça pour mourir d'un coup de couteau ou de pistolet de Bergès ou Railloux. Décidément, 1963 n'était pas une bonne année pour moi.

— Si je comprends, vous n'y voyez pas beau pour moi, comme vous dites, ajoutai-je en reprenant de l'assurance. Au fait, pourquoi vous ne m'aimez pas, Tridoux ?

Ma question le dérouta. Son front se plissa jusqu'à toucher ses cheveux. Il réfléchit quelques secondes avant de lâcher abruptement :

— Parce que je suis sûr que vous êtes un type dangereux. Je connais bien les gens comme vous, respectueux des lois, des règlements, des autres. Un jour, à cause d'un événement, ces gens en ont assez de se faire marcher sur la gueule. Là, ils explosent. Leur rancœur, leur retenue, leur instinct, tout ce qu'il y avait d'enfoui au plus profond d'eux éclate en une fraction de seconde. Ce sont les plus dangereux car les plus imprévisibles. Je crois que dans un brutal éclair de colère vous auriez été capable de tuer les Ventadoux. Pour un mot de trop, mais aussi pour de l'argent, car vous en avez assez de n'être qu'un minable petit libraire…

J'explosai.

— Tuer ! Vous êtes fou, Tridoux. Prolongeaud m'a répété plusieurs que je n'étais qu'une lavette incapable de tuer même une mouche !

Ma phrase arrêta net son vomissement de paroles. Il était blanc. Son regard distillait une férocité animale. J'allais baisser les yeux quand je sentis qu'il n'attendait que cela. De m'accrocher à son regard ne l'arrêta pas pour autant.

— Tu parles, Prolongeaud, il a appris la psychologie sous la police de Vichy en 42 ! Zéro. Moi, je sais qu'un jour vous tuerez quelqu'un parce que vous en aurez assez d'être un mouton qui file droit ! J'attends ce jour, et il viendra, si ce n'est déjà fait avec les Ventadoux et Piérangéli. Ce jour, je serai là et je vous mettrai à l'ombre.

Il claqua violemment la porte. Ce serait mentir de ne pas avouer que les propos de Tridoux me laissèrent mal à l'aise une grande partie de ce dimanche après-midi. Ce type était fou. Moi, un profil d'assassin !

Par rapport aux journées qui avaient suivi les meurtres, la clientèle s'était un peu calmée. Ma relative notoriété m'avait néanmoins permis d'accrocher de nouveaux clients arcachonnais peu habitués à fréquenter ce genre d'endroit. Mon grossiste avait raison, les James Bond se vendaient comme des petits pains.

Peu de gens dans un Arcachon aux rues muettes qui avait définitivement pris son visage d'automne. Pas de Panpan, peu de clients, pas de nouvelles d'Aline depuis la veille au matin. La lecture de *Sud-Ouest dimanche* me donna l'illusion qu'elle était avec moi. Son premier volet sur les crimes impunis portait sur l'affaire Dominici. A travers ses mots, ses expressions, je l'entendais parler. Pour prolonger le temps passé avec elle, je relus soigneusement l'article une deuxième et une troisième fois.

Je restai toujours à proximité du téléphone de peur de manquer son appel qui ne vint jamais. La discussion de la veille avec Yvonne au sujet d'Aline avait bien entendu fait lever des doutes dans mon esprit. Pourtant, je me souvenais de ses mots, de son regard clair, de sa promesse de vouloir nous revoir, de son départ. Pouvais-je être aimé par une femme comme Aline ? Pour ne pas trouver de réponse, je me lançai avec frénésie dans le réassortiment de policiers quand la porte s'ouvrit en raclant sur une personne que je n'attendais pas.

— Bonjour Christophe, tu es seul ?

C'était Anne.

— On dirait que tu as vu un fantôme, souffla-t-elle de sa voix posée, sans intonation.

Je la jouai très froid.

— Non, Anne, mais toi, ici ! Tu m'as toujours dit que tu ne viendrais plus dans ma librairie. Je croyais que tu ne voulais plus qu'on se voie.

— Côté discrétion, je n'ai pas changé d'avis. Suite à ce qui t'es arrivé, je me suis rendue compte que beaucoup plus de gens que je n'imaginais savaient pour nous deux. Personne ne m'en a fait le reproche. J'ai compris que je m'étais enfermée dans le rôle de la veuve inconsolable qu'on ne me demandait pas de jouer. J'ai vu que cela faisait plaisir à des collègues de la concession de savoir que j'avais quelqu'un dans ma vie. J'ai surtout eu peur pour Joël qui s'est fait menacer par le fils Ventadoux. Il faut dire aussi que tu m'as épatée dans cette histoire. Tu as montré un courage dont je ne t'aurais pas cru capable.

Je scrutai son regard gris. Ma réponse fusa.

— C'est vrai, j'ai eu très peur quand Piérangéli voulait

m'écraser ou quand j'ai été mis en garde à vue par Prolongeaud. Toutes ces épreuves m'ont endurci, et surtout démontré qu'il ne faut pas faire le dos rond à tout car on te marche dessus. Mais je n'ai pas changé.

Elle me laissa continuer. Silencieuse.

— J'aurais seulement voulu que tu sois là quand j'en avais besoin. Tu m'as laissé seul car tu avais peur pour ta petite vie. Ton petit confort. Le qu'en-dira-t-on. Heureusement qu'il y a eu Yvonne qui m'a bien aidé, elle.

J'avais touché juste !

— Je m'en excuse, je suis comme ça. Je ne sais pas exprimer mes sentiments, ni mes désirs. Je te demande pardon pour tout le mal que je t'ai fait. Je tiens à toi.

Je n'ajoutai rien. Elle continua.

— Mais je sais aussi que tu as eu une vie très remplie depuis ces derniers jours. Cette affaire t'a apporté une grande notoriété et on pose sur toi un regard différent. Je m'attendais à trouver ta librairie remplie de créatures de rêve prêtes à se mettre nue contre un simple regard de toi.

— Anne, serais-tu rentrée si elle était noire de monde ?

Elle me regarda sans ciller de son regard atone.

— Oui, Christophe, je serais rentrée car en tant que cliente j'ai le droit de rentrer. Sauf que j'aurais attendu un peu pour te dire que j'aimerais te revoir. Tu es libre pour dîner ce soir à la maison ? Joël n'est pas là pour deux jours. Je serais vraiment heureuse que tu viennes.

Ce genre de propos m'aurait enchanté il y a seulement une dizaine de jours. Tant de choses s'étaient passées depuis que je ne savais plus exactement où j'en étais du côté affectif. Je pensai à Aline.

— Anne, c'est très gentil, mais en ce moment je ne sais plus trop où j'en suis…

— Je comprends que tu m'en veuilles, Christophe. J'ai eu tort. Je te demande pardon, mais pour me punir, tu ne vas pas rayer d'un trait une belle histoire qui dure depuis deux ans. A moins que tu aies quelqu'un à voir ce soir, lança-t-elle en scrutant mon visage.

Je voulais lui dire pour Aline. Lui dire qu'elle m'avait congédié comme un employé de maison. Mais je ne pus soutenir son regard et baissai les yeux et je ne m'entendis pas lui dire non.

— Vers 19 h 30 ce soir, Christophe, je te ferai pour dîner quelque chose que tu aimes, fit-elle en fermant doucement la porte sur sa silhouette menue vêtue d'un strict tailleur gris qui se fondit dans la grisaille de cette fin d'après-midi.

J'étais en colère contre moi. Pas de courage pour lui avouer que j'avais rencontré quelqu'un d'autre qui vampirisait ma pensée. Une femme qui riait, aimait, criait et dont je n'arrivais pas à effacer son regard de ma mémoire. Et toujours pas de coup de fil de sa part. Passer un coup de téléphone ne demandait qu'une minute. N'avait-elle pas soixante secondes à me consacrer après tous les mots qu'elle m'avait dits.

J'étais devant la villa d'Anne peu avant 20 heures, alors que la nuit était tombée dans la Ville d'Hiver. Sa maison datant de la fin du XIXe siècle était trop grande pour deux personnes. Les charges et l'entretien n'étaient pas en rapport avec un salaire de secrétaire de direction. C'était d'ailleurs le lot de beaucoup de possesseurs de vieilles villas au vaste terrain de Péreire. Ils étaient très sollicités par des sociétés immobilières qui désiraient construire des immeubles modernes.

Anne disait qu'avec le prix de sa villa sans confort, humide l'hiver, elle pourrait habiter un appartement moderne de 80 m² avec chauffage central et baies vitrées donnant sur le Bassin avec vue du soleil couchant tous les soirs. Un soleil rarement aperçu dans son grand jardin étouffé par des arbres presque centenaires. Elle évoquait de plus en plus l'idée de vendre cette maison achetée par son mari aux débuts des années 50. Je n'avais plus envie de venir dans cette maison.

Elle m'ouvrit, revêtue d'une robe de chambre que je ne connaissais pas, toute en fine dentelle transparente. Mon regard étonné lui accrocha un sourire.

— J'ai décidé de changer un peu ma garde-robe, je crois que je m'habille trop strict. Je suis à un âge où il faut penser à se rajeunir, dit-elle en me posant un léger baiser sur les lèvres. Je t'ai préparé un petit dîner pour me faire pardonner. Tout simple mais comme tu les aimes. Veux-tu que nous fassions autre chose avant, chuchota-t-elle avec un petit sourire complice.

Je restai sans voix, et surtout je ne comprenais pas son brusque changement d'attitude.

Elle m'entraîna vers la chambre où je remarquai immédiatement que la photo de son mari avait disparu. Puis elle m'embrassa tendrement. Pendant que ma langue jouait distraitement avec la sienne appliquée, mon regard faisait le tour de la pièce pour la retrouver ailleurs. Je tentai de faire le clair dans ma tête car je ne reconnaissais plus Anne. Mais il était difficile de résister à ses arguments, d'autant que sa main commença à s'activer savamment sur mon anatomie.

Elle enleva son déshabillé, se lova contre moi et me tendit ses petits seins dont je happai les bouts presque machinalement. C'était la première fois de ma vie que je faisais l'amour avec trois femmes différentes en trois jours. Quand Panpan saura ça ! Trois femmes que tout opposait, trois corps totalement différents, trois exigences différentes, trois excitations différentes aussi.

Avec son corps d'enfant, ses quarante-cinq kilos, ses petites fesses que je tenais dans mes mains, Anne volait sur mon corps. Elle glissait entre mes mains trop grandes par rapport à ses seins, ses hanches, sa taille. Ce n'était plus la même Anne. Il y avait quelque chose de différent dans l'œil, dans ses gestes plus osés mais plus précis, dans ses demandes plus exigeantes et plus impudiques. Dans ses impatiences aussi. En fait, on aurait dit qu'elle faisait l'amour avec un autre homme. Moi aussi je faisais l'amour avec une autre femme. Mais ce n'était pas elle.

Mon regard fila sur ses yeux rejetés en arrière pendant qu'elle bougeait, très appliquée, sur mon sexe en se mordant durement les lèvres. L'espace d'une seconde, une vanité me submergea. Et si j'étais devenu une formidable machine à plaisir pour les femmes, comme Panpan qui se vantait tout le temps de faire crier de plaisir ses partenaires qui le suppliaient de leur donner du sexe ?

Anne râlait de plaisir, ses yeux noyés dans les miens avant de se dégager d'un mouvement de cuisse après une explosion fulgurante qui nous laissa sans souffle. Nous n'avions jamais fait l'amour avec autant de force. J'osai lui demander pourquoi.

— Tu sais que je n'aime pas parler de ces choses-là, mais j'avais très envie de toi. Tu me dis que j'ai changé, mais je crois que c'est toi qui n'es plus le même. Tu t'es épanoui et maintenant tu sais que tu plais aux femmes.

— Plaire, pourquoi tu me dis ça Anne ?

Elle scruta mes yeux d'un regard sans vie et mit son doigt devant sa bouche pour me faire comprendre qu'il ne fallait pas en parler. Après un excellent petit dîner où elle voulut tout savoir sur mes dernières aventures, m'écoutant avidement avec un sourire qui me fit songer à celui de Panpan au restaurant, nous nous quittâmes peu avant minuit. Sur le pas de la porte, après le dernier baiser sur les lèvres, elle me lança en plantant ses yeux dans les miens :

— Méfie-toi, Christophe, tu ne sais pas de quoi je suis capable…

Elle tourna silencieusement les talons sans achever sa phrase. Une sensation désagréable me pénétra. D'un pas vif, je rejoignis ma voiture. Que voulait-elle dire ?

Au ralenti, je descendis chez moi par l'avenue Victor Hugo. J'avais l'esprit ailleurs. La dernière phrase d'Anne m'avait laissé comme un goût étrange dans la bouche. Me méfier de qui ? de quoi ? D'elle ? Pourquoi ? Déjà l'humidité de la nuit avait recouvert les carrosseries des voitures garées le long du trottoir. Sous le reflet jaune de mes phares, elles semblaient toutes fraîchement repeintes, brillant de tout leur éclat. J'étais encore dans mes pensées et aux derniers mots énigmatiques d'Anne que déjà un sentiment de culpabilité m'étreignait. J'avais trompé Aline, c'était bien le mot. Ou avais-je trompé Anne avec Aline ? Une chose était sûre, je ne verrais plus jamais Anne car je savais maintenant que je ne l'aimais pas. Je ne voulais plus me mentir !

Dans mon rétroviseur, deux phares qui me suivaient arrêtèrent net mes états d'âme. J'accélérai sans essayer de sombrer dans la panique. Du calme. Surtout ne pas s'affoler. La nuit, tous les Arcachonnais avaient le droit de rouler. Mais je ne parvins pas à me décrocher des deux phares. J'étais suivi. Avec un semblant de calme, j'attaquai sans freiner le passage à niveaux heureusement ouvert. Ma voiture gigota violemment sur les rails. Les phares se rapprochèrent jusqu'à me coller au train. Visiblement, mon poursuivant avait une voiture plus puissante que la mienne.

Je tournai à droite brutalement, boulevard Degane, en appuyant à peine sur les freins. Ça passa vraiment sur le fil du rasoir. Ouf ! Je rattrapai l'arrière de ma voiture en contre-braquant. Sur le boulevard, je grimpai à plus de 80, mais la voiture poursuivante me déborda en pleine accélération. Puis, arrivée à ma hauteur, elle obliqua devant moi en me serrant contre le trottoir devant le tout nouveau stade Matéo Petit. Bloqué à gauche, tassé à droite, j'arrêtai ma voiture tout en me couchant sur le siège du passager pour ouvrir la porte et tenter de m'enfuir par la droite. Côté trottoir. D'un coup de rein, j'essayai de m'extraire de la voiture quand deux chaussures bien cirées me barrèrent ma ligne d'horizon qui était le sol. Elles se prolongeaient par deux jambes et le bas d'une gabardine. Et si c'était le Boucher ?

Les yeux levés pour apercevoir le visage, il me vint à l'esprit que je n'étais pas dans la meilleure situation pour saisir le poing américain sur lequel j'étais couché. Il rentrait dans ma poitrine, côté cœur. Avant que mes yeux ne distinguent le visage dans l'obscurité, une voix familière me parvint aux oreilles

— Alors Christophe, on s'entraîne pour faire des rallyes ?

Mon regard remonta vers le sommet de la silhouette. C'était Costedoit. Une colère née de ma peur me submergea.

— Ça va pas ! Vous m'avez fait une de ces trouilles, Costedoit. Vous auriez pu m'arrêter d'une autre façon !

— Arrêter, nous n'en sommes pas encore là, mon petit Christophe. J'ai reconnu votre voiture dans la rue et je désirais seulement vous dire un petit bonsoir.

— J'ai cru que j'étais poursuivi !

— Vous avez accéléré comme si vous aviez le diable à vos trousses. Poursuivi par qui, mon Dieu. Y a-t-il encore des gens qui vous en veulent ?

J'essayai de me calmer. A la lueur des phares allumés, les doigts pianotant sur mon capot, Costedoit jouait au chat et la souris. Je ne voulais plus jouer le rôle de la souris. Je sortis les griffes en premier.

— Costedoit, je croyais que vous étiez reparti à Bordeaux. Vous me filez ?

— Filer. Tout de suite les grands mots ! Le patron à Bordeaux m'a de nouveau autorisé les frais de déplacement, et comme il y avait du nouveau, je suis venu me ressourcer à Arcachon. Il se dit que la Ville d'Hiver est excellente pour la santé car peu ventée à cause de ses rues en arrondi. C'est un climat idéal pour moi car il paraît que je suis assez fragile des bronches.

— Du nouveau ? questionnai-je intrigué. Vous voulez me parler de la mort accidentelle du fils Ventadoux ?

— Dommage pour ce pauvre garçon qui a pas eu de bol. Vous êtes un petit curieux, Christophe. Vous d'abord, quoi de neuf ?

— Rien, ce n'est pas moi qui enquête !

— C'est vrai. Mais vous savez où sont planqués les 150 millions, où se cache Bob, qui est Bob. Comment s'appelle le quatrième homme ? Y a-t-il vraiment un quatrième homme ? Je comptais sur vous pour y répondre.

— Désolé, je ne sais rien de tout ça. Vous fantasmez !

— Vous n'avez pas reçu de nouvelles menaces ?

— Personne ne m'a menacé, et c'est tant mieux pour ma santé, esquissai-je sans évoquer Ventadoux et son ami le Boucher.

— Et vous c'est quoi, la nouveauté ?

— Pas grand-chose, hélas. Rien de nouveau au sujet de Bob. Nos recherches n'ont rien donné. On sait que ce n'est pas le diminutif de Robert. Malgré la pression du juge, les deux détenus se sont murés dans le silence. Au fait, nous avons retrouvé la DS de Piérangéli enfouie dans la vase des marais à l'entrée de Gujan-Mestras.

— Le moteur était cassé ?

— Si l'avant était légèrement endommagé, le moteur et le radiateur n'étaient pas percés. Vous avez dit avoir senti comme une d'odeur d'huile chaude. C'était certainement celle de l'embrayage. Il a abandonné la course sûrement parce qu'il était proche du commissariat, mais pas à cause de son moteur.

Il se redressa, releva le col de sa gabardine, marqua un petit silence et porta son attaque. Vicieux.

— J'espère que vous n'avez pas été trop bavard et que vous avez gardé nos petits secrets pour vous.

— Je n'ai parlé à personne de Bob.

— Pourtant, je me suis laissé dire que ces temps-ci vous voyez une journaliste de *Sud-Ouest* qui roule en 2 CV. Prolongeaud vous avait demandé de vous tenir loin de la presse. C'est pas joli-joli de dire de gros mensonges à son ami, Christophe !

Décidément, Costedoit savait tout de mes activités. Il me suivait certainement depuis quelque temps. Je décidai de l'affronter. La meilleure défense, c'était de ne pas répondre !

Il ne fut pas dupe.

— Les vérités sont souvent dans les silences, Christophe.

— Il ne s'agit pas d'une rencontre professionnelle, c'est d'ordre strictement privé.

Il esquissa un sourire goguenard.

— Vous en avez le droit. Vous alors, vous êtes un chaud lapin avec votre air de pas y toucher. La journaliste, puis Anne Tavarès ce soir, plus d'autres peut-être. Vous n'arrêtez pas. Vous êtes une bête de sexe. Vous faites ça aussi avec Yvonne ? lança-t-il en faisant un geste de ses mains mimant sa poitrine généreuse.

Une colère froide m'envahit.

— Yvonne, ça va pas ! C'est une amie, c'est comme ma mère, elle m'a beaucoup aidé !

— Montez pas sur vos grands chevaux, Christophe, vous savez bien que votre amie Yvonne aime bien les hommes !

— Ça je sais, mais pas entre nous car…

— Vous connaissez son passé, elle n'a jamais eu peur des hommes.

— Oui, elle m'a raconté sa vie. C'est une femme qui a beaucoup souffert et même perdu son mari pendant la guerre.

— Son mari ? ricana Costedoit.

— Oui son mari et aussi un enfant.

— Elle vous a dit ça ?

— Oui, trouvez-vous quelque chose à redire,

— Vous êtes un sacré naïf. Yvonne n'a jamais eu de mari

et encore moins d'enfant. Elle a un casier gros comme ça au sommier !

— Un casier, c'est quoi cette connerie ?

— Votre Yvonne, elle est bien gentille, mais c'est une ancienne pute. Le Lapin bleu à Toulouse avant la guerre ! Un bar à hôtesses payées au bouchon de champ avec les chambres au premier. Elle a commencé en 1930 dans la salle, avant de devenir la patronne en 46 en rachetant le fond. Après, c'est elle qui faisait turbiner d'autres filles. Ça ne l'empêchait pas d'aller au charbon quand il y avait trop de monde !

— C'est pas possible !

— En 1954, elle a revendu son café pour venir se refaire une virginité à Arcachon où elle a acheté son bar. Côté moralité, il y a quand même beaucoup mieux.

J'étais effondré.

L'humidité de la nuit tombait sur nos épaules. Mon corps expulsa un long frisson au même moment que Costedoit.

— Je me caille ! Direction l'hôtel. A bientôt Christophe. On devrait se revoir sous peu.

Il me gratifia d'un beau sourire toujours aussi équivoque. Avant de monter dans sa voiture, il me balança :

— Vous devriez économiser votre peur, Christophe. Vous allez en avoir besoin !

Puis il redémarra sa 403. J'accompagnai du regard ses deux feux rouges qui disparurent dans la nuit noire. Seul devant le stade, près de ma voiture, sa dernière phrase m'interrogeait. Que voulait-il dire par économiser ma peur ? Ce type n'était vraiment pas franc du collier, Aline avait raison. Yvonne s'était inventée une vie. Pourquoi ? Avoir le rôle principal dans une histoire policière, c'est épuisant !

XX

— Vous avez vu, monsieur Christophe, en foot en première division, hier Saint Etienne a encore gagné face à Lyon. Pourtant Rambert avait marqué trois buts !

Comme tous les matins, René dévorait *l'Equipe*. Il y avait de l'ambiance dans le café d'Yvonne ce lundi. Les discussions allaient bon train entre le décès accidentel d'Abel Ventadoux, les premières gelées en Bretagne, le nouveau plan anti-hausse du gouvernement qui gelait les prix mais également les salaires, les résultats sportifs du week-end et toutes les petites choses de la vie quotidienne.

En me servant le café, Yvonne me demanda à l'oreille si je l'avais sur moi. Elle pensait au poing américain. Avec un léger sourire, je la rassurai en tapotant sur ma poche de poitrine de mon blouson signifiant qu'il était là, bien au chaud, bien que j'en n'aie plus l'usage.

— On ne sait jamais, ça pourra te servir un jour… Tu me regardes bizarrement Christophe. Pourquoi ?

Cette femme voyait en moi. J'avais encore en tête les paroles de Costedoit sur son passé. J'y avais réfléchi longuement avant de sombrer dans le sommeil. Qu'elle ait été pute ou bonne sœur ne changeait rien à l'affection que je lui portais. Elle avait seulement tenté de se donner un passé plus respectable à ses yeux, comme nous tous. Nous nous mentons à nous même.

Le début de la matinée pluvieuse fut infiniment triste, jusqu'au moment où la sonnerie du téléphone grelotta dans la librairie.

— C'est Aline, comment va mon petit libraire préféré ?

— Enfin, c'est toi. Tu m'as manqué. J'ai attendu tous les jours un coup de fil de toi, soufflai-je, le cœur suspendu à sa réponse.

Si elle me disait qu'elle avait bien réfléchi pour nous deux et... j'avais déjà entendu ça.

— Je te demande pardon, j'ai voulu te téléphoner plusieurs fois, mais je n'ai jamais été seule, sauf le soir où tu n'es plus joignable. Tu m'as manqué aussi, Christophe. J'ai beaucoup pensé à toi.

— Moi, je n'ai pas arrêté d'y penser, qu'est-ce qui nous arrive ? On dirait deux adolescents de seize ans dans une chanson de Claude François.

— Je ne sais pas. Je ne m'étais pas préparée à ça car je croyais ne plus jamais tomber amoureuse. J'ai beaucoup bossé mais je vais avoir un peu de temps pour qu'on se voie enfin.

— Tu as su pour le fils Ventadoux ?

— Je l'ai vu ce matin dans le journal. Le hasard fait parfois bien les choses, ça arrange nos affaires. Je ne vais pas le pleurer.

— Je suis demain soir à Bordeaux, mon père désire me parler. Veux-tu qu'on se rencontre ?

Après quelques interminables secondes de silence, elle répondit :

— Oui, si tu veux, bien sûr, mais je n'avais pas prévu.

— Aline, y aurait-il quelque chose que tu ne m'aies pas dit. Un homme dans ta vie...

— Non. Il n'y a plus personne. Non, simplement demain soir, je devais aller dîner avec une copine du journal, mais je vais annuler.

— Tu n'es pas obligée d'annuler le dîner car je mange chez mon père, on peut se voir plus tard si tu le désires.

— Tu veux qu'on passe la nuit ensemble ?

Je ne voulais que ça. Ce n'était pas le genre de question qu'il fallait poser à un homme.

— Bien sûr, je n'ai pas arrêté d'y penser, mais où ?

— Chez moi ce n'est pas possible car j'héberge la copine. Je connais un hôtel, le Lutétia, cours de l'Intendance. Rendez-vous à 22 heures. Tu signes la fiche de police au nom de Martin. Ils ne demandent pas les papiers.

Déjà, la jalousie me déchirait l'estomac. Je connaissais cette fille depuis une semaine et j'étais jaloux de son passé.

— Tu connais cet hôtel, tu y es déjà allée ?

— Ne soit pas jaloux, Christophe, chuchota-t-elle en riant. C'est un hôtel où nous logeons les clients du journal quand ils viennent à Bordeaux. Ils n'y descendent pas toujours avec leur femme, c'est tout. Au fait, as-tu du nouveau ?

— Pas du tout, je sais simplement que la police a appris que je te vois. Costedoit me l'a dit !

— C'est très contrariant car j'ai essayé d'être la plus discrète possible. Il faudra que nous soyons plus prudents pour nous rencontrer à l'avenir. Mais j'ai une bonne nouvelle : deux jours de récupération à prendre. J'avais songé les passer à Arcachon ou aux alentours. Qu'en dis-tu ?

J'aurais sauté en l'air.

— Rien ne me fait plus plaisir.

— Je n'ai pas eu le temps de réfléchir à notre affaire, mais il faut qu'on en parle. As-tu trouvé d'autres indices ou pensé à ta discussion avec Piérangéli ? D'autres mots te seraient-ils revenus à la mémoire ? De mon côté, j'ai une petite idée et je t'en parlerai demain soir. J'ai terriblement envie de toi. A demain.

Et elle raccrocha. Entre deux nuages noirs, un pâle rayon de soleil frappa la vitrine, puis transperça mon corps pour exploser dans mon cœur. Cette fille me mettait le feu.

Les heures qui suivirent furent interminablement longues jusqu'au lendemain où je fermai la librairie un peu plus tôt pour partir à Bordeaux. Après avoir évité un car bleu de la Citram qui démarra sans prévenir devant mon capot, je pris une route alambiquée quittant puis reprenant la nationale N650. Pas l'ombre de la 403 de Costedoit.

Pas de radio. Pas de Bécaud ni de Nougaro ce soir. Mes pensées étaient complètement absorbées par Aline alors que j'aurais dû m'émouvoir du mystérieux coup de téléphone de mon père. Une circulation molle autour de la périphérie de Bordeaux me fit perdre beaucoup de temps. Finalement, j'arrivai devant chez lui autour de 19 heures. Il détestait dîner tard. Le temps de papoter deux minutes avec la boulangère après lui avoir acheté des cannelés et je sonnai chez lui.

— Bonjour drôle, maugréa-t'il en me tendant sa main au poing fermé, rentre !

Pas rasé, il avait la tête des mauvais jours. Le repas était prêt, la table mise et la télévision n'était pas allumée. Il avait quelque chose d'important à me dire. Cette atmosphère pesante me fit songer au soir où il m'avait annoncé que maman avait un cancer incurable.

Nous passâmes immédiatement à table.

— Ça s'est arrangé tes affaires ? On ne parle plus de toi dans les journaux. C'est mieux comme ça.

— Il y a un policier qui croit que c'est moi qui ai piqué les deux sacs avec les 150 briques. Autrement tout va bien, dis-je après avoir hésité à lui dire que j'étais amoureux.

Qu'est-ce que mon père pouvait comprendre à l'amour fou ?

— Tant mieux, drôle, comment t'expliquer, je voulais te parler de quelque chose. Heu, c'est suite à ce que tu m'as dit l'autre soir au sujet de ta mère.

Papa parlait difficilement en cherchant ses mots, les yeux posés sur sa tranche de pâté de canard. Je tâchai de l'aider.

— Oui, maman m'a avoué sur son lit de mort qu'elle ne m'avait jamais aimé et que…

— On ne peut pas dire cela comme ça !

— Mais elle me l'a pourtant répété deux fois. Enfant aussi je sentais parfois qu'elle ne m'aimait pas et…

— Ce n'est pas vrai, ta mère t'aimait à sa façon. Elle nous aimait à sa façon toi et moi. Elle manquait parfois d'un peu de tendresse. Avec moi aussi. J'en ai souffert, tu sais.

Il coupa un morceau de pâté qu'il écrasa sur une tranche de pain et poursuivit :

— J'ai essayé de t'apporter l'affection qu'elle ne t'a pas donnée. C'est difficile, tu sais. De mon temps, on ne parlait pas aux enfants, et puis il y a eu la guerre, et puis après le commerce. Debout à 5 heures tous les matins. J'ai manqué de temps !

— Papa, je sais tout cela. Mais je me suis longtemps posé la question. Est-ce que maman était vraiment ma mère ?

Il leva la tête, interloqué par ma question.

— C'est quoi ces conneries ? Elle, c'était bien ta mère !

— Elle ? Papa, Elle ?

Tout à coup, il se mit à sangloter. Voir ce vieux monsieur pleurer était émouvant. Déchirant même. Pour un enfant, un père, ça ne pleure jamais. Je restai sans voix face à ses sanglots. Je me levai et lui passai le bras autour du cou en posant mon menton contre son crâne qui sentait la brillantine. Mais, les mots ne venaient pas.

— Ne pleure pas papa, je veux savoir. Qu'est-ce ça veut dire, elle ?

— C'est moi qui ne suis pas ton père, souffla-t-il en avalant un sanglot.

Je restai sans voix, noyé dans les mots, broyé par ce que je venais d'entendre. Un goût amer tapissa ma bouche.

— J'ai mal entendu, peux-tu répéter ?

— Christophe, je ne suis pas ton père, je t'ai élevé comme

mon fils, je t'ai aimé comme mon fils, mais tu n'es pas mon fils.

J'aurai voulu mourir. Je tenais dans mes bras un homme qui n'était pas mon père !

Il releva la tête, essuya deux grosses larmes avec sa manche, renifla et continua :

— Quelques mois après notre mariage, ta mère m'a quitté. Elle avait été séduite par un voyageur de commerce de passage, avec qui elle est partie vivre à Libourne. C'était un beau parleur mais un fainéant. Un homme à femmes. Je suis allé la rechercher. Ils ont été odieux. Ils ont ri quand ils m'ont vu pleurer. Ils se sont moqués quand je l'ai suppliée. Avec ses deux frères qui vivaient à côté de chez eux, il m'a fichu à la porte en me traitant de cocu. Ta mère riait. Je n'oublierai jamais son rire terrifiant.

— Qu'as-tu fait ?

— Je lui ai écrit plusieurs fois en lui demandant de revenir. Jamais de réponse.

— Pourquoi n'as-tu pas demandé le divorce ?

— Parce que je l'aimais, je l'aimais à la folie. Je ne voulais pas divorcer. Je pensais qu'après cette tocade, elle reviendrait à la maison. Tu ne peux pas savoir ce que c'est. Tu n'as jamais aimé comme ça.

— Si papa, je sais. Depuis peu, mais je sais. On y pense tout le temps. Ça dévore le cœur et l'estomac, et même l'esprit.

— Pas comme ta mère, j'en suis sûr. Rien qu'en la regardant, j'étais heureux. Si elle avait voulu, je les aurais repris tous les deux à la maison. Elle et lui. Je leur aurais donné notre chambre et j'aurais dormi par terre. Ils auraient fait l'amour à un mètre de moi. J'étais fou d'elle. Si elle m'avait demandé de tuer, j'aurais tué.

Il se servit un verre de vin, posa la tranche de pain tartinée de pâté sur l'assiette et continua, les yeux posés sur sa fourchette.

— Un an plus tard, en avril, j'ai appris qu'elle avait donné le jour à un enfant. Un garçon. C'était toi. Je lui ai écrit encore mais elle ne m'a pas répondu. Trois mois après, par un représentant en bonbons, j'ai su qu'ils s'étaient séparés. C'est lui qui l'avait quittée pour une autre femme plus jeune et surtout sans enfant. Il était parti vivre à Marmande.

— Sais-tu où il habite aujourd'hui ?

— Attends, drôle. Quand je l'ai su, je suis retourné à Libourne pour lui demander si elle voulait revenir avec moi. Ses parents, chez qui vous habitiez, venaient de vous mettre à la porte. Ta mère ne savait pas où aller. Elle a accepté et nous sommes revenus vivre ensemble tous les trois.

— Tu lui as pardonné ?

— Oui, mais ta mère, qui l'aimait toujours, pensait à lui tout le temps. Elle n'a pas été reconnaissante que je sois allé la chercher. La porte de sa chambre m'a été fermée pendant des années car elle ne supportait pas que je la touche. Elle m'a carrément avoué qu'elle ne m'aimait pas et que si l'autre revenait la reprendre, elle repartirait immédiatement avec lui.

Mon père éclata de nouveau en sanglot. Je ne parvins pas à retenir mes larmes. Je le pris dans mes bras, ma tête posée contre son crâne. Echappée de mes yeux, une larme coula sur mes joues pour continuer sur son front et aller mourir sur son nez. Pourquoi ma mère ne m'avait jamais aimé ?

— Elle avait ce type dans la peau comme j'avais ta mère dans la peau. Par amour, je t'ai élevé comme mon fils et je t'ai aimé tout comme. Au contraire, ta mère t'en voulait car à ses yeux tu étais le grand responsable de leur séparation, car il ne voulait pas s'embêter avec un enfant. Puis, peu à peu, en voyant qu'il ne revenait pas, elle s'est mise à le haïr de l'avoir laissée. En même temps, elle s'est mise aussi à te haïr car pour elle tu étais un peu lui. Tu lui ressemblais physiquement. Enfant, à travers toi, elle le voyait et c'était insupportable.

— Papa, qu'est devenu ce type qui m'a abandonné ?

— Au fil des années, elle est revenue à de meilleurs sentiments avec moi, mais ne m'a jamais montré beaucoup d'amour ni de tendresse. Elle a été dure avec toi, je le voyais, mais elle me disait qu'elle ne pouvait pas, que c'était trop difficile.

— Je m'en rendais compte, papa.

Une boule m'obstruait la gorge.

— Tu as grandi en pension car elle voulait te voir le moins possible. Puis, peu à peu, tout est rentré dans l'ordre des choses. Tu as quitté la maison et ta mère est devenue presque gentille avec moi. Fin 1957, quand elle a su qu'elle avait un cancer de l'utérus, elle l'a pris comme une sorte de punition divine. Elle allait être punie par où elle avait péché.

J'étais abasourdi.

— Elle était persuadée que si elle n'avait pas eu d'enfant, elle n'aurait pas développé ce cancer. Et de nouveau elle a nourri une animosité contre toi, estimant que tu étais le grand responsable de son cancer. Heureusement que tu avais quitté la maison car elle a été haineuse. Voilà !

— Réponds, qu'est-ce qu'il est devenu ?

Il ne répondit pas, puis leva son regard vers moi. Ses mots sortirent difficilement de sa bouche.

— En juillet 1945, peu après la Libération, j'ai appris qu'il avait été fusillé comme collabo car il avait fait beaucoup de saloperies pendant la guerre. Ta mère ne l'a jamais su.

Fusillé ! Mon vrai père avait été fusillé. En quelques phrases, je venais d'apprendre l'existence de mon père et sa mort. Quarante ans de vie balayés en quelques minutes J'étais le fils d'un traître, et en plus j'étais en partie responsable de la mort de ma mère. Ce n'était pas des révélations idéales pour détruire le sentiment de culpabilité qui m'habitait depuis mon adolescence. Cette phrase prononcée par ma mère sur son lit de mort allait-elle continuer à hanter mes nuits ?

Il n'était pas facile de canaliser mes propres émotions pendant que mon père, la tête entre ses mains, pleurait en silence. Je le serrai dans mes bras.

— Tu resteras toujours mon vrai père. Celui qui se levait la nuit quand j'avais des cauchemars. Celui qui m'avait offert la voiture de pompiers. Tu te souviens de l'échelle qui ne marchait jamais et que tu m'as réparée dix fois ?

Il leva ses yeux humides vers moi et il m'embrassa pour la première fois de ma vie. Pourquoi avait il attendu autant de temps ?

C'est une poupée de chiffon qui quitta sa maison. Je n'entendais plus le moteur, je n'entendais que mon cœur. C'est un fantôme qui conduisait, débrayait, passait les vitesses, dévoré par les vérités qu'il venait d'encaisser en moins d'une heure. J'avais tout imaginé sauf celles-ci. Je m'étais fermement ancré dans l'idée que j'étais un enfant adopté. D'être né à Libourne et non à Pessac m'avait secrètement conforté dans cette fausse vérité. De croire que ma mère n'était pas ma mère, ça m'arrangeait bien. J'aurais aussi voulu savoir comment était mon vrai père ? Je me regardai dans le rétroviseur. Avait-il aussi ces yeux enfoncés, ces pommettes hautes, ces joues creuses, ce nez aquilin, ce grand corps voûté ?

Je hurlai de chagrin dans ma voiture, mais aucun son ne sortait de mes lèvres. Que mon père ne soit pas l'auteur de mes jours aurait dû au contraire accroître l'amour que j'avais pour lui ! Si j'avais su qu'il m'aimait autant, je l'aurais aimé davantage.

C'est un fantôme qui demanda sa chambre à l'hôtel Lutétia. Aline arriva environ une demi-heure après. Elle tapa. J'ouvris, la poitrine corsetée par le chagrin. Elle était là. Belle. Blonde. Fine. L'œil bleu avec un joli sourire sur sa bouche qui ressemblait à un cœur dont chaque palpitation était un mot d'amour. Nous nous jetâmes dans les bras l'un de l'autre et je me mis à pleurer. De bonheur, cette fois.

Assise sur le lit, Aline écouta l'histoire enfouie depuis de longues années en moi. Elle me prit tendrement la main qu'elle m'embrassa du bout des lèvres en me tenant serré contre sa poitrine. Elle montra une grande écoute après m'avoir expliqué qu'il fallait que tant de chagrin refoulé s'échappe enfin de moi grâce à la vertu de la parole.

Je lui parlais de choses que je n'aurais jamais osé dire à personne d'autre ; ma culpabilité permanente, mes peurs, ma lâcheté, la sensation de ne pas être aimé par l'autre. Elle sécha mes larmes par de doux baisers avant de me dire qu'elle était sûre de m'aimer pour ce que j'étais. Elle avait beaucoup réfléchi à nous pendant ces trois jours. Elle qui croyait ne plus pouvoir aimer, elle savait qu'elle en était désormais capable. Avec le temps. Moi, je n'avais pas le temps.

Puis, dans notre lit au couvre-lit de velours rouge, nous fîmes l'amour. Doucement, tendrement, méthodiquement, émotionnellement. Après, malgré le sommeil qui me gagnait, elle m'expliqua ce qui lui était venu à l'esprit. Une nouvelle orientation à laquelle la police n'avait peut-être pas souscrit. Une idée qui me fit peur car j'en étais l'acteur principal et non plus un spectateur. Son idée m'excita aussi terriblement. Si fort qu'elle m'empêcha de m'endormir et je réveillai Aline vers 3 heures en collant mon corps entre ses fesses chaudes et moites qui ne demandèrent qu'à s'entrouvrir. A 7 heures du matin, je la laissai pour revenir sur Arcachon où elle m'avait promis de venir jeudi pendant ses deux jours de congés. J'étais de nouveau le maître du monde. Heureux et malheureux à la fois.

XXI

A 11 h 30, après avoir fermé la librairie, mes pas m'emmenèrent jetée Thiers pour embarquer sur la navette de 11 h 45 direction le Ferret. Un pâle soleil tentait vainement de réchauffer le Bassin moutonneux dont l'eau tourmentée hésitait entre le vert et le gris. On sentait que le combat entre le bleu et les nuages était perdu d'avance car ils commençaient à grignoter le ciel en le tapissant d'un voile gris. Peu après avoir embarqué, l'air frais chargé d'humidité, le crachin salin d'écume m'obligèrent à trouver refuge dans la cabine du vieil *Oiseau bleu* qui craquait et vibrait en déchirant les vagues. Protégé du vent et de la gifle mouillée des embruns, je répétais soigneusement dans ma tête le plan mis au point la veille par Aline.

Sa théorie était aussi séduisante sur le papier que celle de la villa voisine des Ventadoux. Cette fille avait une imagination délirante. Mais j'aimais cela. Si on partait de la théorie que Bob habitait autour du Bassin, il devait disposer du téléphone. En tant que cerveau présumé de la bande, il l'utilisait obligatoirement pour parler à ses complices qui n'habitaient pas sur place, mais à Bordeaux. Aline avait simplement cherché dans l'annuaire du téléphone de la Gironde toutes les petites localités égrenées autour du Bassin. Mais, au lieu de s'arrêter au prénom Robert, elle avait émis l'hypothèse que Bob pouvait être le diminutif d'un nom trop compliqué à prononcer. Cette idée lui était venue car l'un de ses copains surnommé Rosko s'appelait en fait Roskosovitch.

En recherchant tous les noms qui commençaient par les trois premières lettres de Bob, elle était tombée sur un certain Marcel Bobiératari qui résidait justement au Cap-Ferret. Elle n'en savait pas plus sur lui, car il lui était difficile de faire fonctionner ses indics de la police qui se seraient méfiés vu l'importance de l'affaire.

Ma mission consistait à aller en reconnaissance chez Bobiératari pour sentir s'il pouvait être le fameux Bob. Devant mon manque d'enthousiasme, elle m'avait expliqué que je ne risquais absolument rien. Bob m'avait vu seulement en photo une fois dans le journal. Une photo vieille de trois ans. Ma nouvelle casquette sur la tête, mes lunettes noires suffisaient à changer ma physionomie au cas où il aurait des soupçons. Elle m'avait donné un vieux truc de journaliste pour questionner des gens sans qu'ils se doutent de quelque chose.

Je n'étais pas très rassuré au fond de moi. Bob avait prouvé qu'il n'était pas un enfant de cœur en éliminant définitivement Piérangéli. Je savais aussi qu'Aline m'aurait fait faire n'importe quoi. La phrase de mon père me revint bizarrement en mémoire. Si Aline me demandait de tuer, est-ce que je tuerais pour elle ? Certainement. C'était peut-être ça l'amour ? Par ailleurs, 150 millions nécessitaient de mettre du danger dans sa vie. C'est du moins ce dont je tentais de me persuader, durement secoué sur le banc de la cabine du bateau qui me portait au Ferret.

Bob habitait rue des Roitelets, à plus de dix minutes de la jetée en marchant bien. Une rue tranquille. Je passai discrètement une fois devant sa maison. Une villa de taille modeste, au crépis blanc, qui se cachait sous les pins odorants. Un jardinet, un tuyau d'arrosage serpentant sur le sable, un petit youyou écaillé près du sellier et du linge sur une corde s'éparpillaient autour de la maison. Pas de voiture de luxe mais une modeste 203 devant le garage. Elle ne ressemblait pas à l'idée qu'on se faisait de la maison du cerveau d'un super hold-up de 150 millions.

Après avoir soigneusement préparé mon laïus, tenté de calmer en vain les battements de mon cœur, je sonnai au portail. Le volet qui s'ouvrit laissa apparaître une femme d'une cinquantaine d'années en tablier noir. Si c'était elle, l'épouse du cerveau, elle n'avait rien d'une femme fatale.

— C'est pourquoi ?

— Bonjour madame. Excusez-moi de vous déranger, mais je ne trouve pas la maison de monsieur Volgen au 51.

— Je ne connais pas de monsieur Volgen, vous êtes sûr que c'est ici ?

— Oui, je l'ai eu au téléphone tout à l'heure, c'est bien rue des Roitelets ici ?

— Oui. Attendez, je sors.

Le plan était bien amorcé. Le procédé d'Aline était imparable.

Elle sortit en s'essuyant les mains dans un torchon qui avait dû être blanc il y a longtemps. Vêtue de noir, cheveux gris, ses traits durs n'offraient aucune trace de maquillage.

— Vous êtes sûr qu'il demeure rue des Roitelets. Nous habitons ici depuis vingt ans, nous n'avons jamais entendu ce nom.

— J'en suis sûr. Environ cinquante ans. Sa femme est blonde. A côté peut-être ?

— Non, à côté, c'est monsieur et madame Bergeot, répondit-elle en montrant la maison d'un geste vague.

— Il a une Panhard rouge.

Une voix jaillie de la cuisine brisa sa réponse.

— C'est qui Yvette ?

— Un monsieur qui cherche… comment déjà ?

— Volgen. Marcel Volgen, répétai-je d'un ton assuré.

— Il est de la police ? questionna la voix dans la cuisine.

— Je ne comprends pas car il m'a assuré habiter au 51 rue

des Roitelets… Non madame, je ne suis pas de la police. J'ai une tête de policier ?

— Pas du tout, monsieur, mais la semaine dernière, il y a un inspecteur de police qui est venu nous poser quelques questions.

— Sur monsieur Volgen ?

— Non, sur nous. Il voulait tout savoir. Il s'appelait comment déjà…

— Je ne sais plus, mais ça se terminait pas « boite » ou « doite », cria le mari de la cuisine par le volet ouvert.

— Je vais vérifier l'adresse. Je vous demande pardon pour le dérangement. Bon appétit. Excusez-moi encore.

En faisant semblant de chercher le nom sur la boîte aux lettres de la maison d'à côté pour ne pas éveiller les soupçons, je la quittai. Apparemment, Bobiératari n'était pas le redoutable Bob, ou bien il cachait bien son jeu. Aline s'était encore plantée. En revanche, et c'était autrement plus contrariant, Costedoit car il s'agissait certainement de lui, continuait son enquête à titre personnel. Il avait eu la même idée que nous. Décidément, ce type était toujours dans mes pattes.

J'eus juste le temps de sauter dans la navette de 14 h 15. La mer était devenue grosse et la vedette bleue et blanche tapait durement sur les vagues qui léchaient les vitres dans un bruit d'écume. En face, Arcachon avait disparu dans une lourde grisaille. L'odeur du diesel chaud, le roulis, me donnèrent la nausée. C'est l'estomac en vrac que je débarquai sur la jetée Thiers balayé par un vent plein d'embruns que mes poumons avalèrent avidement mais vainement.

Vers ma librairie, face à l'avenue Gambetta qui se jetait boulevard de la Plage, devant le café Repetto, mon regard croisa Joël sur son scooter dont l'échappement lâchait sa fumée âcre. Je lui fis un signe amical. Il me dévisagea et tourna sur le boulevard sans répondre à son nom que je criais. Il disparut dans un nuage bleuté. Pourtant, il m'avait vu, il m'avait entendu. Pourquoi ne m'avait-il pas répondu ?

Quelle mouche l'avait piqué ? Surtout que je voulais lui demander de me remplacer deux jours quand Aline viendrait. C'était troublant de sa part, lui toujours si amical à mon égard.

Mon estomac était barbouillé par le tangage du bateau et cette odeur têtue du gasoil et de l'échappement du moteur deux temps du Lambretta de Joël titillait encore mes narines. Une odeur familière depuis que Joël avait acheté son scooter.

Assis à mon bureau, l'idée commença à germer dans ma tête. D'abord doucement, puis d'une façon insidieuse. Elle se fit bientôt nette dans mon esprit. Ce n'était pas possible. Amateur d'œuvres de Conan Doyle, sa phrase favorite me revint à l'esprit : « Une fois éliminé l'impossible, tout le reste, aussi impossible soit-il, est forcément la vérité. »

Le soir où j'étais poursuivi par la DS de Piérangéli, une odeur de fumée chargée d'huile chaude avait chatouillé mes narines pendant quelques secondes au moment du coup de frein de la voiture. Le tout lié à un autre bruit. Du moins un son différent. Dans mon affolement et suite au choc contre l'escalier, j'avais lié ce bruit et cette odeur à la casse du moteur de la DS. Je revoyais la scène dans ma tête avec la succession des sons. Mes pas qui tapaient sur le trottoir. Les battements fous de mon cœur, mon essoufflement, le bruit du moteur de la DS, le violent coup de frein, un bruit de démarrage aigrelet, un nuage bleu et l'odeur de l'huile chaude. Il n'y avait plus de doute, une autre voiture suivait la DS de Piérangéli ! Ce quelqu'un, c'était son assassin.

Mon crâne me faisait mal à force de cogiter car un nom me revenait systématiquement à l'esprit : Joël. C'était impossible, ce ne pouvait être Joël sur son scooter. C'était ridicule.

Je chassai cette idée grotesque mais une autre s'installa, tenace. J'avais cru observer un phare qui me suivait dans la nuit. Au début, je pensais que c'était le fils Ventadoux. Et si c'était Joël ? Il était incapable de tuer un type comme Piérangéli quoiqu'il en ait la force, pesant plus de quatre-vingts kilos pour un mètre quatre-vingt-cinq. Et pourquoi ?

Je montai et démontai une heure durant mon histoire qui ne tenait vraiment pas la route. Mon imagination me jouait encore des tours. Mes pensées furent interrompues par deux clients qui m'aérèrent un peu la tête. Mais dès leur départ, mon esprit se mit de nouveau à vadrouiller. Pourquoi Joël ne m'avait il pas parlé ? M'avait-il vu avec Aline, m'avait-il surveillé quand j'étais allé chez Véronique Tipler. L'avait-il répété à sa mère que j'avais trouvée si différente l'autre soir ?

Il fallait mettre ma tête en jachère en pensant à Aline et à son plan foireux autour du nom Bobiératari. Nous allions bien en rire quand elle me rappellerait vers 18 heures. Une pensée en amena une autre. Si l'odeur que j'avais sentie était sensiblement identique à celle de son scooter, le bruit n'était pas exactement pareil. Plus lisse. Plus doux. Qui pouvait me renseigner ? Panpan, évidemment. Il connaissait tous les modèles. Je composai son numéro au magasin.

— Allô Panpan, c'est Christophe. Tu as du monde ?

— Salut Christophe. Il n'y a personne. Je suis en train de mettre en place la promotion pour le nouveau film de Johnny Hallyday qui sort en octobre appelé *D'où viens-tu Johnny ?* Sa fiancée dans le film, c'est Evelyne Dandry ; un beau petit lot. Nous avons reçu des affiches, sa photo en pied sur fond carton et son 45 tours. C'est Jean-Jacques Debout qui en a écrit les chansons. Tu te souviens, c'est lui qui chantait *En casquette à galons dorés*. D'après moi, ça va bien se vendre. Ne me dis pas que tu as encore séduit une cliente. Je vais devenir jaloux.

— Non, Panpan, mais je vais te parler voiture.

— De voiture, mais tu n'y connais rien. Ça ne t'intéresse pas. Ma Panhard sera prête samedi. Je roderai le moteur en venant te voir dimanche.

— D'accord Panpan, je t'attends. Dis-moi, y a-t-il des voitures qui ont des moteurs de moto, ou plutôt de scooter style deux temps qui fument beaucoup ?

— Drôle de question. Oui, il y a quelques rares voitures à moteur deux temps qui marchent au mélange huile-essence et qui lâchent un panache de fumée bleutée.

— C'est ça, bleue.

— Il y a la vespa 400, on en voit encore dans les rues, elle est toute petite.

— Oui, je connais, et quoi d'autre ?

— Les DKW et surtout les Saab.

— Les Saab ?

— C'est une marque suédoise très appréciée des spécialistes. D'ailleurs, c'est une Saab 96 qui a encore gagné cette année le rallye de Monte-Carlo. C'est tout rond et elle ressemble à une vieille 203. Mais pourquoi t'intéresses-tu tout à coup aux Saab. Tu veux ouvrir un garage ?

— On n'en voit jamais dans la rue ?

— Pratiquement jamais car elle coûte très cher. Depuis leur victoire au Monte-Carlo, quelques-unes se sont vendues en France. J'en ai vu une assez ancienne rouler à Bordeaux. Son avantage, c'est sa tenue de route extraordinaire dans la neige. En Aquitaine, il ne neige pas assez pour qu'elle séduise des clients, alors que dans les pays nordiques elle se vend pas mal, bien qu'elle ressemble à un gros scarabée.

— Y a-t-il un garage qui vend les Saab à Bordeaux ?

— Je ne crois pas, il y a certainement un distributeur seulement à Paris.

— Tu es génial Panpan. A dimanche. Je te raconterai.

Je venais de comprendre. Bob roulait en Saab.

Personne à l'autre bout du fil. C'était la deuxième fois aujourd'hui. J'évitai à ma parano de prendre le dessus. Vers 18 heures, de nouveau le grelot du téléphone retentit. Je décrochai, mais ne parlai pas.

— Bonjour, c'est Aline. C'est toi Christophe, pourquoi tu ne réponds pas ? Comment vas mon amour ?

— Bien dès qu'il t'entend. Quand nous voyons-nous, interrogeai-je sans évoquer les coups de fil anonymes.

Après tout, ils n'étaient peut-être que des erreurs assez fréquentes car mon numéro était proche de celui de la patinoire.

— Je voulais poser une récupération, mais mon rédac'chef m'a dit que ce n'était pas le moment. Je suis désolée. Dans le plus mauvais des cas, je serai dans tes bras vendredi soir, mon chéri. Alors et Bobiératari ?

— Pas grand-chose, hélas. J'ai vu seulement sa femme. Pour un chef de bande, il ressemblerait plutôt à un brave retraité qui cultive ses tomates. C'est une mauvaise piste.

— Je suis désolée mon chéri de te…

— De mon côté, j'ai peut-être une piste. Quelque chose m'est revenu à l'esprit.

— Je croyais qu'on ne se cachait rien, Christophe, même si nos idées nous semblent folles. La preuve.

— Je ne t'ai rien caché. C'est plutôt une odeur de moteur qui m'est revenue au nez quand j'ai senti dans la rue le scooter de Joël. D'ailleurs, il ne m'a pas parlé, je ne comprends pas. Une odeur sentie quand Piérangéli a arrêté de me poursuivre. Elle signifiait qu'une autre voiture à moteur deux temps le suivait. Ce devait être Bob.

— Deux temps, odeur, je ne comprends rien à ton histoire !

— Ah, les femmes et la mécanique. Bref, j'ai téléphoné à Panpan, mon copain de Bordeaux qui connaît bien les voitures…

— Tu sais Christophe que cette histoire doit rester entre nous. C'est peut-être ton meilleur ami, mais quand il y a

150 millions en jeu, on a plus d'amis. On n'a que des ennemis. De plus, ce peut être dangereux pour lui.

Assis sur le bureau, je continuai à voix basse, comme si quelqu'un pouvait entendre. Pourtant la librairie était vide.

— Non Aline, je ne lui ai pas tout raconté. A mon signalement du bruit et de l'odeur, il a compris que le type qui suivait Piérangéli était au volant d'une Saab 96. Une voiture suédoise très rare qui a remporté cette année le rallye de Monte-Carlo.

— C'est vague !

— En cherchant le concessionnaire à Bordeaux on saura peut-être s'il y a une Saab qui roule dans le Bordelais. Panpan pense qu'il y a seulement un distributeur de la marque à Paris.

— Une Saab 96, je crois que j'ai compris. Si je trouve ce distributeur, je vais aussi trouver le client qui roule en Saab.

— C'est exactement ça !

— Mais nous ne sommes pas sûrs qu'il s'agisse de Bob car toutes les voitures qui circulent à Arcachon la nuit ne sont pas conduites par lui.

— C'est sérieux, Aline, arrête de te moquer. J'ai encore la scène de la poursuite gravée dans ma tête. Le bruit particulier et surtout l'odeur d'huile chaude comme celle d'un scooter de la voiture qui suivait Piérangéli. Si ce n'est pas Bob, c'est du moins celui qui l'a fait taire définitivement.

— Je vais essayer de trouver les adresses. Fais attention à toi. Surtout n'en parle à personne, même pas à ta vieille copine Yvette.

— Non, Yvonne, que fais-tu ce soir ?

— Je vais au restaurant, invitée par la copine que je loge chez moi. Ne t'inquiète pas, je ne regarderai pas le serveur qui est très beau. Il n'y a plus que toi. Je t'aime, murmura-t-elle avant de raccrocher.

Je restai longtemps avec le téléphone contre l'oreille. Ma tête était ailleurs.

XXII

La nuit fut mauvaise, hachée par de nombreux rêves ; les révélations de mon père, Aline, et cette chasse au trésor. J'avais eu beau l'imaginer ou vouloir le croire ardemment, je n'avais pas la carrure d'un chasseur de trésor. Si je le faisais, c'était pour cette femme qui accaparait mes pensées. Au matin, j'avais la tête comme un punching-ball. Et au moment de partir, je trouvai ma voiture garée devant le portail avec les quatre pneus crevés. Qui avait ça ? Pourquoi ? Je partis à pied le long du boulevard Degane. Un parfum d'automne flottait dans l'air. Un fin crachin me transperçait le crâne. J'étais tendu. Inquiet. Après être passé à mon Garage Moderne pour leur demander d'aller chercher ma voiture et de réparer les pneus, c'est très en retard que j'arrivai à ma boutique. Aucun client ne m'attendait devant la porte, dont le bois gonflé par l'humidité racla légèrement sur le sol.

Vers 10 heures, l'inspecteur Tridoux, en imperméable mastic, la fit racler à son tour. Il tenait dans sa main droite une grosse poche de papier marron.

— Bonjour Richard. Je vous rapporte vos mocassins. Avouez que je suis sympa. J'aurais pu vous convoquer. J'espère que l'Identité judiciaire ne les a pas abîmés !

— Merci monsieur Tridoux, répondis-je, très froid, en lui prenant la poche des mains.

Un long silence s'installa entre nous. Ce fut lui qui le rompit.

— Je voulais vous les apporter chez vous, histoire de boire un verre comme deux vieilles connaissances pour m'excuser de mon attitude de dimanche matin. J'étais un peu sur les nerfs avec la mort de Ventadoux fils. Je suis passé chez vous avant-hier, je crois, et vous n'y étiez pas. Pas de chance ! Où étiez-vous ? C'est seulement à titre de curiosité.

— Mercredi, j'ai dîné chez mon père à Bordeaux.

— Entre nous, le soir, à Arcachon, on s'emmerde surtout à partir de septembre. J'y vois pas beau pour moi cet hiver. Heureusement que vous avez mis un peu d'ambiance. Je préférai l'Auvergne.

Il réfléchit quelques secondes.

— Vous avez dû rentrer tard, car je suis passé à 22 heures…

— Je suis rentré vers 23 heures, je crois. J'y vois mal sur ma montre.

— Où avais-je la tête ? Je me suis trompé. C'est plutôt après 23 heures que je suis passé. Il n'y avait toujours pas votre voiture. Je n'ai pas insisté. Vous avez dû beaucoup parler avec votre père.

— Beaucoup parlé. Tant parlé qu'il m'a avoué qu'il n'était pas mon père. Un drôle de truc à entendre. Ce fut une soirée difficile qui m'a fait comprendre beaucoup de choses sur mon enfance et sur ma personnalité.

Tridoux prit un air sincèrement désolé.

— Excusez-moi, je ne pouvais pas imaginer. Je n'ai pas eu de parents, je suis un enfant de l'assistance publique. Mais ça doit être terrible à entendre…

— Si nous pouvions parler d'autre chose, coupai-je. Avez-vous eu du nouveau au sujet du meurtre des Ventadoux ?

— Non rien, on tourne en rond. On a retrouvé la DS de Piérangéli, mais je crois que mon collègue vous l'a déjà dit. Il est déjà reparti à Bordeaux, assez rapidement d'ailleurs. Lui aussi devait s'emmerder à Arcachon.

— Costedoit part, il revient, il repart. Ne trouvez-vous pas son attitude un peu étrange ?

Il sembla chercher dans sa mémoire.

— Partir, repartir ? Il n'était jamais parti avant avant-hier. Lui et son chef se prennent pour des grands flics de Bordeaux. Dès qu'ils m'ont vu, ils m'ont pris pour un connard, comme vous d'ailleurs. Ne dites rien, je sais que vous m'avez pris pour un connard !

Mon regard resta dans le vague. La phrase de Costedoit me revint à l'esprit. La vérité est souvent dans le silence. Sans réponse de ma part, il poursuivit :

— Tout le monde me prend pour un connard ! Pour eux, je ne suis qu'un petit officier de police adjoint de merde d'un petit bled de 15 000 habitants. Eux, c'est eux. Moi, c'est moi. Je ne sais qu'une chose. Je n'ai qu'une piste et je m'y accroche. Ma piste, c'est vous !

Décidément, ce type ne me lâcherait pas. J'avais eu tort de le sous-estimer. Je décidai de prendre un ton badin.

— Avec l'argent du hold-up, je crois que je vais m'acheter une villa à Péreire et une librairie de 500 mètres carrés au pied de la jetée Thiers…

— Plaisantez pas avec ça, Richard, ce pourrait être un sérieux mobile. J'y vois pas beau cette histoire. A vous écouter, tout le monde peut être coupable, sauf vous.

Un silence suivit.

— Au fait, je n'ai pas vu votre voiture ce matin. Vous êtes venu à pied sous la pluie ?

— Oui, car ma voiture est au garage.

— La panne n'est pas trop grave ?

— Non, une histoire de pneus à changer, émis-je en sentant qu'une nasse se refermait sur moi.

Tridoux fit demi-tour, mit la main sur la poignée de la porte. Avant de l'ouvrir, son regard balaya la pièce.

— Au fait, hier, vous êtes allé au Cap-Ferret. C'est un joli coin, mais un peu sauvage. L'hiver, on doit s'emmerder encore plus fort qu'à Arcachon.

Il tira durement sur la porte qui renâcla. Mon cœur s'arrêta.

— Il faudra passer un coup de rabot sous la porte car elle racle sur le plancher. Vraiment, Arcachon, c'est trop humide, je préfère le climat auvergnat, plus froid mais plus sec.

Il releva le col de sa gabardine, hocha la tête, puis sortit sans attendre de réponse. Je restai la bouche ouverte comme un poisson chat.

La journée fut interminablement longue, entrecoupée seulement par mon déplacement au garage pour récupérer ma Dauphine dont les quatre chambres à air avaient été changées. D'après le garagiste, c'étaient des petits coups de poinçon qui avaient percé les chambres à air. Sa conclusion ne fit qu'accroître ma paranoïa. Qui m'en voulait au point de crever les pneus de ma voiture et pourquoi ?

J'hésitai entre aller tout raconter à la police pour avoir l'esprit enfin en paix et continuer notre chasse au trésor. Bien sûr, si je racontais tout aux policiers, je décevrais Aline dont l'aventure était le moteur de sa vie. Je la perdrais assurément. Elle m'offrait une occasion unique. Changer de vie ! Comme nous tous, j'avais eu plusieurs fois le désir de changer de vie. Ne plus être le petit libraire qui s'emmerde tous les soirs dans son petit lit. Ma vie, ce n'était pas une existence !

Une sonnerie arrêta l'essaim de guêpes qui tournoyait dans ma tête. Je décrochai sans rien dire, le cœur suspendu. C'était encore Aline.

— Bonjour mon amour. Pourquoi tu ne parles pas au téléphone, c'est agaçant !

Je ne pipai mot sur les pneus crevés pour ne pas l'inquiéter. En fait, c'est moi qui étais le plus inquiet.

— Si tu savais comme j'attendais ton coup de téléphone. La journée a été interminable sous la pluie.

— Pourtant, il fait beau à Bordeaux, bien que je n'aie pas

eu le temps de voir le soleil aujourd'hui car j'ai beaucoup travaillé.

— Tu as avancé sur l'histoire de la Saab ? A ce sujet, Aline, je me demande si nous ne sommes pas partis dans une affaire trop grosse pour nous ?

— Qu'est-ce que tu racontes, Christophe ? Au contraire, c'est la chance de notre vie. N'en as-tu pas assez d'être un petit libraire minable. Et tu crois qu'avec ma paye de journaliste, 850 francs par mois, je me paye tous les bijoux et tous les dessous dont j'ai envie ? C'est une occasion unique. Remue-toi. Je ne pourrais pas aimer un poltron enfermé dans ses propres peurs. Bouge. Bouge et vite !

Aline imaginait-elle que j'aurais vendu mon âme pour écouter sa voix, pour me noyer dans ses yeux couleur mer des Caraïbes, pour écouter les mots crus qu'elle me glissait à l'oreille quand nous faisions l'amour ?

— Tu as raison, je vais me ressaisir. Est-ce que tu crois que nous tenons une bonne piste ? soufflai-je en tentant de me rattraper à ses yeux.

— Non seulement nous tenons une bonne piste, mais grâce à toi, je sais qui est Bob. Je sais où habite Bob. Je crois même savoir où Bob planque les deux sacs volés. Il doit se méfier que ses deux autres complices envoient encore d'autres types en éclaireur comme Piérangéli.

— Qui est Bob ? articulai-je ahuri par la rapidité de son enquête.

— Pas au téléphone, mon chéri. Ce soir, ou plutôt cette nuit, tu sauras qui est Bob car nous allons lui rendre une petite visite. Toi et moi. C'est une belle preuve de mon amour parce que avec ce que j'ai appris aujourd'hui, je pourrais y aller toute seule comme une grande. A moi les 150 briques. Mais je tiens à toi, Christophe. L'argent n'est pas le seul lien entre nous. Il y a l'amour. Et je préfère 750 000 francs avec toi à 1 million et demi sans toi !

Ces paroles illuminèrent mon esprit en berne depuis quelques heures.

— J'ai enfin obtenu de mon chef, continua-t-elle, un jour de récupération. Ce serait bien que tu puisses être libre demain, on passerait toute la journée à faire l'amour. Rendez-vous ce soir autour de 21 heures. J'ai changé d'hôtel depuis que tu m'as dis que Costedoit savait qu'on se voyait. J'ai choisi l'hôtel Haïtza, sur la gauche un peu avant d'arriver au virage de la Corniche. Je planquerai ma voiture dans une rue adjacente. Fais attention de ne pas être suivi en venant. Prévois des gants et une petit laine car on va de l'autre côté du Bassin. Je t'aime et pour toujours.

J'avais peur. Mais passer une nuit et une journée entière avec Aline était la chose la plus importante au monde à mes yeux. Malgré l'attitude étrange de Joël, je décidai de l'appeler chez sa mère pour lui demander s'il pouvait me remplacer. Après six sonneries je raccrochai. 18 heures à ma montre. J'avais encore le temps de téléphoner à Anne chez Renault, bien qu'elle n'aime pas cela, pour lui demander si elle savait si Joël était libre. Au standard, on m'apprit qu'elle était absente depuis la veille car elle avait pris deux jours de congés. Cela m'étonna car elle n'était pas chez elle et n'avait aucune famille dans la région.

Etant donné le peu de clients vus dans ma boutique ces deniers jours, la fermer n'allait pas me mettre davantage sur la paille, surtout que d'après Aline cette nuit je devais être un homme riche. Il ne fallait pas éveiller les soupçons de Tridoux s'il me rendait visite. Je pourrais toujours lui dire que j'étais allé voir mes fournisseurs à Bordeaux.

Très excité par les révélations d'Aline, je passai chez moi pour me vêtir plus chaudement, prendre des gants et un bonnet, et une petite valise où je glissai quelques effets de rechange. En attendant l'heure, couché sur le lit, ce que nous allions faire cette nuit m'occupait l'esprit. Partagé entre l'angoisse et l'exaltation, j'espérais tenir le coup !

Pour rejoindre Aline au Pyla-sur-Mer, il fallait brouiller les pistes afin de déjouer un éventuel poursuivant. Costedoit avait-il vraiment quitté Arcachon ? Un œil devant, l'autre dans le rétroviseur, je pris une route compliquée pour rejoindre l'hôtel. Il était situé à 800 mètres environ du virage de la Corniche sur le boulevard de l'Océan, renommé depuis quelques mois avenue Louis Gaume, du nom d'un des promoteurs du Pyla dans les années 30.

Deux voitures seulement étaient garées devant l'immense hôtel blanc aux volets verts qui allait fermer dans quelques jours comme tous ceux d'Arcachon. Le halo timide de mes phares découvrit sa 2 CV garée à environ 300 mètres sur la droite, dans une rue qui descendait en pente vers la plage située une douzaine de mètres en contrebas. Cette petite rue était pompeusement baptisée avenue du Casino car il y avait eu un projet de grand casino au bord de la plage. La rue avait gardé son nom, mais le casino n'avait jamais vu le jour.

Garé à côté de sa 2 CV, je fis bien attention de laisser une vitesse enclenchée. Les minuscules petits piquets de bois humide censés arrêter une voiture dans la descente ne me disaient rien qui vaille. L'ambiance était sinistre avec le gémissement du vent dans la forêt de pins, le ressac de l'océan en bas qui se confondait à peu près à cet endroit avec le Bassin face au banc d'Arguin. Une petite pluie tenace, un ciel d'un noir d'encre, le quartier pratiquement inhabité, excepté une villa isolée située au bout de cette rue, ajoutaient une dimension angoissante au paysage.

Dans l'obscurité, je rejoignis à pied l'hôtel en vérifiant si je n'étais pas suivi. Aucune voiture. Après avoir demandé le numéro de la chambre d'Aline au gardien pas très réveillé à l'accueil, je montai jusqu'au premier et frappai à sa porte soulignée d'un trait lumineux orangé. Elle m'ouvrit. Elle était encore plus belle que dans mes rêves. J'oubliai toutes mes peurs.

Il était trop tôt pour partir au Cap-Ferret. Aline eut une excellente idée pour nous faire patienter. Faire l'amour. La sensation de vivre de grands moments lui donna une imagination folle. Plus nous faisions l'amour, plus elle devenait exigeante dans ses plaisirs et ses attentes. Ils me laissèrent pantelant, essoufflé, ravi, presque soucieux. Mais je mettais son excitation exacerbée sur le parfum de l'aventure qui nous attendait.

Elle enfila son blouson en suédine sur son pull rose, se coiffa d'un bonnet noir qui lui donna la tête d'un joli mousse, prit un petit sac souple d'où elle sortit une lampe de poche chromée. Elle en vérifia le fonctionnement et tâta au fond de sa poche pour évaluer si son passe-partout miracle y était toujours. Lui demander d'où tenait-elle cet instrument me brûlait les lèvres.

Nous descendîmes discrètement les marches de l'escalier craquant et passâmes devant le gardien qui ronflait.

L'humidité nous saisit le temps d'aller à la voiture. Direction le Ferret par la route. Nous traversâmes rapidement Arcachon endormi en évitant le quartier du commissariat. Quelques minutes plus tard nous pointions du côté de Gujan-Mestras déserté, oublié.

Aline semblait faire durer le suspense comme pour mieux exciter ma curiosité. En poussant les régimes de ma voiture, je jetai parfois un regard vers elle. Son profil droit, aussi joli que le gauche, me rappelait le premier soir de notre rencontre. J'avais l'impression qu'il y avait une éternité. Ça ne remontait pourtant qu'à quelques jours.

— Aline, c'est insupportable, arrête de me faire endurer ce supplice, raconte-moi.

— Tout de suite, mon chéri. J'ai cherché l'adresse de l'importateur Saab. Il s'agit du garage Segard à Paris dans le 19e arrondissement. J'ai appelé en me faisant passer pour un acheteur potentiel habitant Arcachon. Son responsable m'a avoué qu'il n'avait pas de concessionnaire en France où il ne se vendait qu'une dizaine de voitures par an. Un peu plus, depuis que cette marque a gagné deux fois le rallye de Monte-Carlo.

— C'est ce que m'a dit Panpan.

— Ce charmant monsieur m'a expliqué que c'était une voiture pas comme les autres grâce à sa tenue de route formidable sur la neige. Là, ça devient intéressant. L'un de leurs fidèles clients qui en était à son quatrième modèle habitait justement le département de la Gironde et plus exactement… devine ?

— Le Cap-Ferret, précisai-je sans prendre de risque en tournant à gauche dans un Biganos qui ressemblait à une ville fantôme digne des meilleurs westerns en cinémascope. La vision lointaine de deux phares jaunes dans le rétroviseur m'incita à accélérer. Ils disparurent rapidement. Fausse alerte.

— Tu es un génie. Je continue. Ce client, ancien sportif, roule en Saab depuis des années et…

— Mais crois-tu que c'est Bob ?

— Laisse-moi terminer, proféra-elle avec un petit regard agacé qui la rendit plus désirable encore. Le garage Segard m'a proposé d'aller essayer une voiture à Paris. Comme ce n'était pas possible, son directeur m'a alors donné l'adresse d'un petit atelier à Mérignac qui entretient les cinq ou six voitures qui roulent dans la Gironde.

— Il représente la marque dans la région ?

— En somme. Je l'ai appelé de la part du garage Segard. Un type adorable m'a invité à en essayer une. Justement celle d'un bon client habitant au Cap-Ferret dont il m'a donné sans problème le nom.

— Pas possible. Tu as le vrai nom de Bob. Comment s'appelle-t-il ?

— Combien tu me donnes ! A 750000 francs je suis d'accord.

Elle me regarda, goguenarde, absorbée par ma conduite virile. Je poussai fort ma petite Dauphine sur la ligne droite entre Lanton et Andernos où le vent violent l'aspirait sur un côté de la route. Nous n'avions croisé que deux véhicules depuis notre départ. Personne devant ni derrière. Tridoux avait raison, le Bassin était vraiment endormi à la morte saison.

— Il s'appelle Pierre Labrice...

— Pierre Labrice. Tu crois que c'est Bob ?

— C'est Bob, j'en suis sûre, affirma t-elle le regard dur.

— Pourquoi, on l'appelle Bob ?

— Attends, le garagiste avait justement chez lui sa voiture à l'entretien. Pierre Labrice la lui a laissée jusqu'à lundi. Il a préféré prendre le train pour aller à une réunion à Paris. Je lui ai dit que je passerai l'essayer demain ou samedi. Discrètement, je l'ai fait parler de Labrice. Un type très sympathique qui roule en Saab depuis plus de dix ans. C'est un excellent ambassadeur pour la marque.

— Bob est mordu de Saab ?

— Il a découvert cette voiture au début des années 50 en roulant en Suède et dans pas mal de pays nordiques où il n'y a que ça sur les routes, paraît-il. Elle coûte près de 17000 francs, une petite fortune pour une petite 5 CV fiscaux.

— On dirait que tu veux m'en vendre une !

— Aujourd'hui, Labrice a deux activités. L'hiver, il donne des cours de luge dans les Alpes et les Pyrénées, où il apprécie la tenue de sa voiture dans les cols enneigés. L'été, il organise des balades autour de l'île aux Oiseaux pour des groupes de touristes qu'il démarche uniquement dans les restaurants ou les hôtels.

— Labrice possède un bateau ?

— Un indice supplémentaire qui prouve que notre histoire tient la route. Tu apprécieras le choix de mes mots. Son bateau lui a certainement permis de revenir discrètement sur Arcachon pour venir récupérer les sacs le lendemain du hold-up alors que les routes étaient surveillées. Il habite le Ferret et c'est pourquoi il n'a pas voulu repartir avec ses deux autres complices sur Bordeaux le matin et…

— Il a dû rejoindre son domicile directement en prenant la première navette du matin pour revenir le lendemain avec son propre bateau et…

— J'ai le nom de son bateau.

— Comment as-tu eu son nom ? fis-je, ébahi par autant d'ingéniosité alors que les phares jaunes pâles de ma voiture éclairaient le panneau du Canon.

Nous arrivions bientôt et je n'avais pas tout compris. Je jetai néanmoins un bref coup d'œil dans mon rétroviseur. Bonne nouvelle, que du noir !

— J'ai appelé les Affaires maritimes d'Arcachon en prétextant une perte de papier. J'ai appris que son bateau mouille au Cap-Ferret et s'appelle *Oslo*.

— *Oslo,* répétai-je, l'air idiot

— Oui *Oslo,* car le nom de Labrice a été très connu dans le milieu sportif. Un copain journaliste des sports m'a révélé qu'il avait été un grand champion qui avait participé plusieurs fois aux jeux Olympiques d'hiver dans une discipline un peu méconnue ; le bobsleigh !

— Le bobsleigh.

— Arrête de tout répéter, Christophe. C'est une sorte de petit traîneau caréné en forme de fusée qui glisse à des vitesses vertigineuses sur une piste glacée. J'ai retrouvé tous les articles au journal. Labrice a participé trois fois aux jeux Olympiques d'hiver.

— Bob est un grand champion, on croyait que c'était seulement un petit truand !

— En 1948, en Suisse, lui et son équipe ont terminé quatrièmes, en 1952 à Oslo, ils ont remporté la médaille d'argent, et en 1956, à Saint-Moritz, ils se sont classés cinquièmes. Sa plus belle victoire est indiscutablement celle d'Oslo en 1952, ce qui explique le nom de son bateau.

— Mais quel rapport y a-t-il entre le hold-up de l'usine de cellulose de Facture et ce Labrice qui ne semble pas être un type du milieu comme nous l'avions imaginé au début ?

— Bonne question, Christophe. En relisant les articles de *Sud-Ouest* sur sa cinquième place de Saint-Moritz, Labrice était interviewé longuement. Il annonçait qu'il arrêtait le bobsleigh à quarante ans. Sa notoriété de champion olympique, alors grande dans notre région, lui avait permis de se reconvertir comme commercial de bon niveau dans une grande manufacture.

— La Cellulose d'Aquitaine ?

— Bravo. Il y est resté jusqu'en 1961 avant de lancer sa propre entreprise. Pendant ces quatre ans, il a pu observer le service comptabilité et noter les horaires du Crédit agricole qui apportait la paye des 2000 employés vers 18 heures tous les derniers jours du mois. Il a dû mettre son coup soigneusement au point.

— C'est lui le cerveau ?

— Certainement, mais comme ce n'est pas un vrai truand et qu'il ne pouvait pas faire le coup tout seul, il a eu besoin de complices qu'il a racolés à Bordeaux.

— Si c'est le cerveau, ce n'est pas un tueur. Prolongeaud m'a dit qu'il s'y était pris à plusieurs fois pour planter le couteau dans le cœur de Piérangéli. Du moins, si c'est lui qui l'a tué.

— Tu as raison. D'après toi, Piérangéli le connaissait que sous le surnom de Bob, mais pas sous son vrai nom, à moins que Bergès lui ait dit.

— Je ne crois pas. Il lui a seulement dit que Bob habitait

le Ferret, c'est du moins ce que j'ai compris quand Piérangéli me menaçait. Mais pour ne pas se faire doubler par lui, Bergès ne lui avait certainement pas donné ni son vrai nom, ni son adresse. Il habite où au fait ?

— Avenue du Bassin, ce doit être près de la petite plage. Tu as raison, Piérangéli ne connaissait certainement pas le vrai nom de Labrice car il y serait allé directement pour lui demander l'argent sans passer chez les Ventadoux. C'était un dur, de taille à faire parler notre Bob. Pas idiot, Bergès lui a donné cette piste en se laissant une porte de sortie au cas où. Il se peut aussi que Bergès ait ignoré le vrai nom de Bob.

Impressionnés par notre sens mutuel de la déduction, je lui posai la dernière question alors que nous arrivions près du parking de la plage des Américains :

— Pourquoi Bob ?

Malgré le noir profond, je réussis à deviner ses yeux étonnés.

— Bob comme bobsleigh, c'est évident !

C'était évident !

L'avenue du Bassin n'était située qu'à quelques centaines de mètres de la petite plage des Américains. Le long de la haie de feuillage, je cachai la voiture près du parking désert. Il était presque minuit.

L'angoisse m'étreignait mais je la cachais à Aline qui ne semblait avoir peur de rien. Comment était-elle construite ? Nous atteignîmes silencieusement la maison de Labrice. Pas de voiture, ni devant la porte, ni sur le côté. C'était une villa de plain-pied avec un garage dont la porte en bois aurait mérité un bon coup de peinture. Un petit jardin sablonneux ceinturait la villa assez défraîchie. Même dans l'obscurité, on devinait que l'entretien de la maison n'était pas le souci numéro un de son occupant. Aline poussa doucement la porte de droite du portail bleu qui n'était même pas fermée à clé. Il est vrai que ce portail haut d'un mètre seulement n'aurait pas arrêté plus d'une seconde un professionnel de l'escalade.

Pas d'aboiement de chien, pas de trace de niche, pas de lumière qui s'allumait. Comme à Arcachon, les maisons limitrophes semblaient inhabitées, fermées pour la saison d'hiver. Les touristes avaient déserté le Ferret depuis le 15 septembre. Décidément, l'avancement de la date de la rentrée scolaire ne faisait pas le bonheur des loueurs et des hôteliers. Pendant que je dissertais dans ma tête sur les problèmes de l'hôtellerie, Aline ne perdait pas son temps.

Elle avait introduit l'une des pointes de son passe-partout dans la serrure plate qu'elle mit un certain temps à ouvrir. D'autant qu'il en restait encore deux autres. Contrairement à ce que j'avais cru, Bob avait vraiment peur des cambrioleurs. J'aurais bien voulu être ailleurs m'attendant à voir sortir de derrière les buissons un homme masqué armé d'un couteau ou une voiture de flic. Le conseil de Costedoit me revint à l'esprit. Economiser ma peur. J'avais encore des réserves ! Au bout de dix bonnes minutes qui me semblèrent durer une éternité, elle parvint à crocheter les deux autres serrures. Même dans l'effort, son corps avait de la grâce.

— Je n'ai jamais vu des serrures aussi difficiles, m'avoua t-elle comme si elle avait l'habitude de crocheter les serrures depuis qu'elle était enfant.

Pourtant elle était parvenue à déverrouiller mon cœur fermé à triple tour.

Elle ferma la porte derrière moi et alluma sa torche. Son étroit faisceau jaune révéla un salon pas spécialement meublé avec goût. Il y avait un canapé en velours rouge un peu passé avec une petite table en bois où était posé un cendrier en forme d'huître, une table en bois massif avec autour quatre grosses chaises à haut dossier en moleskine rouge. Au mur était fixé un inévitable tableau du Bassin avec la sempiternelle pinasse ancrée au premier plan. Vers l'entrée, une partie était aménagée en un coin bureau avec une machine à écrire Underwood noire.

Sur le mur étaient punaisés des articles jaunis portant sur les JO de 1948 et 1952. A côté de six coupes ternies de tailles différentes posées sur une étagère, on apercevait une photo de presse sur papier glacé déjà jauni. On y voyait l'équipe qui recevait sa coupe, certainement à Oslo. Il y avait aussi un article découpé dans *l'Equipe* où était interviewé Labrice. Voilà à quoi ressemblait le fameux Bob, du moins sept ans auparavant. C'était un bel homme, grand mais athlétique. On devinait derrière les grains de l'impression un beau visage aux traits droits avec un menton volontaire. Ce gars devait avoir eu un beau tableau de chasse auprès du sexe féminin. Aline me rappela à la réalité.

— Il faut passer la maison au peigne fin pour retrouver les sacs. Sous le lit, les armoires, le garage, les placards, et regarder sous les lattes du plancher et dans les murs.

On aurait dit qu'elle avait fait cela toute sa vie.

— Et s'il avait pris les sacs avec lui pour les emporter à Paris ?

En le disant, je sentis bien que c'était une grosse connerie. Je ne préférai pas regarder Aline afin de ne pas avoir à soutenir son regard réprobateur.

Nous fouillâmes pendant une heure la maison de fond en comble. Rien. Puis ce fut au tour du garage encombré par quatre bouées de sauvetage de l'*Oslo*, des cirés jaunes, deux bâches bleues, des pièces de mécanique, des outils, une galerie de toit, deux luges, des skis. Il était visible que Bob passait très peu de temps dans cette maison qu'il abandonnait près de quatre mois par an l'hiver et presque autant l'été, où il se baladait sur son bateau dont il y avait la photo sur des dépliants posés sur le bureau.

Dessus, il était précisé que son bateau, propulsé par un moteur de 40 chevaux, pouvait accueillir jusqu'à huit passagers pour des balades autour du Bassin. Il offrait le confort d'une cabine comprenant deux couchettes et six places assises et huit à l'extérieur. Je n'y connaissais rien en bateau, mais il semblait mesurer environ huit mètres de long.

Aucune trace des sacs. C'est Aline qui eut encore l'idée qu'il fallait avoir.

— Apparemment, vu l'état de la cuisine, le réfrigérateur vide et le lit pas défait, Bob ne couche plus souvent ici.

— Et s'il avait une autre maison ou une maîtresse chez qui il habiterait, émis-je prudemment.

Aline balaya ma suggestion d'un regard dont je perçus la perspicacité même dans la pénombre.

— Bob ne dort pas loin de son argent de peur de se le faire piquer. Donc, son argent n'est pas là puisque Bob ne dort pas là. C'est tout simple.

Elle avait raison. C'était tout simple.

Elle réfléchit quelques secondes la tête entre les mains.

— On ressort et on va sur la plage, lança t-elle.

Pourquoi ce n'était jamais moi qui avais les initiatives ?

Nous ressortîmes en repoussant la porte d'entrée. A son retour de Paris, Bob verrait bien que sa serrure avait été forcée. Quelle serait sa réaction ? Penser à la suite des événements ne me poussait pas à continuer. Cela dit, c'était trop rageant d'abandonner aussi près du but.

Le bruit des vagues et le cliquetis des haubans des bateaux ancrés nous entraînèrent vers la petite plage située à quelques centaines de mètres. L'odeur de la marée montante remplit nos poumons. Malgré l'obscurité, face à nous, la dune du Pilat semblait illuminée d'une lumière froide qui lui donnait le visage fantomatique d'une lune terrestre de forme rectangulaire.

— Il faut chercher son bateau qui doit être amarré là devant nous, chuchota Aline.

Tels des squelettes aux bras décharnés, plusieurs bateaux

à voiles se dessinaient timidement dans la nuit à quelques centaines de mètres de nous. Comment y aller ?

Le long de la plage, pas très loin des villas qui bordaient l'endroit, trois petites barques étaient disséminées sur le sable assez loin de l'eau pour ne pas être entraînées par la marée montante. La plus petite avait ses rames à l'intérieur. Nous la poussâmes silencieusement à l'eau. Comme Aline, je jetai mes mocassins sur la plage, bien en arrière pour que la marée ne les emporte pas. L'eau froide qui noya mes pieds me fit frissonner.

Dès que le petit bateau flotta, je me glissai à l'intérieur en aidant Aline qui s'assit face à moi. Je ramai en silence, les dents serrées, contre la marée. Face à la détermination de ma coéquipière, je n'osai me plaindre. Je ramai jusqu'au premier bateau dont la silhouette ne ressemblait pas du tout à celle de la photo.

Nous l'ignorâmes en continuant jusqu'à une autre ombre qui aurait pu être l'*Oslo*. Hélas, il s'appelait le *Villa Nuéva*. Le suivant non plus n'était pas l'*Oslo*. Je tirai vigoureusement sur les rames pour rejoindre une autre silhouette située à plus de 300 mètres du bord de la plage. Plus nous nous approchions, plus sa forme se dessinait dans la pénombre. A ses côtés était amarrée une petite barque blanche qui tanguait, comme folle, sur les vagues qui léchaient la proue du bateau.

Le faisceau de la lampe d'Aline éclaira son nom peint en vert qui apparut en tremblotant comme l'image d'une lanterne magique. C'était l'*Oslo*.

— On va grimper à bord, chuchota Anne. Je t'éclaire. Dès que tu seras à bord, tu me fais monter. Fais attention.

Les pieds incertains calés sur le fond du youyou qui s'enfonçait sous mon poids, je tentai de monter à bord par l'arrière. L'*Oslo* était un bien plus gros bateau que je ne me l'étais imaginé et sa hauteur bien plus élevée que prévue. Ballotté par les vagues montantes, il roulait beaucoup.

Finalement, à la force des poignées, je réussis à m'accrocher au bastingage et à poser un pied puis deux sur le pont. Dans l'obscurité, je n'y voyais pas grand-chose, mais à première vue le bateau n'était pas habité. Je me retournai pour faire monter Aline dont la lampe m'aveugla. Avant de cligner les yeux, j'eus le temps de saisir son regard que je ne reconnus pas. La jouissance de toucher enfin au but, certainement. Je l'aidai à monter et me retournai vers la poupe. Peu à peu, mes yeux s'habituèrent à l'obscurité.

Je distinguai la cabine à ma droite, par laquelle on descendait par des escaliers, et la barre à gauche. Un frisson me traversa le corps. Une longue silhouette se dessina peu à peu devant moi. Pierre Labrice était assis à la barre, les mains le long du corps. Ses yeux semblaient suivre mes mouvements. Même si ses cheveux avaient grisonné par rapport aux photos de sa maison et que quelques lourdes cernes soulignaient ses yeux, c'était bien lui. Il ne me dit pas un mot. Face à cette vision, un mouvement de recul agita mon corps pendant qu'une immense trouille me pénétrait. Sur son pull blanc se dessinait une grosse fleur à trois grosses pétales noires. Au jour, ce noir devait être du rouge pour la bonne raison que c'était du sang qui coulait de sa gorge tranchée. Je compris qu'il ne me parlerait plus jamais puisqu'il était mort.

Malgré ma peur, je me retournai vers Aline pour la prévenir quand un étau m'enserra brutalement le cou, me faisant basculer en arrière. Muscles bandés à fond, je tentai de résister. Mes yeux se baissèrent sur un gant noir. Dans un éclair, l'autre main gantée plongea dans un mouvement de droite à gauche un couteau vers mon cœur. Je sus que j'allais mourir. En m'atteignant violemment la lame buta dans du dur avant de déraper pour se ficher dans la manche de mon blouson qui amortit la brûlure de l'acier.

En un millionième de seconde, je compris qu'elle avait tapé sur le poing américain en métal glissé dans ma poche gauche de poitrine. La main gantée eut une infime hésitation avant de s'y reprendre une deuxième fois. En modifiant légèrement son angle, l'autre main se desserra légèrement autour de mon cou.

Le cou un peu libéré, je réussis à me déporter sur le côté gauche, ce qui déstabilisa mon assaillant plus grand que moi. Je ne sais pas pourquoi, à cet instant, j'ai pensé à Joël. D'un mouvement bref, profitant d'un léger roulis du bateau qui gigotait, happé par son ancre, je réussis à lui échapper en basculant sur le bâbord. Ce mouvement vers l'avant l'obligea à me lâcher s'il ne voulait pas tomber avec moi. Je n'avais qu'une solution ; me jeter à l'eau.

D'un mouvement sec, je sautai sur le bastingage et plongeai dans l'eau noire. Une explosion glacée. Je parvins à ouvrir les yeux, mais je ne distinguait rien dans l'eau opaque sauf la masse sombre du bateau au-dessus de moi.

Pour m'en éloigner le plus vite possible, il fallait nager sous l'eau. Je n'étais pas un nageur de combat et déjà mes poumons étaient prêts à exploser. Mon blouson, qui venait de me sauver la vie, freinait les mouvements de mes bras. En me contorsionnant, je m'en dégageai.

Un coup de jambes me fit glisser dans le sens de la marée avant d'oser sortir la tête de l'eau. Il était temps, mes poumons étaient asphyxiés. Le bateau qui mouillait à quelques dizaines de mètres et auquel je m'accrochai me protégeait des regards. Dans l'obscurité, il n'était pas possible de me repérer au milieu des autres bateaux qui me camouflaient de la vue de celui qui avait voulu m'assassiner. Il fallait que je m'éloigne le plus rapidement possible de cet endroit. Pas question, vu mon épuisement, de lutter contre la marée. Si je revenais par la plage, le tueur me retrouverait rapidement. Qu'avait-il fait à Aline ?

En nageant latéralement, à environ 300 mètres de la plage, je me laissai emporter entre deux flots. J'avalai beaucoup d'eau car le vent fort vallonnait profondément les vagues nerveuses. Toutes les minutes, j'étais contraint d'arrêter, le souffle court, comme aimanté par le rivage qui m'attirait à lui.

Néanmoins, je parvins à nager vers la jetée Belisère. Je m'accrochai à un voilier qui me permit de me reposer quelques minutes. Immobile, je sentis vite mes extrémités s'engourdir dans une eau qui ne devait pas dépasser une quinzaine de degrés. Obliquant de plus en plus vers la jetée, je continuai, m'arrêtant fréquemment pour guetter le bruit d'un bateau ou d'une voix à ma recherche.

Rien, sauf le clapotis des vagues et mon essoufflement. Mon Dieu, où était Aline ? Pourvu qu'il ne l'aie pas tuée !

Arrivé enfin vers les piliers moussés de vert de la jetée, je me cachai encore quelques minutes avant de rejoindre le sable ferme. Combien de temps restai-je, affalé en chien de fusil, à grelotter ? Trente minutes, une heure ? Je ne savais pas quelle heure il pouvait être car j'avais perdu ma montre dans l'eau. Il me fallait éviter de m'endormir car il ne faisait pas plus d'une dizaine de degrés.

Si mon corps était épuisé, ma cervelle fonctionnait à la vitesse du son. Qui était mon agresseur ? Qui avait assassiné Pierre Labrice ? S'agissait-il du quatrième complice qui connaissait sa planque ? Et si c'était Costedoit ? Il semblait être d'un gabarit identique à celui de l'homme qui m'avait serré le cou. Pourquoi avais-je songé à Joël, c'était ridicule. Certainement à cause de leur stature identique.

Il fallait que je retrouve Aline vivante. C'était la chose la plus importante au monde.

Après avoir attendu encore une dizaine de minutes, pieds nus, je marchai sur le sable en me cachant le long des arbres près de la plage et des rares habitations closes. Au bout d'une dizaine de minutes, la maison de Bob, ou plutôt de Pierre Labrice, se dessina dans la nuit noire. J'attendis encore cinq bonnes minutes pour vérifier s'il y avait quelqu'un à l'intérieur. Pas de bruit, ni de voix, ni de lumière. Personne sauf un chat qui traversa furtivement la rue. Pas d'Aline évidemment. Ici, je trouverais des habits secs pour me réchauffer. Tout se bousculait dans ma tête. En me débarrassant dans l'eau de mon blouson qui m'avait sauvé la vie grâce au coup de poing américain d'Yvonne, j'avais perdu les clés de ma voiture. Comment revenir à Arcachon où j'allais aller à la police pour tout expliquer avant qu'on me colle le meurtre de Labrice sur le dos ?

Aline, où était Aline ? Je poussai la porte de la villa. Pas un bruit. Sans lampe de poche, je n'y voyais rien. J'allumai en tâtonnant la petite lampe de son bureau à abat-jour blanc. Elle éclaira timidement de loin le coin salon. J'allais me diriger vers sa chambre pour chercher des chaussures et une chemise sèche quand mon regard fut attiré par l'un des hauts fauteuils qui me tournaient le dos face à la table dans la partie salle à manger. Il n'était pas dans la même position que tout à l'heure, tiré en arrière légèrement sur le côté gauche. Quelqu'un était venu dans la maison entre temps ! Aline peut-être ?

Un ruisseau de sueur coula dans mon dos. J'avançai sur la pointe des pieds. Deux bras reposaient sur les accoudoirs. Des bras féminins graciles. De l'index replié de la main gauche gouttait un liquide qui formait dans l'obscurité une flaque sombre sur le sol

J'avançai le cœur arrêté. Je murmurai faiblement le nom d'Aline. Elle ne me répondit pas. Je m'enhardis en l'appelant plus fort. La pénombre prenait le dessus. Je me portai sur le côté gauche pour mieux distinguer la silhouette assise. Son corsage clair était décoré d'un ruisseau de perles pourpres qui avaient l'odeur de la mort. Sa tête était rejetée en arrière. La gorge tranchée. Des larmes piquèrent mes yeux. Je me mis à hurler dans un long cri qui ne sortit pas de mes lèvres. C'était Anne.

XXIII

Quand ce cauchemar allait-il enfin cesser ? Anne n'était pas morte depuis longtemps car sa chair était encore chaude. En touchant son bras, il tomba le long du fauteuil comme celui d'une poupée de son. Son visage était figé dans un cri de terreur silencieux.

Que faisait Anne dans cette maison ? Quel rapport avait-elle avec Bob ? Je ne comprenais plus rien à ce qui m'arrivait car tout se télescopait dans mon esprit. Des interrogations auxquelles je n'avais pas le temps de répondre car il fallait faire vite. Je courus dans la chambre pour dénicher une chemise et une vareuse de marin. Au fond de l'armoire, une paire de chaussures que je mis sans les délacer fit l'affaire. Feu Bob avait de grands pieds !

Après avoir éteint la lumière, j'entrouvris la porte pour vérifier si la voie était libre. Personne. Aline, je n'avais que son prénom dans ma tête. Que lui était-il arrivé ? D'abord, il fallait revenir sur la plage pour chercher mes chaussures car il était difficile de marcher avec du 45 quand on chausse du 41. Aline m'y attendait peut-être ? Si ma Dauphine était toujours garée là, mes clés étaient au fond de l'eau. Peu à peu, mes yeux s'habituaient à l'obscurité. Malgré la marée montante qui avait modifié mes repères, en me guidant par rapport aux villas fermées situées le long de la plage, je retrouvai sensiblement l'endroit où je les avais jetées. Si la première fut facilement retrouvée ce fut plus difficile pour l'autre car elle se confondait avec les herbes foncées laissées par la précédente marée. C'était plus pratique pour marcher.

En face, les silhouettes noires d'encre des bateaux tranchaient sur le noir bleuté. Le bateau de Bob se reconnaissait à sa forme. Etait-ce une illusion d'optique, mais il semblait amarré beaucoup plus à droite que précédemment ? Aucune lumière ne brillait à son bord. En marchant vers l'eau, le petit youyou orange que nous avions emprunté avec Aline était de nouveau sur le sable. Il n'y avait personne à l'intérieur sauf les rames. Aline avait peut-être réussi à revenir sur la plage et à échapper au tueur. Bonne nouvelle, mais où pouvait-elle être ? Pas question de crier son nom.

En faisant attention de ne pas me faire repérer, je marchai jusqu'à l'avenue du Bassin. Après être passé devant la maison de Bob, je continuai jusqu'à la route de Bordeaux pour essayer de faire du stop. C'était l'unique solution pour savoir. Mon pantalon humide me brûlait la peau et la coupure de mon bras me tirait sur l'épaule. Avec cette vareuse trop grande qui me donnait la silhouette inquiétante d'un épouvantail, il y avait peu de chance qu'un automobiliste s'arrête, surtout en pleine nuit. A condition qu'il en passe un.

Dans la rue perpendiculaire à celle de chez Bob, deux voitures garées devant un terrain attirèrent mon regard. Je reconnus la 4CV d'Anne. Elle était ouverte, mais il n'y avait pas les clés sur le contact. Que faisait-elle là ? Derrière elle, il y avait une voiture rouge toute ronde comme une 203. C'était la Saab 96 de Bob. Fermée aussi. Pourquoi était-elle là ?

Plus j'essayais de comprendre, moins je comprenais. Dans un Cap-Ferret fouetté par un vent chargé d'humidité, je marchai d'un pas rapide, comme si la mort me poursuivait, jusqu'à la route principale de Bordeaux. Un bruit de moteur se fit entendre dans mon dos. Dans un premier réflexe animal, je me cachai le long du fourré. Et si c'était l'assassin de Bob et d'Anne qui me recherchait pour achever ce qu'il avait commencé ? Le fameux quatrième homme dont nous n'avions toujours pas trouvé l'identité. Ma chasse au trésor s'était muée en chasse à l'homme. Et le gibier, c'était moi !

Le bruit se fit plus présent tandis que deux phares découpaient dans la pénombre des cercles jaunes. Une camionnette en tôle ondulée démarrait d'une route transversale. Bondissant hors du fourré au milieu de la route les bras en croix, je l'obligeai à s'arrêter. Il fallait que je sache.

Bercé par le ronronnement du moteur et le chauffage qui avait séché mes affaires mouillées, je m'endormais la tête en avant. Le chauffeur me lançait de temps en temps un coup d'œil éteint avant de se concentrer de nouveau sur le long ruban de la route de Bordeaux. Il était 5 heures du matin. J'avais arrêté de force un épicier du Cap-Ferret qui allait faire ses achats au marché des Capucins de Bordeaux. Après quelques réticences de sa part, il avait accepté de me prendre à bord de son fourgon de livraison. Je lui avais raconté une histoire qui semblait plausible. Celle du Bordelais venu faire du bateau, d'où il était tombé en le mouillant sur la plage. Dans l'eau, il avait perdu son blouson contenant les clés de sa voiture restée sur le parking. Une histoire à moitié vraie et à moitié fausse, c'est selon. Il ne m'avait pas posé beaucoup de questions et avait monté le chauffage de sa camionnette pour que je puisse sécher.

Ce brave homme était surtout heureux d'avoir quelqu'un à qui parler sur ce trajet d'une heure qu'il effectuait trois jours par semaine avant de commencer sa livraison à domicile vers 10 h 30. Je lui avais dit que j'habitais cours de la Marne à Bordeaux, qui était en fait l'adresse de Panpan. Elle n'était qu'à quelques minutes à pied du marché des Capucins où mon sympathique chauffeur me laissa après m'avoir offert un rosé. J'aurais préféré un Banania bien chaud.

Il était presque 6 heures. Bordeaux se réveillait doucement. Au milieu de quelques piétons partant au boulot sac sur le dos, je courus jusqu'au cours de la Marne à l'appartement de Panpan qui mit un temps fou à ouvrir sa porte.

Environ une heure plus tard, devant un café fumant, réchauffé, lavé, réparé, habillé d'un pantalon et d'une chemise empruntés à Panpan, j'étais devenu un peu plus présentable même s'il mesurait presque dix centimètres de plus que moi avec quelques kilos en plus. Je lui racontai mon histoire ponctuée à chacune de mes phrases par un « ça alors ! » de sa part.

Mais il ne prononça pas les mots que j'aurais souhaité entendre de sa bouche.

— Il faut aller vite à la police, Christophe, sinon on va te mettre sur le dos ces deux crimes, surtout celui d'Anne. C'était ta maîtresse. Tu seras immédiatement soupçonné, avec comme mobile la jalousie.

C'est vrai, je n'avais pas encore songé qu'on allait me mettre aussi ce crime sur le dos. Je rétorquai, anéanti :

— Je vais y aller. Mais j'ai encore un peu de temps car je ne pense pas que ni le cadavre de Bob, ni celui d'Anne soient découverts tout de suite. A son travail, on croit qu'elle est en vacances.

— Pourquoi attendre ?

— Ça me laisse le temps, au moins une journée pour retrouver Aline. J'aurais dû remonter sur le bateau pour la rechercher et la sauver !

— C'est quand même cette fille qui t'a donné l'idée de piquer l'argent. Je trouve qu'il y a quelque chose de pas net chez elle. Et si elle était de mèche avec le quatrième homme du hold-up ?

— J'y ai déjà pensé, bien sûr. C'est vrai, au début j'ai senti qu'elle voulait me faire parler, mais c'était surtout par intérêt pour son article. C'est évident qu'elle n'est pas de mèche avec notre fameux quatrième homme.

— Pourquoi elle ne serait pas de mèche ?

— Quand je lui ai donné les indications pour retrouver Bob, elle n'avait plus besoin de moi. Elle était assez grande pour aller toute seule piquer ses deux sacs. Elle n'a peur de rien !

C'est vrai qu'Aline avait peur de rien.

— T'as raison, elle n'avait plus besoin de toi. Mais à ta place je me méfierais quand même d'elle. Il faut toujours se méfier d'une femme !

— Le truc qui a foiré, c'est que Bob ne devait pas être sur son bateau mais à Paris.

Panpan réfléchit en tournant son café, les yeux dans le vague.

— Qui lui a dit que Bob n'était pas là ?

— Le garagiste qui entretient la voiture de Bob l'a répété à Aline. C'est certainement Bob qui a donné une fausse indication au garagiste ; il est simplement revenu plus tôt de son congrès et a repris sa voiture hier soir. En visitant la maison, on a compris qu'il couchait tous les jours sur son bateau. D'après Aline, il pouvait ainsi mieux surveiller l'argent.

— Aline, Aline, tu n'as que son prénom à la bouche. Tu es vraiment raide dingue d'elle !

— Pire que ça, Panpan, c'est la première fois que j'aime comme ça. Mais surtout, c'est la première fois que je suis aimé comme ça.

— Fais-moi plaisir, il faut vite aller à la police. N'oublie pas qu'il y a un quatrième homme qui a tenté de t'assassiner. Il te connaît mais tu ne le connais pas.

Un bruit de toux venu de la chambre me parvint aux oreilles, mais totalement immergé dans mon histoire, je n'y portai davantage d'attention.

— La police, pas si simple ! Plus j'avance, plus je crois qu'il y a un des flics qui cherche l'argent pour son propre compte. J'aurai dû m'en méfier davantage car il était trop sympa avec moi. C'était peut-être lui sur le bateau ?

— Un flic pourri ? Tu me diras, dans tous les bons polars, il y a toujours un flic pourri.

Quelqu'un toussait dans la chambre de Panpan. Une toux épaisse mais grave.

— Tu n'es pas tout seul, Panpan ?

— Euh, non, c'est rien…

Je continuai mon propos, mais mes idées étaient ailleurs. Qui était avec Panpan ? Ce n'était pas une femme.

— En allant le voir, je vais peut-être me jeter dans la gueule du loup. Je sais qu'il me filait à mon insu dans Arcachon. La première chose est de retrouver Aline.

La toux se fit plus forte dans la pièce d'à côté.

— On dirait un type qui tousse !

— C'est rien. C'est un copain qui est passé par hasard hier soir et qui m'a demandé de l'héberger, répondit Panpan assez mal à l'aise.

— Si elle n'a pas été assassinée, elle est revenue à Bordeaux. Voilà pourquoi je suis ici, continuai-je en pensant à sa réponse. Ton copain dort dans ton lit, avec toi ?

— Heu, oui, mais c'est pas ce que tu crois, répondit Panpan décomposé qui coupa court à ma question en m'en posant une autre.

— Tu connais son adresse ?

— Non, mais je sais où elle travaille.

Dix minutes plus tard, après lui avoir emprunté un blouson et cinquante francs, j'allais boire un chocolat dans un café proche du journal *Sud-Ouest* en attendant l'heure d'ouverture des bureaux. J'avais préféré partir plutôt que d'attendre chez Panpan que j'avais senti mal à l'aise. J'avais trop de choses dans la tête pour penser à lui, et surtout peur de devenir paranoïaque. En entendant tousser dans sa chambre, j'avais songé pendant une seconde qu'il hébergeait Bob ou Costedoit. Je devenais fou ! Il hébergeait un type dans son lit. C'est seulement en y songeant que je compris. Toutes ses histoires de femmes n'étaient que du flanc ! Panpan m'avait menti sur sa vie privée et sur sa sexualité. Lui aussi !

Il était juste 9 heures et j'avais autre chose à penser. A *Sud-Ouest,* je demandai Aline Moreau de la part de Christophe Richard, libraire à Arcachon. La femme préposée à l'accueil décrocha son téléphone, appela son poste, donna mon nom, écouta pendant une dizaine de secondes et raccrocha.

— Elle descend dans cinq minutes. Si vous voulez attendre à côté de l'escalier.

Mon cœur battait à tout rompre, j'allais revoir Aline. Elle était allée travailler comme s'il ne s'était rien passé cette nuit. Avait-elle essayé de me rechercher ? Certainement. Comment avait-elle pu échapper à l'assassin ? Cette femme était étonnante. Des interrogations auxquelles j'allais enfin avoir des réponses. J'étais fébrile mais partagé entre la joie de la revoir et le grief de nous avoir entraînés dans une dangereuse aventure sanctionnée par l'assassinat de la pauvre Anne qui n'avait rien à voir dans cette histoire de fous.

Trois minutes plus tard, je la vis descendre l'escalier en colimaçon, la tête baissée pour repérer les marches étroites.

Si ses cheveux d'or cachaient son visage attentif aux marches étroites, sa silhouette souple vêtue de son traditionnel blouson en daim bougeait avec grâce. Sa vision me confirma que j'avais réellement cette femme dans la peau. En arrivant vers moi, elle releva la tête en faisant voler ses cheveux blonds.

Je restai bouche bée. Ce n'était pas Aline Moreau.

Elle avait la même silhouette, sensiblement le même âge, les mêmes cheveux blonds, la même coupe. Mais pas le même visage. Elle était jolie avec ses yeux marron soulignés de vert, son nez légèrement retroussé, quelques taches de rousseur piquées sur des joues arrondies. Mais ce n'était pas Aline. Je tombai sur mon siège.

Hélas, il s'agissait bien d'Aline Moreau, trente-cinq ans, journaliste à *Sud-Ouest* depuis cinq ans. C'était bien cette jeune femme qui avait écrit les articles et couvert les meurtres d'Arcachon. Mais après s'être disputée au téléphone avec Prolongeaud qui refusait de lui communiquer des informations, dès le surlendemain des premiers meurtres elle avait préféré ne plus se déplacer. Elle ne m'avait jamais appelé au téléphone et avait laissé à son collègue arcachonnais Bati le soin de m'interviewer.

Je lui racontai mon histoire, du moins la partie Aline Moreau qui s'était fait passer pour elle. Elle me certifia qu'elle possédait bien une vieille 2 CV grise dont l'immatriculation était la même que celle de la 2 CV de ma fausse Aline à moi. Sa collègue des archives nous confirma qu'une jeune femme avec un foulard sur la tête et d'épaisses lunettes noires à la Jackie Kennedy était venue compulser, la veille en fin de matinée, des journaux des années 50 et 60.

J'étais anéanti. Panpan avait raison. Yvonne avait raison. J'étais victime d'une machination diabolique digne des meilleurs polars. Je n'avais pas imaginé un seul instant que cette femme m'avait joué la comédie. J'avais envie de hurler à l'escroquerie. Escroquerie à l'argent, mais surtout escroquerie à l'amour !

— Il faut aller à la police. Je vais déposer une plainte dès aujourd'hui pour usurpation d'identité, c'est très grave monsieur Richard. Soit cette jeune femme qui s'habille comme moi, qui s'est teint les cheveux comme moi, qui roule avec la même 2 CV que moi est complètement folle. Soit elle fait partie de la bande. N'oubliez pas qu'il y a déjà eu trois crimes !

Si elle savait qu'il y en avait eu deux autres, elle irait tout de suite me dénoncer. Moi, je savais ce que je devais faire.

— Ecoutez, faites-moi confiance. Donnez-moi vingt-quatre heures avant d'aller déposer votre plainte. Vingt-quatre heures seulement.

— Pourquoi vingt-quatre heures ?

— Parce que je crois savoir qui est Aline Moreau. Il faut que je la retrouve, c'est très important pour moi. Car cette femme n'a pas seulement volé votre identité, elle m'a escroqué.

— Elle vous a escroqué quoi ?

— De l'amour. Elle m'a dit qu'elle m'aimait. Elle m'a fait croire à l'amour.

Un voile d'incompréhension balaya les yeux de cette femme. Avait-elle seulement déjà aimé comme j'aimais ? Seul mon père aurait pu le comprendre. Je me rendis compte que j'aimais Aline comme certainement mon père avait aimé ma mère, au-delà de la raison. J'avais exactement reproduit le même amour que lui. Personne ne l'avait compris. Personne ne me comprenait.

Je quittai la vraie Aline Moreau avec la promesse ferme qu'elle ne ferait rien avant le lendemain 9 heures, et surtout avec celle de lui donner l'exclusivité de mon histoire pour ses lecteurs. J'avais vingt-quatre heures pour retrouver Aline, du moins celle qui m'avait berné depuis le début. Dans la rue, une terrible sensation de vide m'envahit car je venais de comprendre qu'Aline s'était moquée de moi depuis le début. J'étais plein de larmes.

Une torture sourde me déchirait le ventre. Je commençais à y voir clair. L'amour est aveugle. Une formule que je trouvais jusque-là idiote. Aline, du moins la fausse Aline, ne m'avait rencontré que pour savoir si je savais où était planqué l'argent. Je saisissais mieux maintenant pourquoi elle ne voulait pas être vue à Arcachon, pourquoi elle choisissait des hôtels discrets, était contrariée d'apprendre que la police l'avait repérée à partir de l'immatriculation de sa voiture. Elle avait même berné la police qui n'avait pas imaginé qu'elle n'était pas la vraie Aline. Tout se faisait plus clair. Bon Dieu, pourquoi n'avais-je pas été plus méfiant quand elle me demandait de ne pas l'appeler à *Sud-Ouest* en prétendant que la police et que son collègue Jean-Michel Bati la détestaient ? Pas l'ombre d'un doute ne m'avait effleuré. Pour Panpan aussi, je n'avais rien vu. On ne voit pas quand on ne veut pas voir !

Dans un bureau de poste, je vérifiai une adresse dans les pages jaunes de l'épais Bottin de la Gironde. Une adresse que je n'avais pas voulu demander à la vraie journaliste pour ne pas lui livrer ma nouvelle piste. Après l'avoir notée dans ma tête, j'y allai d'un pas un peu désordonné. Comme un boxeur groggy qui a pris trop de coups sur la tête !

Tout devenait plus limpide dans mon esprit. Seule une question restait dans réponse. Pour qui roulait la fausse Aline ? Un nom se gravait peu à peu dans mon esprit. Ce n'était pas possible ! Je poussai jusqu'au cours Marc Nouaux vers Caudéran. Sur la plaque de cuivre bien astiquée d'un immeuble cossu était inscrit le nom de Marc Dutreuil, avocat au Barreau de Bordeaux. C'est lui qui allait m'apprendre la suite.

Son étude était située au premier étage, accessible par un bel escalier recouvert d'un tapis rouge. Je sonnai. L'épaisse porte de bois verni s'ouvrit sur une femme d'une cinquantaine d'années habillée d'un strict tailleur gris.

— C'est pourquoi monsieur ? demanda-t-elle, l'air pincé, en m'observant des pieds à la tête.

— Je voudrais voir maître Dutreuil.

— Maître Dutreuil ne reçoit que sur rendez-vous. Il est avec un client et ne peut être dérangé.

— Dites-lui que c'est Christophe Richard, le libraire d'Arcachon qui a découvert les trois cadavres dans l'affaire du hold-up de Facture.

Elle me regarda de nouveau de haut en bas, repinça les lèvres avant de me dire :

— Attendez une minute, je vais voir si je peux le déranger.

Elle ferma la belle porte vernie devant mon visage et j'entendis de nouveau ses chaussures à talon taper le plancher.

Trois minutes plus tard, elle rouvrit la porte en me demandant d'entrer et d'attendre quelques minutes le temps que maître Dutreuil en ait terminé avec son rendez-vous. Je m'affalai dans un fauteuil de la salle d'attente vide de tout mobilier.

Il m'était revenu en mémoire que c'était lui qui avait été interviewé par la vraie Aline Moreau en tant qu'avocat de Bergès. Aline m'avait avoué plusieurs fois qu'elle connaissait un bon avocat capable de transformer un coupable en innocent. Sans le nommer. Mais je supputais que ce ne pouvait être que maître Dutreuil. Lui seul pouvait me mener à mon Aline.

Quelques pas sur le plancher ciré, quelques craquements, quelques échos de voix, le bruit sourd d'une porte capitonnée qui se ferme et Marc Dutreuil fit son apparition dans la salle d'attente.

Agé d'une cinquantaine d'années environ, il portait beau comme on dit. De fines lunettes d'or soulignaient un regard gris et un nez un peu fort. Avec ses cheveux courts presque blancs qui tranchaient sur sa peau bronzée, il ressemblait à l'acteur américain Jeff Chandler. Grand, apparemment musclé, sans kilos superflus, il était vêtu avec beaucoup de recherche d'un costume trois pièces bleu marine finement rayé de blanc avec, à son revers, un discret ruban rouge. Il était chaussé de fins mocassins italiens très à la mode. Il montra un air surpris à ma vue.

— Que faites-vous ici, monsieur Richard ? J'ai très peu de temps à vous accorder. Je dois m'absenter.

Malgré son accueil glacial, je tentai ma chance.

— J'aurais une simple question à vous poser, maître.

Après une légère hésitation, d'un geste ample il me fit signe de rentrer dans son bureau aussi grand que mon appartement. Il me désigna un fauteuil de cuir où je m'enfonçai comme dans un édredon.

— J'ai besoin de votre aide.

— Mon aide, à quel titre ?

— Je voudrais avoir des renseignements sur une jeune femme que je recherche. Pour cela, il me faut l'adresse de François Bergès.

En s'arrondissant, sa bouche marqua son étonnement. Il se radoucit en esquissant un sourire qui ressemblait à une grimace.

— Il m'est difficile de vous parler. Vous n'ignorez certainement pas que j'ai comme client François Bergès accusé à tort d'avoir participé au hold-up de Facture le 31 mai dernier. Mon client est totalement innocent des faits qu'on lui reproche. A moins que vous ne possédiez des preuves nouvelles à sa décharge…

— Non maître, mais j'aurais simplement besoin de son adresse.

— Heu, comment avez-vous eu l'idée de venir me voir ?

— J'ai rencontré une jeune femme qui s'est fait passer pour Aline Moreau, la journaliste de *Sud-Ouest*.

— Je connais effectivement une Aline Moreau qui m'a interviewé deux ou trois fois. Une jeune femme charmante et professionnelle. Quel rapport ? glissa-t-il en jouant avec son ouvre-lettres.

— Je recherche une fausse Aline Moreau qui m'a rencontré surtout pour me faire parler sur cette affaire à laquelle j'ai été mêlé contre mon gré.

— En effet, je l'ai suivie à travers la presse. Vous avez connu beaucoup de péripéties et même frôlé la mort. Mon client n'a rien à voir avec cette rocambolesque histoire.

— Cette femme était au courant de l'affaire, mais il lui manquait quelques données qu'elle m'a soutirées.

— Et vous pensez à moi. C'est curieux. Je ne la connais pas votre fausse journaliste. Pourquoi voulez-vous que je la connaisse ?

Je m'avançai sur le devant du fauteuil pour être à la hauteur de ses yeux. C'était mieux.

— Elle m'a parlé une ou deux fois de vous en des termes très élogieux. Sans vous nommer. Elle est blonde, très belle, avec des yeux très bleus, âgée environ d'une trentaine d'années.

— Le tableau est charmant. Hélas pour moi, je ne connais pas une personne aussi belle. La vraie Aline Moreau est déjà pas mal…

— J'ai besoin que vous m'aidiez en demandant quelque chose à votre client François Bergès.

— Vous m'êtes très sympathique, mais je ne peux pas demander quelque chose à mon client sur l'affaire du hold-up pour la bonne et simple raison qu'il est innocent et qu'il n'a rien à voir avec. Nous allons le prouver aux jurés. Ce qui compte, ce n'est pas ce que vous pensez, ce que pensent les flics, ce que je pense, mais ce que pensent les jurés.

— Maître, je pense que la jeune femme que j'ai rencontrée et qui se faisait passer pour Aline Moreau était très proche de François Bergès. Je crois que c'est lui qui me l'a envoyée. Savez-vous si Bergès a une femme ou une maîtresse dans sa vie ?

Maître Dutreuil éclata d'un long rire qui m'agaça terriblement. J'avais dû dire une grosse bêtise !

— Cher monsieur Richard, François Bergès n'a pas de femme, officielle ou officieuse, pour la bonne et simple raison… comment dire ? Il n'aime pas trop les femmes, vous me comprenez, j'espère !

Mon menton toucha le plancher. La piste que j'avais ébauchée s'écroulait. Aline n'était pas la maîtresse de Bergès comme je me l'étais imaginé. Cet homme venait de briser mon espoir de la retrouver. Cela faisait beaucoup de rêves brisés pour aujourd'hui.

Les yeux levés vers le plafond décoré de fresques, comme s'il réfléchissait à haute voix, il continua :

— Elle ne pourrait pas être non plus la maîtresse de Pierre Railloux qui a une sexualité disons… plus normale. Bien que ce ne soit pas mon client, je sais qu'il est déjà marié avec une femme plus proche de la quarantaine, et surtout pas du tout dans le style de la jeune femme que vous me décrivez. Lui, il ne fait pas dans le genre classe, mais plutôt dans la prostituée. En revanche…

Après un silence qui n'en finit pas, me laissant pendu à ses lèvres, il continua en me regardant avec intensité.

— Il y aurait une autre piste qui serait plus plausible à mon avis. Et si c'était la maîtresse ou la femme de Piérangéli ? Y avez-vous songé ?

Je n'y avais pas pensé. Absolument pas pensé. Ça ne m'avait même pas effleuré l'esprit. Aline et Piérangéli. Mon Dieu !

— Ce n'est pas possible, maître, m'entendis-je répondre, ce n'est pas possible.

— C'est beaucoup plus vraisemblable d'après moi.

Je ne voulais pas voir la vérité en face. Il insista.

— Peut-être qu'après son assassinat, la femme ou la fiancée de Piérangéli a continué son travail pour savoir qui possédait réellement les sacs pris chez les Ventadoux. Vous en tête !

A quoi bon vouloir nier, c'était plausible.

— Maître, sincèrement, par qui voulez-vous que Piérangéli ait appris qu'il y avait des sacs planqués dans une maison à Arcachon si ce n'est pas votre client ?

Il leva les yeux au ciel en hissant les bras en l'air dans un geste théâtral qui fit jaillir ses poignets de chemise.

— Monsieur Richard, vous ne me ferez pas dire que Piérangéli a appris ce hold-up dans la cellule de mon client puisque ce dernier est innocent. Nous sommes d'accord. Il l'a appris certainement par quelqu'un d'autre. On parle beaucoup en maison d'arrêt, vous savez !

Dans ma tête, je ne pensais plus qu'à Aline et Piérangéli. Cette vision insupportable me donna la nausée.

Il se pencha sur son bureau et baissa la voix comme s'il risquait d'être entendu.

— C'est entre nous, Piérangéli a appris par la bande qu'il y avait des sacs planqués dans une villa à Arcachon.

Devant mon silence, il continua sa démonstration.

— Le juge a longuement questionné mon client qui m'a répété son entretien. Il lui a posé des questions sur Piérangéli. Des questions auxquelles il n'a rien compris, vous vous en doutez. Elles n'ont pu venir que de vous puisque vous êtes le seul à avoir parlé avec Piérangéli. Propos que vous avez rapportés à la police. Vous m'avez beaucoup compliqué la vie, monsieur Richard, et vous me demandez maintenant de vous aider.

— Maître, s'il vous plaît, vous devez connaître votre confrère qui a défendu Piérangéli l'année dernière. Il doit savoir où il habite. Il sait s'il a une maîtresse. Vous comprenez bien que je ne peux pas demander ça à la police. Avant d'aller la voir pour leur raconter l'histoire de la fausse Aline Moreau, je voudrais la retrouver.

Il ouvrit la bouche, mais n'eut pas le temps de me répondre car on tapa à la porte. Sa secrétaire entra.

— Excusez-moi, maître, de vous déranger, mais c'est midi. Je vous rappelle que je suis absente cet après-midi. A demain.

— A demain, Gisèle, dit maître Dutreuil qui visiblement réfléchissait à mon propos.

— Pourquoi tenez-vous tellement à voir avant cette femme qui s'est moquée de vous du début jusqu'à la fin ?

— Parce que je l'aimais et parce que je croyais qu'elle m'aimait. Tout simplement.

Sa bouche de tordit pendant qu'il jouait avec son coupe-papier. Il tâta d'un doigt le pointu de la lame, puis il lança dans un souffle :

— Je sais que je ne devrais pas le faire. Cet après-midi, justement, j'ai eu auprès du juge un droit de visite pour aller voir mon client François Bergès. Je vais lui demander s'il sait s'il y avait une femme dans la vie de Piérangéli. Plus de trois mois de cellule favorisent l'intimité.

Il se leva, m'obligeant à me lever à mon tour.

— Vous me dites une jolie blonde d'une trentaine d'années aux yeux très bleus qui ressemble beaucoup à Aline Moreau, mais en plus belle. Je vais aussi téléphoner à mon confrère, maître Battesti, qui a défendu Piérangéli l'année dernière. Il connaît certainement son adresse.

— Merci maître, c'est vital pour moi.

— Je n'ai absolument pas le droit de faire tout cela en tant qu'avocat de Bergès. N'en parlez à personne, je risque gros. Revenez me voir en fin de soirée vers 18 heures. Sonnez trois coups brefs car ma secrétaire a pris son après-midi. Vérifiez si personne ne vous voit. Si on apprend que j'ai eu des contacts avec vous, je risque d'être dessaisi du dossier par le Parquet. Ce soir, j'aurai votre réponse. Soyez en certain.

Il me serra chaleureusement la main.

J'allai retrouver Aline.

XXIV

Dans un petit restaurant de la rue de la Croix Blanche, je mangeai un petit morceau et surtout posai mes idées sur la machination d'Aline. Pièce par pièce, le puzzle se reconstruisait dans ma tête. J'aurais mangé ma serviette que je ne m'en serais pas rendu compte tant j'avais la tête ailleurs.

Aline devait être la maîtresse de Piérangéli. C'était devenu une évidence. Il lui avait évidemment raconté qu'il allait rechercher les deux sacs de billets dans une maison d'Arcachon. Quand elle a appris qu'il s'était fait tuer, elle n'a cessé de vouloir me rencontrer. C'est elle qui a téléphoné à Joël en lui faisant croire qu'elle était Aline Moreau, journaliste à *Sud-Ouest*. Puis elle a eu l'idée de prendre son identité. Par contre, c'est par un pur hasard qu'elle s'est arrêtée sur la route le soir où j'étais tombé en panne. Elle m'aurait certainement appelé le surlendemain pour prendre un rendez-vous.

A mesure que j'avançais, l'histoire devenait claire, tandis qu'un sentiment de dégoût me submergeait. D'avoir été trahi par Aline qui m'avait fait le coup de l'amour éternel pour me soutirer des informations m'était insupportable. Parfois, il n'y a pas de mots pour dire. Certains détails révélateurs remontaient à ma mémoire. Celui de savoir forcer les portes et de visiter sans peur des villas fermées. Vivre avec un voleur comme Piérangéli lui avait appris ces choses.

Des détails intimes me revenaient aussi à l'esprit avec des relents aigres. Celui de ses dessous affriolants qui ne ressemblaient pas à la silhouette sage qu'elle avait voulu se donner en copiant la tenue vestimentaire de la journaliste, sa coupe et peut-être sa couleur de cheveux. Une bouffée de rage m'envahit ; je l'imaginais faisant l'amour à Piérangéli. Je voyais ses grosses mains de boxeur caresser son corps doré qui se tordait de plaisir en lui criant des mots obscènes. Des mots qu'elle m'avait dits aussi. Je chassai ces images odieuses de ma pensée. Un cyclone de haine me traversait avant d'être balayé par un vent d'amour. Je l'avais dans la peau.

Dans les rues de Bordeaux où je marchais sans hâte, je ruminais mon désespoir. Il n'y avait que le mensonge autour de moi. Aline bien sûr, mais aussi mon père, Panpan, Yvonne, Anne, Costedoit. En fait, la seule personne qui ne m'avait jamais menti était ma mère ! La mort d'Anne m'entraînait dans un océan de questions et de remords aussi. Que venait faire Anne dans cette histoire ? Pourquoi était-elle au Cap-Ferret ? Pourquoi avait-elle été assassinée ? Etais-je responsable de son assassinat ? Qui avait crevé les pneus de ma voiture ?

Le temps n'en finissait pas de ne pas finir. Encore trois bonnes heures à attendre. A chaque policier en tenue, je baissais la tête de peur d'être reconnu. Mes pas m'avaient entraîné au jardin public. Assis sur un banc en bois, je tentais de démêler mon affaire quand un détail se fit tout à coup plus précis dans mon esprit. Comme une vision ! L'image m'apparut clairement comme un film. Je ne savais rien d'Aline qui ne m'avait jamais dit où elle habitait. En revanche, je savais qui entretenait sa voiture.

Dans sa 2 CV, la nuit où j'étais tombé en panne, elle m'avait demandé mon nom. Je lui avais répondu que mon prénom était Christophe, comme celui du garage dont la raison sociale apparaissait sur la facture qui dépassait du foutoir de sa planche de bord. J'avais une piste !

Le garage Saint-Christophe pourrait me donner l'adresse d'Aline bien plus tôt que l'avocat. Je bondis de mon banc et demandai à téléphoner dans le premier café rencontré. Dans la cabine, je compulsai l'annuaire, cherchant à la rubrique garage. De la liste interminable des garages, son nom m'apparut enfin. Il était rue du Parc, pas loin du Parc Bordelais.

Quinze minutes plus tard, essoufflé, je passai le seuil du petit garage où deux hommes en salopette bleue étaient penchés sous un capot ouvert d'une Vedette. Mon petit laïus était prêt dans ma bouche.

— Bonjour messieurs, excusez-moi de vous déranger, mais je viens de la part d'une cliente dont j'ai perdu la carte de visite.

Le plus âgé se leva du capot en s'essuyant les mains sur un chiffon encore plus noir.

— Si z'avez perdu son nom, ça va pas être facile !

— J'ai eu ce matin un accrochage avec une de vos clientes qui possède une 2 CV grise. Je lui ai abîmé le pare-chocs arrière. Elle m'a laissé sa carte pour l'assurance que je ne retrouve plus. Je l'ai perdue certainement. En discutant, elle m'a dit que c'était vous qui entreteniez sa voiture. Je cherche son adresse pour qu'on fasse la déclaration à l'assurance.

Le plus âgé se gratta la tête, les yeux levés vers le ciel comme si la réponse était dans les nuages.

— Comment qu'elle est vot'dame ?

— Jolie, trente-cinq ans environ, blonde, aux yeux très bleus.

— Je vois pas de blonde parmi mes clientes, sauf madame Leroy, mais elle a plus de cinquante balais. Largement plus, rajouta-t-il en rigolant grassement.

L'apprenti penché sous le capot suggéra :

— C'est pas madame Ourceval ?

— Oui, peut-être, renchérit le plus âgé, elle a bien des yeux bleus mais elle est brune.

— Brune ? Elle a peut-être changé de couleur de cheveux, suggérai-je. Elle a une très belle montre de marque.

Le plus âgé me toisa, l'air soupçonneux.

— C'est pas une affaire de cocu au moins, car je ne veux pas d'histoire avec les maris. Vous comprenez ?

— Pas du tout, c'est simplement que je lui ai enfoncé son pare-chocs arrière, dis-je l'air visiblement contrarié.

A l'intérieur, je bouillais.

— Ça doit être madame Ourceval. Un beau petit lot. D'ailleurs, dit-il en m'observant de la tête aux pieds, je ne pense pas que vous ayez les moyens d'entretenir une bourgeoise comme ça car elle doit coûter cher en toilettes. Jamais habillée pareille. Elle doit dépenser pas mal. Que du beau ! Je croyais que la 2 CV, c'était pour son frère ?

Son frère ? Maintenant, elle avait un frère ! Et immédiatement mon esprit se remit à gamberger. Et si l'homme qui avait tenté de m'assassiner sur le bateau était son frère ? Un de plus !

— Oui, votre bourgeoise, elle ne roule pas en 2 CV mais en Austin Mini 850 rouge avec le toit blanc. D'ailleurs, elle n'a pas de pot avec ses voitures en ce moment. L'autre jour, elle a bugné la calandre de la Mini car son frein à main a lâché. Les Anglaises, il y a tout le temps des problèmes.

— J'ai tapé dans sa 2 CV qui est grise !

— Elle nous a demandé de lui acheter une 2 CV pour son jeune frère, il y a environ trois semaines. C'était urgent. On lui a trouvé une nouvelle 2 CV couleur vert embruns. Elle n'a pas aimé la couleur et il a fallu immédiatement qu'on la lui fasse repeindre en gris classique comme les anciennes. Le vert, ça porte malheur à l'écouter !

— Vous pouvez me donner son adresse, pour ma déclaration.

En se frottant les mains sur son pantalon, il rentra dans le bureau vitré où il compulsa un classeur rouge taché de traces de doigts noirs.

Il revint avec son nom et son adresse écrit au stylo sur une feuille de bloc aux couleurs des bougies Marchal.

— C'est pas très loin d'ici, c'est boulevard du Président Wilson. Elle s'appelle Christine Ourceval !

— Je crois que c'est ce nom qu'elle m'avait donné, dis-je le cœur battant.

— Au fait, dites-lui de venir faire régler le frein à main de sa Mini, car elle va encore faire de la tôlerie, votre bourgeoise.

Je ne l'écoutais plus. Elle s'appelait Christine Ourceval. Ce nom qui sonnait faux absorbait ma pensée. Christine. Si elle était chez elle, qu'est-ce que j'allais bien pouvoir lui dire ? Vivait-elle avec son frère, une possibilité à laquelle je n'avais pas pensé ? Elle pouvait être la femme, la fiancée, la maîtresse de Piérangéli, mais aussi celle du mystérieux quatrième homme à condition qu'il y en ait un. Elle pouvait aussi être la maîtresse de Costedoit. Bref, elle pouvait être la maîtresse de tous les hommes de la terre sauf moi.

Dix minutes plus tard, je me retrouvai devant une belle maison bourgeoise à un étage aux volets en métal. A travers la grille noire du parc situé sur le côté, on apercevait une Mini rouge à toit blanc garée, l'avant face à la rue. Sa calandre enfoncée portait les reliefs de l'arrière d'une autre voiture. Il n'y avait pas d'autre véhicule derrière elle, ce qui laissait supposer que personne d'autre de motorisé n'habitait la maison. Je poussai la porte en fer forgé du portail pour sonner à l'entrée. Ça valait le coup de mourir, rien que pour la revoir une dernière fois. Je ne parvenais même pas à la haïr.

Je maîtrisai les battements de mon cœur pendant que des talons martelaient le sol derrière la porte qui s'ouvrit. C'était elle. C'était elle sans être elle.

Vêtue d'un tailleur de marque, d'un chemisier au col largement relevé, de bas noirs, de souliers à talons hauts, d'un maquillage sophistiqué, elle semblait plus âgée. Plus femme. Ses yeux largement fardés faisaient ressortir l'azur de sa pupille et ses lèvres purpurines la courbe gracieuse de sa bouche qui m'avait tant menti. Aucun mot ne sortit de ma bouche surprise.

Elle eut un mouvement de recul. Son regard se piqua d'un bleu plus vif.

— Mon amour, je savais que tu étais vivant ! cria t-elle en m'enserrant de ses bras. Tu es sauvé. Je suis heureuse. Je t'aime, je t'aime, je t'aime, me murmura-t-elle à l'oreille, les yeux baignés de larmes avant que j'aie eu le temps d'ouvrir la bouche.

Froid. Glacial plutôt, je restai glacial, les bras le long du corps vide. Sans réaction. Je ne comprenais rien à ses larmes et à son attitude auxquelles je ne m'attendais pas. Cette femme m'avait trompé depuis quinze jours et elle me jouait la scène deux de l'acte quatre de la pièce du grand amour. Je n'allais plus tomber dans son piège. Je ne marchais plus. Fini. J'avais donné. Elle ne m'aurait plus.

— Il ne faut pas qu'on te voie ici, souffla t-elle en me poussant dans sa maison.

Contre mon gré, je pénétrai dans le salon aussi grand, lui aussi, que mon appartement. Elle était encore plus belle en Christine Ourceval qu'en Aline Moreau. Plus classe, mais plus sensuelle aussi, avec ses jambes gainées de noir et une coupe de cheveux plus élaborée.

— Je savais que tu étais vivant…

Je repris enfin le dessus.

— Qui te l'a dit que j'étais vivant, raillai-je, car la dernière fois que l'on s'est vus, hier soir, tu aurais bien voulu que je sois mort.

Elle pâlit et son regard se mouilla de nouveau.

— Je te le jure, je ne savais pas qu'on essayerait de te tuer hier soir. Nous sommes tombés tous les deux dans une terrible machination. Un traquenard diabolique. Il faut partir vite, sinon il va nous tuer…

— Qui ? Ton frère ? Piérangéli ? Trop tard, il est déjà mort.

— Piérangéli, mon frère ? Qu'est-ce que tu racontes ?

— Le type du garage Saint-Christophe qui m'a donné ton adresse m'a dit que tu avais un frère.

— Tu m'as retrouvée comme ça ? Tant mieux, car je ne savais pas où te joindre depuis cette nuit. J'ai appelé ce matin à la librairie, mais il n'y avait personne évidemment. Je voulais appeler Yvonne cet après-midi pour savoir si elle avait de tes nouvelles.

— Qu'est-ce que vient faire ton frère ?

— Mon frère ? C'est une histoire que je lui ai racontée. Je n'ai jamais eu de frère.

— Réponds Aline, ou plutôt Christine, qui va venir pour nous tuer ?

— Mais Marc Dutreuil, lança-t-elle comme si c'était une évidence.

Je répétai, hébété :

— Dutreuil, maître Dutreuil ?

— Oui, Dutreuil, c'est un fou. C'est lui qui tire toutes les ficelles depuis le début. C'est lui qui m'a appelée tout à l'heure pour me dire que tu t'étais jeté dans la gueule du loup en lui rendant visite ce matin.

— La gueule du loup. Qu'est-ce que tu racontes, Aline ? Tes mensonges, ça ne marche plus avec moi.

— Il t'attend ce soir chez lui à 18 heures. C'est comme ça que j'ai appris que tu étais vivant. Pour moi, c'est la chose la plus importante au monde.

— Dutreuil, répétai-je comme pour mieux comprendre.

L'enfoiré m'avait subtilement orienté sur la piste de Piérangéli pour m'obliger à revenir le soir chez lui. Pourquoi ?

— Mon amour, tu t'es fait balader depuis le début. Dutreuil t'attend ce soir chez lui pour t'assassiner. Quand il ne te verra pas, il va venir courir ici pour te tuer car il se doutera que j'ai réussi à te contacter. Il nous tuera tous les deux.

Il faut partir vite. J'avais commencé à faire mes affaires pour m'enfuir.

— Me tuer, te tuer, pourquoi ?

Elle semblait épouvantée par cet homme à qui j'avais fait une totale confiance il y a encore quelques heures. J'étais un indécrottable naïf !

— Avec deux autres meurtres, tu n'imagines plus que je vais m'en tenir à de banales explications et un petit coup de charme. C'est fini.

— C'est un monstre. Après avoir voulu t'égorger hier soir sur le bateau, il a tenté également de m'étrangler. Regarde !

Elle baissa son col et ouvrit son chemisier. D'épaisses traces rouges qui viraient au violet soulignées de marques de doigts bleues marquaient son cou très fin souligné d'un élégant collier.

J'étais abasourdi. Marc Dutreuil avait bien tenté de l'étrangler. Elle ne s'était pas étranglée toute seule. Et si c'était vrai, Aline ne m'avait pas trahi ! Je restai sur mes gardes. Elle releva son col.

— Comment dois-je t'appeler, Aline ou Christine ? Tu m'as mené en bateau, c'est le cas de dire, depuis le début en me faisant croire que tu m'aimais. C'est ignoble !

Ses yeux prirent une teinte acier.

— Ce n'est pas vrai, il faut surtout me croire. Je t'aime. C'est la vérité, je vais t'expliquer. Mais pas ici car c'est trop dangereux.

— Bordel, il y a déjà eu cinq personnes assassinées en trois semaines. Ça suffit ! Je vais aller tout raconter à la police. Immédiatement.

— T'as raison, il faut aller à la police pour qu'elle l'arrête. Mais avant, il faut que je t'explique. Mais pas ici car ce psychopathe va nous tuer tous les deux comme il a déjà fait avec Bob et ta maîtresse. Il faut partir. Vite.

— Anne, qu'est-ce qu'elle lui avait fait, putain ?

— Rien, mais cet homme est un assassin. La vie ne représente rien pour lui. Pendant la guerre, il faisait partie dans la Résistance d'un groupe chargé d'exécuter les traîtres. C'est un as du couteau qui a égorgé des dizaines et dizaines de personnes sans état d'âme.

— Pourquoi tuer Anne ?

— Après avoir tenté de m'étrangler sur le bateau, quand il s'est rendu compte que je l'avais trahi, il était dans une rage folle. En revenant sur la plage avec la petite barque, il a vu que nous étions observés par une femme cachée dans une R4 orange. Hors de lui de t'avoir loupé suite à ma trahison, il l'a traînée de force dans la maison de Labrice pour la questionner. C'était Anne, ta maîtresse, que tu voyais aussi pendant qu'on se fréquentait d'après elle. Il faut partir Christophe !

— Mais Anne n'y était pour rien dans cette histoire !

— Elle lui a expliqué qu'elle était devenue très jalouse car son fils Joël avait appris que nous avions une aventure par un de ses copains serveur au restaurant de la Corniche. Il l'avait dit à sa mère qui lui avait demandé de te suivre. Joël te filait depuis quelques jours avec son scooter.

— C'est Joël qui me suivait, je croyais que c'était le fils Ventadoux !

— Anne a crevé les pneus de ta voiture pour t'empêcher d'aller à nos rendez-vous et elle te passait tes coups de fil anonymes pour savoir si tu étais chez toi. Elle nous a suivis la nuit dernière au Ferret sans que tu t'en rendes compte. Elle nous a vu prendre la barque pour rejoindre l'*Oslo*. C'est sa voiture garée près de la plage qui l'a trahie. Elle en savait trop ! Marc l'a égorgée sur la chaise. C'était horrible. Vite, il faut partir tous les deux.

— Mais où veux-tu partir ? Il faut d'abord aller à la police !

— Il faut aller au commissariat d'Arcachon qui suit cette affaire, pas à Bordeaux. Costedoit est un ripoux qui travaille que pour lui. De toute façon, avant, il faut que je repasse au Pyla car j'ai laissé des affaires dans ma chambre et aussi dans la 2 CV. Je ne veux pas que la police les trouve après mon départ. Je descends dans une minute.

Vidé, je tombai sur le canapé, ne sachant plus quoi penser. J'étais venu chez elle en la haïssant, anéanti par ses mensonges. Maintenant, j'étais prêt à tout lui pardonner et à l'absoudre de toutes ses fautes. Je m'étais trompé sur toute la ligne. Quand je l'avais crue innocente, elle était coupable. Quand je la croyais coupable, elle était innocente. Sa jolie montre Cartier qui tournait autour de son poignet était certainement l'un des nombreux cadeaux de l'homme qui l'entretenait. Il s'appelait Marc Dutreuil et ça me déchirait le corps.

Elle redescendit avec un gros sac en cuir à la main. Elle prit quelques papiers, puis me jeta un regard que je n'oublierai jamais.

— Je t'aime, murmura t-elle. Allons-y !

Elle ferma la porte d'entrée. Pendant que j'ouvrais les grilles du parc, elle glissa son gros sac sur la petite banquette arrière.

— Monte, mon amour, je laisse ouvert. Maintenant, ça ne changera plus rien.

Il était déjà 19 heures, direction le Pyla.

— Christine, je ne me fais pas à ce prénom, il faut que tu me racontes tout !

Elle maniait sa petite Mini comme une voiture de course dans les encombrements de Bordeaux.

— C'est vrai, au départ je t'ai menti. C'est Marc Dutreuil qui a eu l'idée de notre rencontre.

— C'est ton amant, lançai-je avec un goût d'acide dans la gorge.

— Oui, depuis cinq ans. Ma jeunesse a été assez tumultueuse et il m'a sortie d'une sale affaire qui aurait dû m'envoyer aux assises avec à la clé trois ans de prison.

Auparavant, j'avais vécu en Espagne où j'avais commis aussi pas mal de petites escroqueries.

— Tu es une aventurière, en somme.

Mon expression la fit sourire. Elle changea de rapport pour doubler une 2 CV qui nous bouchonnait.

— On peut dire ça comme ça. Escalader un portail, forcer une porte ne me font pas peur. Marc m'a sauvé de la prison et m'a installée dans cette maison. Malgré notre différence d'âge, je crois que je l'ai aimé. Il m'a tout appris : la culture, l'élégance, tout ce qu'on ne m'avait pas enseigné. Je suis née dans la rue.

Elle vira sec dans un virage à angle droit, ce qui me rapprocha d'elle et de son parfum. Elle était d'une beauté à mourir. Je passerais ma vie à la regarder.

— Marc subvient à mes besoins. J'aime le luxe, les jolies choses, c'est vrai. Lui aussi, il aime l'argent car il a un gros train de vie. Un grand appartement dans le centre de Bordeaux, un beau bateau à Arcachon, un chalet dans les Pyrénées. Il a appris par son client Bergès, qui est évidemment l'un des trois auteurs du hold-up…

— Trois, ils pouvaient être quatre…

— Trois, il n'y avait que Bergès, Railloux et Bob, dont ils ne connaissaient pas la véritable identité sauf son surnom. Ils ne connaissaient même pas son visage. Il les avait contactés par téléphone et n'était jamais apparu sans passe-montagne dans les réunions préparatoires. Ils avaient compris en écoutant son accent, son parler et en voyant ses mains bronzées avec des ampoules qu'il faisait pas mal de bateau et habitait vraisemblablement autour du Ferret. Quand le juge les a convoqués pour leur parler de Bob, ils ont compris que ce nom ne pouvait venir que de toi. C'est toi qui l'avais appris par Piérangéli.

— Dutreuil, qu'est-ce qu'il vient faire ?

— Marc a eu l'idée de se lancer à son compte à la

recherche de l'argent car il a d'énormes dettes. Prudent, il a décidé de se servir de moi. Au début, ça m'a amusée, mais très vite j'ai trouvé cela ignoble vis-à-vis de toi. C'est lui qui a eu l'idée de me faire passer pour la journaliste de *Sud-Ouest* qu'il avait rencontrée. Un métier que je connaissais bien car j'ai vécu avec un journaliste il y a quelques années à Paris. Je me suis fais teindre en blonde, me suis habillée comme elle, nous avons acheté une 2 CV comme la sienne.

— Que tu as fait repeindre en gris.

— C'est le garagiste qui te l'a dit ? Nous avons posé de fausses plaques identiques à celles d'Aline Moreau. Le jeu consistait à te séduire pour te faire parler car au début Marc pensait sérieusement que c'était toi qui avais pris les sacs chez les Ventadoux.

— Quand je t'ai répété le nom de Bob, qu'avez-vous fait ?

— Au départ, Bergès avait toujours prétendu à Marc, son avocat, qu'il était innocent du casse de Facture. La semaine dernière, tu m'as parlé de Bob et je l'ai répété à Marc. Lors d'une visite à Bergès, Marc lui a sorti ce prénom. Bergès a marqué le coup. Voyant que Marc savait des choses, il lui en a dit un peu plus. C'est là qu'il lui a raconté qu'ils étaient trois, mais qu'il ne connaissait pas la vraie identité de Bob. Il se doutait seulement qu'il habitait le Cap-Ferret.

— Et alors tu m'as mis sur la voie !

— Oui, c'est vrai, je t'ai mis sur la voie en te faisant croire que c'est moi qui avais déduit qu'il habitait le Cap-Ferret. Après c'est toi qui as trouvé tout seul la suite avec la Saab !

— C'est dégueulasse, tu as fait semblant de m'aimer !

Pendant que la Mini avalait la route déserte d'Arcachon, elle me prit la main.

— Non, mon amour. Je te le jure. Après, ça ne s'est pas du tout passé comme Marc l'avait imaginé. Il m'avait demandé de te faire du gringue pour te séduire, mais pas de coucher avec toi car il est d'une jalousie folle. Il croyait que tu étais un gros ballot bien naïf et pas très intelligent.

— Merci, c'est sympa !

— Quand je t'ai vu si fragile, tu m'as fait penser à un oiseau blessé. Je n'ai pas eu envie de te faire du mal. La première fois que nous avons fait l'amour, j'avais réellement envie de faire l'amour avec toi. Crois-moi, je t'en supplie !

La nuit s'était installée dans l'habitacle de la Mini éclairé seulement par le gros cadran central.

— Après ce fut très difficile à vivre car Marc se montra terriblement agressif et il m'empêcha de te voir, sauf de te parler au téléphone. Voilà pourquoi je suis partie au bout de trois jours en prétextant un reportage à Périgueux.

— Tu es une belle salope tout de même !

— Ne dis pas ça, mon amour. C'était l'enfer pour moi. Marc se doutait de quelque chose pour nous deux. Il me harcelait tous les jours pour savoir si j'avais appris de nouveaux indices. C'était éprouvant. Quand je n'avais rien de nouveau, il me frappait.

Il faisait déjà nuit quand nous arrivâmes à Marcheprime

— Tu te souviens, murmura-t-elle en me reprenant la main. C'était il y a quinze jours et je ne savais pas que tu allais me changer à ce point… Rapidement, il m'est venu à l'idée que je n'avais plus besoin de Marc. Je voulais le quitter depuis longtemps déjà. C'est un être abject. C'est l'argent qui m'avait arrêtée jusque-là. Avec 750 000 francs, je pouvais partir pour une autre vie. Avec 1 million et demi, nous pouvions partir dans une nouvelle existence tous les deux.

La route d'Arcachon était déserte. Elle me reprit la main qu'elle posa entre ses cuisses brûlantes où je sentis l'amorce de ses bas noirs.

— Il a senti que je voulais le doubler et s'est méfié de moi. A partir de cet instant, il ne m'a pas tout dit de ses projets…

— Sur le bateau, tu ne savais pas qu'il était là pour me tuer ?

— Non, je te le jure mon amour, lança-t-elle de ses yeux mouillés qui brillaient dans la pénombre.

— C'est lui qui a eu l'idée de t'envoyer au Ferret voir Bobiératari. Un tuyau percé pour que la police ait vent que tu recherchais Bob. C'était pour te mouiller davantage pour la suite. C'est lui aussi qui s'est occupé de l'histoire de la Saab que tu m'as racontée. Il a senti qu'on touchait au but et là il est devenu comme hystérique !

— Et l'histoire de Bob qui n'était pas chez lui ?

— C'est à lui et pas à moi que le garagiste de Bordeaux a donné l'adresse de Bob. Il a monté un plan pour nous doubler. Il avait peur qu'avec les informations que j'avais recueillies par toi, que je parte seule avec l'argent.

— J'ai du mal à comprendre. Chacun voulait doubler l'autre.

— Comme je te l'ai dit, avec 1 million et demi il n'y a plus d'amis, il n'y a plus d'amour. Son plan était diabolique. Nous devions aller ensemble au Ferret ce soir, c'est ce qu'il m'avait dit. Pour le court-circuiter et prendre l'argent pour nous deux, j'ai avancé le jour. Nous y sommes allés ensemble hier soir.

— Tu ne savais vraiment pas qu'il nous attendait ?

Elle conduisait vivement sa petite voiture.

— Je te jure que non puisque c'était prévu pour ce soir. Je n'imaginais pas qu'il nous attendrait planqué sur le bateau. Je ne savais pas non plus que Bob serait là. Il m'avait fait croire qu'il était en déplacement à Paris. Je te l'ai répété d'ailleurs.

Appliquée à sa conduite, elle continua son explication.

— Il n'était pas question de tuer Bob, mais de prendre les sacs quand il n'était pas chez lui. Il m'avait encore menti car il avait prévu de supprimer Bob dès le début.

— Vous n'aviez pas besoin de moi pour tuer Bob et prendre son argent.

— C'est là que son plan est diabolique, mon chéri. Il fallait surtout te faire monter sur le bateau de Bob où la police devait retrouver ton cadavre égorgé sur le pont. Egorgé par un couteau dont on retrouverait sur le manche les empreintes de Bob prises bien entendu après sa mort. Tu comprends ?

— Je comprends qu'il voulait surtout me tuer !

— La police aurait logiquement pensé que c'était Bob qui t'avait assassiné. C'est ce qu'il a déjà fait avec Piérangéli qui était trop dangereux pour lui. Après, il fallait faire disparaître Bob pour que les flics croient qu'il s'était enfui avec l'argent. Et surtout pour que ses complices ne cherchent des noises à personne en sortant de prison, sauf à Bob évidemment qui n'aurait plus été là pour se défendre.

— C'était bien joué !

— D'ailleurs, pour avoir des garanties supplémentaires, Marc avait prévu d'être particulièrement mauvais lors du procès pour qu'ils restent davantage en prison.

— Vous avez fait disparaître Bob ?

— Avant que nous arrivions et sans que je le sache, Marc a pris une barque pour rejoindre l'*Oslo* où dormait Bob depuis l'affaire Piérangéli. Il a grimpé discrètement sur son bateau, il a été formé à ça pendant la guerre, et l'a égorgé par surprise.

— Il t'a raconté ça après ?

— Evidemment. Marc a trouvé les deux sacs du hold-up encore intacts enfermés dans le coffre situé sous la couchette de Bob. Il dormait sur son argent ! Quand tu es tombé à l'eau, il a piqué une colère terrible. Ça changeait une partie de son plan. Nous avons quand même appareillé à marée montante avec l'*Oslo*. Marc connaît bien le Bassin. Les feux éteints, nous sommes allés jusqu'au trou Saint-Yves. Avec des fonds de trente mètres et deux cents kilos de chaîne marine autour de son corps, le cadavre de Bob ne sera jamais découvert.

— C'est diabolique. Marc ne sera même pas inquiété, ni par la police, ni par Bergès et Railloux quand ils sortiront.

— C'est le crime parfait. Tout le monde, la police, ses complices croiront que c'est Bob qui s'est tiré avec les 150 millions après t'avoir assassiné ainsi qu'Anne. Bien sûr, pour Marc, cela aurait été mieux qu'on te retrouve mort sur son bateau avec les empreintes de Bob sur le manche du couteau. C'est là où son plan a foiré.

Tout était clair.

Nous arrivions bientôt à Arcachon où le vent soufflait fort en faisant plier la cime des arbres dans un ciel d'encre.

— Mon amour, j'ai une faveur à te demander. Avant d'aller tout dire à Tridoux, laisse-moi quatre heures maximum. N'y va pas avant minuit. J'aurai le temps de passer la frontière espagnole. J'ai encore des amis en Espagne qui me planqueront le temps nécessaire.

— Tridoux va me poser des questions !

Tu lui en racontes le moins possible sur nous deux et sur mes antécédents judiciaires. Dis-lui que tu ne sais rien sur moi. Je ne supporterais pas d'aller en prison car nous serions séparés. Dès que c'est possible, je te contacte et nous essaierons de nous voir en Espagne. Tu pourras venir, tu me le jures ? interrogea t-elle les yeux suppliants.

Ça allait être insupportable de ne plus la voir. Je lui promis tout ce quelle voulait et même davantage. Je ne pourrais plus vivre sans elle.

— Et si je partais avec toi en Espagne ?

Elle sourit tristement et me caressa la joue de ses doigts manucurés.

— Ce n'est pas possible, Christophe. Tu es innocent, et moi je suis coupable d'escroquerie et même de complicité de meurtre. Tu serais complice.

— Quand vais-je te revoir ?

— Le plus tôt possible. Surtout ne rentre pas chez toi.

Marc avait l'intention de jeter dans la Garonne ton corps poignardé par le couteau qui porte les empreintes de Bob. Il doit être hors de lui que tu ne sois pas tombé dans son piège. Quand il va découvrir que je l'ai quitté, il va rentrer dans une rage folle.

J'essayai de rester calme. Il ne fallait pas que je rentre chez moi, ni chez Yvonne. Mon Dieu, s'il assassinait Yvonne ! Ce fou était capable de tout !

— C'est sûr, cette nuit il va revenir à Arcachon pour te rechercher. S'il ne réussit pas à te retrouver, il va certainement disparaître avec l'argent qu'il a enfermé dans l'armoire de son bureau. Mais tu es un témoin trop gênant pour lui. Il va revenir !

Nous arrivâmes enfin au Pyla-sur-Mer aussi dépeuplé que la veille. Le vent violent faisait tournoyer des aiguilles de pins autour des trottoirs. Aline engagea discrètement sa Mini aux phares éteints près de sa 2 CV garée la veille le long du mur de l'avenue du Casino.

— Je vais t'aider à sortir les affaires de ta 2 CV, dis-je en poussant fort la porte contre le vent qui la plaquait vers moi. Son gémissement couvrit ce que me cria Christine dans la voiture.

Je m'extirpai de la minuscule Mini et passai à l'arrière ouvrir le coffre de la 2 CV. Ce faisant, j'aperçus une poignée souple noire coincée dans la jointure du coffre de la Mini. Je crois que j'ai compris seulement à cet instant. J'ouvris la grosse poignée chromée du coffre de la Mini qui en se baissant libéra deux gros sacs noirs. Un goût de cendre me remonta à la bouche.

J'entrouvris les deux fermetures Eclair. Malgré la pénombre, j'aperçus dans les deux sacs des centaines et centaines d'enveloppes blanches. La paye du mois de mai des employés de la Cellulose d'Aquitaine.

Anéanti, je me dirigeai vers la portière du conducteur.

Christine m'avait trompé depuis le début. Elle m'attendait vitre ouverte. Dans sa main gantée, elle pointait à travers un petit revolver.

— Pauvre con. Tu allais mourir heureux en m'aimant. Ta curiosité va gâcher ta mort. Dommage.

Son revolver, je m'en foutais.

— Christine, c'est toi qui as les sacs, je croyais que c'était Dutreuil.

— Pauvre idiot, Dutreuil, tu l'as tué à 13 heures chez lui avec ce revolver où l'on retrouvera tes empreintes.

— Qu'est-ce que tu racontes ?

— La police croira que tu l'as tué. Sa secrétaire confirmera même qu'elle t'a fait entrer, gros naze.

— C'est toi qui l'as tué ?

— Quand il m'a appelée pour me dire que tu sortais de chez lui et que tu revenais ce soir, j'ai eu l'idée d'aller lui rendre une petite visite. Tu m'apportais enfin sur un plateau l'occasion idéale de me débarrasser de lui. Quand il a vu que je voulais le tuer avec le pistolet, il a même essayé de m'étrangler. T'as vu mon cou ! Personne n'a entendu le coup de feu dans l'immeuble désert entre midi et deux heures. Je lui ai piqué les sacs, mais je n'avais pas prévu que tu rappliques chez moi. Je ne te croyais pas si malin. Pourtant, pauvre ballot, on t'en a fait avaler des couleuvres. Tu es tombé dans tous les pièges à pieds joints !

— Aline, c'est pas possible, tu m'as menti sur toute la ligne.

— Toute la ligne. Evidemment, je savais bien que Dutreuil voulait te tuer C'était bien hier soir que nous avions prévu le coup pour t'éliminer. Tu es d'une naïveté désarmante. Tu crois aussi que Ventadoux est mort au bon moment d'une chute de moto. Marc l'a un peu aidé dimanche matin.

— C'est dégueulasse. Vous êtes deux monstres !

— Avec le vent et l'océan, de l'endroit désert que j'ai

repéré on n'entendra pas le coup de feu. Mais qu'est-ce que tu as cru ? Que je t'aimais ! Mais tu t'es vu ?

Un trou vide avalait mon corps. La bouche d'Aline déformée par la haine vomit un flot de paroles que je n'aurais jamais voulu entendre.

— Tu pues le bon marché. Tu t'habilles comme un paysan. Tu sens un parfum de pauvre. Tu es bas de gamme avec tes menus à seize francs et tes écrase-merdes aux pieds. Ça a été dur de jouer la comédie de l'amour avec un lourdaud comme toi. Je n'en pouvais plus ! Tu me dégoûtes. Tu n'es même pas bon au lit, tu baises mal. Et j'en ai ras la casquette de tes histoires à la con. Mon papa n'était pas mon papa. Ma maman ne m'aimait pas ! Tu croyais que j'allais m'encombrer d'un naze comme toi. Il en faut davantage pour me faire grimper aux rideaux, moi ! Dans trois heures je serai en Espagne avec 150 briques. Et toi, tu seras au fond de l'océan avec Bob. Connard !

La bouche déformée, elle ajouta une autre phrase avant que son revolver aboie. La flamme éclaira le court canon chromé. La première balle qui frappa de plein fouet ma poitrine me fit vaciller sur mes jambes. Une immense douleur me dévora d'abord le côté avant de m'irradier le corps. Entre deux bourrasques de vent et le ressac de la marée, il me sembla entendre un bruit métallique. Une sorte de clic. Le frein à main. Certainement sous la poussée du coup de feu, sa voiture fit un léger bond en avant, ce qui faussa l'angle du second coup de feu qui me cueillit dans l'épaule en me projetant violemment en arrière.

La Mini commença à glisser légèrement le long du goudron vers les piquets. Dans un brouillard, je vis les roues se bloquer sur le sable qui tapissait le goudron. La voiture continua quand même à glisser sur le sable, entraînée par son propre poids.

Ma vision commençait à se diluer. C'est comme si je

m'enfonçais dans l'eau. Entraînée inexorablement par sa masse, la Mini fit exploser le piquet pourri sensé l'arrêter.

Aline tenta d'ouvrir sa porte pour sauter. Mais son bracelet-montre métallique trop large s'accrocha dans le bouton de la glace coulissante. Sa main bloquée parallèlement à la vitre ne put exercer suffisamment de force. J'eus le temps de voir ses yeux tétanisés.

Je crois me souvenir que j'ai alors poussé un terrible hurlement de rage ou de chagrin. Je ne sais plus. J'ai donné un violent coup de pied dans le pare-chocs arrière de sa voiture pour hâter sa descente. Mais je n'en suis plus sûr, aujourd'hui.

La Mini plongea vers la plage. Elle tomba le nez en avant sur une terrasse en béton située environ sept ou huit mètres en contrebas. Elle bascula sur le toit qui s'écrasa dans le choc avec un bruit mat. Puis elle rebondit en se projetant vers l'eau, éjectant de son coffre ouvert les deux sacs dont les deux milliers d'enveloppes blanches s'échappèrent dans le vent. J'eus la force de voir la Mini s'engouffrer dans l'eau sombre lourdement vallonnée par la bourrasque. Elle laissa juste apparaître le blanc de son toit cabossé avant qu'une vague ne la happe pour la renvoyer quelques mètres plus loin où elle s'enfonça. Elle reparut puis disparut. Ce fut la dernière vision que j'en eus, avec une ultime pensée pour la phrase qu'elle m'avait crachée au visage avant que je sombre dans le néant. Je ne t'ai jamais aimé !

Un client de l'hôtel Haïtza me retrouva le matin à 8 heures. J'avais perdu beaucoup de sang. Je fus envoyé à l'hôpital Saint-André de Bordeaux où je restai quelques jours dans le coma avec un poumon percé et une épaule bien amochée. Je ressortis très fatigué après deux mois d'hospitalisation. Le juge Bornot m'inculpa pour complicité de vol et homicide involontaire. Devant l'absence de preuves, je fus relaxé après deux mois de préventive passés à l'infirmerie de la maison d'arrêt de Gradignan où je me remis doucement sur pied.

La Mini d'Aline fut retrouvée deux jours plus tard dérivant vers le banc d'Arguin. A l'intérieur, on retrouva son sac à main et le revolver qui avait tué Dutreuil. L'absence de mes empreintes sur la crosse fut déterminante pour ma défense, mais on ne retrouva jamais le corps d'Aline.

Le dimanche suivant, beaucoup d'Arcachonnais et de Pylatais arpentèrent la plage à la pêche aux rares billets ramenés par la marée.

Mon père a eu une attaque au mois de janvier. Il est aujourd'hui dans une maison de retraite à Langon, où je vais le voir une fois par semaine. Joël ne m'a plus jamais parlé. Panpan a espacé ses visites. Je le regrette.

Aujourd'hui, ma vie continue comme avant ce 9 septembre 1963. Aussi vide. Si je ne suis pas encore en paix avec moi-même, je ne suis plus triste.

Merci pour l'aide précieuse apportée lors de l'écriture de ce livre par Jacques Chauchard, Claude Castay, Pierre Gabriel Gonzalès, Christine Depeige, Marc Noinski, Catherine Mimy, Marc Rattier, Dominique Marèe, Evelyne et Edgar Weiser (Arcachon Nostalgie). Un merci spécial pour mon épouse Brigitte qui a accepté de passer ses vacances sur le Bassin d'Arcachon au coté de Christophe Richard parfois un peu envahissant.

Achevé d'imprimer sur les presses de

BUSSIÈRE

GROUPE CPI

à Saint-Amand-Montrond (Cher)
en mai 2007

N° d'impression : 071739/1.
Dépôt légal : mai 2007.

Imprimé en France